Tod eines Geistes

Ein Stableford-Krimi aus Devon
von Rob Reef

DRYAS

Rob Reef, Tod eines Geistes.
Ein Stableford-Krimi aus Devon von Rob Reef.
Dryas Verlag 2020

2. Auflage
ISBN 978-3-940855-98-5

Dieses Buch ist auch als E-Book erhältlich und
kann über den Handel oder den Verlag bezogen werden.
E-Book ISBN 978-3-940855-99-2

Auf der Seite 265 finden Sie eine Karte des Anwesens Slane Estate und auf der Seite 266 eine Karte von Slane House.

Herstellung: Dryas Verlag, Hamburg
Lektorat: Kristina Frenzel, Berlin
Korrektorat: Birgit Rentz, Itzehoe
Umschlaggestaltung: © Guter Punkt – Agentur für Gestaltung und Buchdesign, München (www.guter-punkt.de)
Umschlagmotiv: © siraphol/Adobe Stock
Satz: Dryas Verlag, Hamburg
Gesetzt aus der Palatino Linotype
Druck: CPI books GmbH, Ulm

Bibliografische Information der Deutschen Nationalbibliothek:
Die Deutsche Nationalbibliothek verzeichnet
diese Publikation in der Deutschen Nationalbibliografie;
detaillierte bibliografische Daten sind im Internet über
http://dnb.d-nb.de abrufbar.

Der Dryas Verlag ist ein Imprint der
Bedey Media GmbH,
Hermannstal 119k, 22119 Hamburg.

Für Ada

»Als ich die Tür verschlossen fand,
da rüttelte ich mit der Hand;
die Türe blieb verschlossen noch,
da drückte ich die Klinke, doch –«

Lewis Caroll

KAPITEL 1
Ennui

Das Gewitter hatte in den frühen Morgenstunden begonnen. Es war schnell vorübergezogen, doch der Regen war geblieben und peitschte von Windböen erfasst in unregelmäßigen Abständen an das bis zum Boden reichende bleiverglaste Panoramafenster des Drawing Room. Kein Boot war auf dem Fluss unterwegs, kein Vogel am Himmel zu sehen, und selbst die Rasenfläche vor dem Haus, die bis hinunter zum Ufer führte und auf der man eigentlich immer einen Gärtnergehilfen bei der Arbeit beobachten konnte, war an diesem Vormittag menschenleer. Harriet stand im Erker und zeichnete mit dem Zeigefinger die Wege einzelner Tropfen nach, die eine Zeit lang gerade an den Scheiben herabliefen und dann, wie von einer unsichtbaren Kraft ergriffen, ins Mäandern gerieten.

Wie die Flussschlingen des Dart dort unten, dachte sie müde.

Ein dunkler Schatten huschte plötzlich am Fenster vorüber. Sie fuhr zurück, nur um gleich aufs Neue zu erschrecken, denn eine Hand hatte sich fast im selben Moment auf ihre rechte Schulter gelegt.

»Es war nur eine Krähe«, sagte eine tiefe Stimme hinter ihr.

Die Hand verschwand, und sie drehte sich um. Dicht vor ihr stand ein Mann. Er war älter, als seine Stimme vermuten ließ. Sie schätzte ihn auf Mitte siebzig. Seine blassblauen Augen waren feucht, und seine große Nase, die die vielen Falten in seinem Gesicht wie ein überdimensionaler Polsterknopf zusammenzuhalten schien, war von roten Äderchen durchzogen. Er musste ihre Anspannung gespürt haben.

»Hallo«, sagte er betont freundlich und setzte dann schnell hinzu: »Ich bin harmlos. Bitte verzeihen Sie, wenn ich Sie erschreckt haben sollte! Sie müssen Socket sein. Mr Weller erwähnte, dass Lady Penelope ihre beste Freundin aus London mitgebracht hat.«

»Mein Name ist Harriet«, antwortete sie, immer noch um Fassung ringend. »Harriet Stableford. Socket ist nur der alberne Name meines Alter Ego in den Detektivromanen meines Mannes. Ich bevorzuge ...«

»Natürlich!«, unterbrach sie der Mann verlegen. »Ich muss mich wohl erneut entschuldigen. Percy hatte Sie einmal so genannt, aber das ist schon einige Zeit her und war vielleicht im Scherz geschehen.« Er zögerte einen Moment, lächelte dann und sagte: »Ich bin Dicky – und kann leider keinen Autor für diesen Spitznamen verantwortlich machen.«

»Sir Richard?«, fragte Harriet überrascht und nahm die Hand, die ihr der Mann jetzt entgegenhielt. »Sie sind Percys Patenonkel, Sir Richard Banbury-Blake, nicht wahr?«

»Das ist richtig, aber bleiben wir doch bei ›Dicky‹! So kennt man mich hier, und es wäre töricht und für alle verwirrend, wenn ich von Ihnen verlangen würde, mich anders zu nennen. Ist es Ihr – erstes ...«

Harriet sah auf ihren Bauch, auf den er vorsichtig zeigte, und lächelte. »Ja. Und Sie sind bisher der Einzige, der es in diesem Haus bemerkt hat. Mein Mann und ich sind überglücklich.«

»Natürlich, natürlich! Ich hatte mir selbst eine Horde frecher Lümmel gewünscht. Aber das Schicksal hatte andere Pläne mit mir.« Seine Miene verdunkelte sich. Er trat neben sie und blickte, wohl mit seinem Schicksal hadernd und den Erinnerungen verpasster Chancen nachhängend, aus dem Fenster.

Für Harriet war dieser Schritt eine Erlösung, denn sein Atem roch nach Brandy.

»Haben Sie Elizabeth gesehen?«, fragte er nach einer Weile.

»Lady Holmes?«

»Ganz recht. Ich würde sie gerne von meiner Ankunft unterrichten.«

»Nein, aber vielleicht ist sie mit Mr Wainwright im Morning Room. Ich habe die beiden schon einige Male dort vormittags angetroffen.«

»Mit Charles?« Dicky klang überrascht. »Wie lange ist der Gute denn schon hier?«

»Seit letztem Sonntag. Wir kamen im selben Zug aus London. Er hatte im Speisewagen sogar hinter Penelope und mir gesessen, aber da wir uns noch nie begegnet waren, haben wir erst in der Limousine, die uns vom Bahnhof in Exeter abgeholt hat, Bekanntschaft geschlossen.«

»Sie wurden abgeholt?«, fragte Dicky erstaunt und blickte an seinem nassen Tweedanzug herunter, der deutlich in die Jahre gekommen war und um die Hüften spannte.

Auch wenn er schon wieder lächelte, spürte Harriet, dass er verärgert war.

»Nun, diese Annehmlichkeit wurde mir, wie man sieht, nicht zuteil. Aber ich will mich nicht beklagen! Wahrscheinlich hat man den Termin meiner Ankunft aufgrund der vielen Hochzeitsvorbereitungen einfach vergessen. So ist es halt, wenn man praktisch zur Familie gehört. Es hat mich sehr gefreut, Ihre Bekanntschaft zu machen, Harriet. Ich darf doch ›Harriet‹ sagen? Aber jetzt muss ich Sie bitten, mich zu entschuldigen. Ich muss mich umziehen und meinen Koffer wohl selbst auspacken, denn Mr Weller erwähnte ebenfalls, dass das Hausmädchen unterwegs sei.«

»Das stimmt«, sagte Harriet. »Betty ist mit Francine nach Totnes gefahren, um Besorgungen zu machen.«

Dicky verneigte sich und durchquerte den Drawing Room so lautlos, wie er gekommen sein musste. Harriet blickte ihm nach. Als er die drei Stufen zur Halle erklommen hatte, drehte er sich noch einmal um und winkte ihr freundlich zu. Sie nickte lächelnd zurück und wartete, bis er durch die hohe Flügeltür verschwunden war.

Ein komischer, wenn auch bestimmt liebenswerter Kauz, dachte sie und erinnerte sich, wie Percy »Onkel Dicky« einmal als die gute Seele der Familie bezeichnet hatte, obwohl – oder vielleicht gerade weil – er nicht wirklich mit den Holmes verwandt war.

Sie drehte sich zum Fenster, als ihr Blick auf ihre Schreibmappe fiel. Mit einem schlechten Gewissen griff sie nach ihr und setzte sich dann in einen der Sessel, die im Erker standen. Sie hatte John bisher nur ein einziges Mal geschrieben. Es war ein Dreizeiler am Tag nach ihrer Ankunft gewesen, der nicht viel mehr als die Nachricht enthielt, dass sie und Penelope ihr Ziel in Devon erreicht hatten. John hatte sofort geantwortet und sie mit Fragen über das Anwesen und Percys Familie überhäuft, doch dann waren Penelope ein paar Dinge geschehen, die Harriet zögern ließen, ihm zu schreiben.

Penelope war das Opfer von Streichen geworden – harmlos genug, zumindest an den ersten zwei Tagen ihres Aufenthalts. Doch der gestrige Vorfall hatte eine neue Qualität gehabt, und er hatte Penelope verändert. Sie sprach seitdem leiser, wirkte fahrig und schreckhaft und hatte ihr Lachen verloren. Harriet hatte ihr angeboten, John von den Vorkommnissen zu schreiben und ihn zu bitten, zwei Tage früher als geplant nach Devon zu kommen. Immerhin verfügte er über einen ausgezeichneten detektivischen Spürsinn und würde den Übeltäter wohl bald entlarven können. Doch Penelope hatte das vehement abgelehnt, nicht zuletzt um Percy nicht um seinen Junggesellenabschied zu bringen, der morgen in Johns Club in London stattfinden würde. Aber natürlich gab es noch einen anderen Grund für Penelopes Wunsch, John gegenüber Stillschweigen zu bewahren: Es war nur zu wahrscheinlich, dass der Verursacher dieser Streiche mit Percy eng verwandt war.

Harriet stand vor einem Problem. Sie musste John antworten, wenn ihn wenigstens ein Brief noch vor seinem Aufbruch nach Devon erreichen sollte. Aber wie konnte sie ihm schreiben, ohne das alles zu erwähnen? Sie seufzte, zog ein Blatt aus der Mappe, zückte ihren Füllfederhalter und begann:

Slane House
Stoke St Michael
Devonshire

23. Juni 1938

Geliebter John,

bitte entschuldige meine späte Antwort! Aber es gab und gibt so viel für die Hochzeit von Penelope und Percy zu tun und vorzubereiten, dass ich erst jetzt dazu komme, dir zu schreiben.

Sie blickte auf und betrachtete die tief hängenden Regenwolken über dem Wasserlauf. Es war eine Lüge. Bestimmt nicht ihre erste seit ihrer Hochzeit vor nicht einmal einem Jahr. Aber dennoch bemerkenswert, denn es war wohl ihre erste niedergeschriebene Unwahrheit, und dieser Umstand ließ sie irgendwie hinterlistiger wirken, selbst wenn sie, wie in diesem Fall, dem Belogenen nur das Gefühl geben sollte, dass alles in Ordnung war.

In Wirklichkeit war nichts in Ordnung, und tatsächlich hatte es für Harriet seit ihrer Ankunft in Devon praktisch nichts zu tun gegeben. Percys Mutter, Lady Holmes, hatte alle Vorbereitungen für die Hochzeit ihres älteren Sohnes längst getroffen. Sie führte das Haus nach einem strengen viktorianischen Regime, das für die Damen wenig mehr als Spaziergänge im Garten oder gelegentliche Ausflüge zu malerischen Aussichtspunkten in der Nachbarschaft vorsah. Dies führte dazu, dass Harriet ein ums andere Mal mit dem für sie völlig ungewohnten Gefühl der Langeweile kämpfen musste und sich oft wie eine weibliche Figur in einem Roman von Trollope oder Dickens vorkam.

Das Frühstück im Morning Room war die einzige ungezwungene Angelegenheit. Man kam und ging, wann man wollte, bediente sich selbst an einem Buffet und nahm Platz, wo es einem gefiel. Doch die restlichen Stunden des Tages folgten einem unsichtbaren Protokoll, dessen steife Regeln in den gemeinsam eingenommenen Mahlzeiten kulminierten. Es war undenkbar, zum Fünf-Uhr-Tee, der auf Slane House bereits um Viertel nach drei eingenommen wurde, im selben Kleid wie zum Lunch zu erscheinen. Und die Dressing Bell, die Mr Weller, der Butler, eine halbe Stunde vor der Dinner Bell anschlug, läutete für die Damen ein weiteres Umkleiden ein.

Nach dem Ertönen der Dinner Bell um Punkt acht Uhr versammelte man sich im Drawing Room, und da Lady

Holmes zu dieser Mahlzeit stets wechselnde Gäste aus dem Landadel und dem Klerus bewirtete, nahm die von ihr selbst sehr charmant, aber dennoch kompromisslos vorgenommene Zusammenstellung von standesgemäßen Paaren immer einige Zeit in Anspruch. Hatten sich endlich alle Paare gefunden, hielt man in der Reihenfolge des gesellschaftlichen Ranges Einzug in den Dining Room – ein Programmpunkt, der Harriet an die Gänsemärsche in Zweiergruppen aus ihrer Schulzeit erinnerte. Der strengen Etikette folgend betrat sie den Dining Room jeden Abend am Arm von Percys Neffen, Francis, als Letzte.

Doch obwohl Francis auch an der Tafel neben ihr saß, hatten sie bisher kaum mehr als ein paar Worte miteinander gesprochen, da sie stets links von ihm platziert wurde und eine weitere unausgesprochene Regel besagte, dass der Herr bei Tisch mit der Dame zu seiner Rechten ein höfliches Gespräch beginnen musste. Aus diesem Grund hatte Harriet in den letzten vier Tagen von Mr Wainwright, der zu ihrer Linken saß, mehr über die Waffensammlung von Percys Vater, dem schon lange verstorbenen zweiten Baronet of Durbar, gelernt, als ihr lieb war. Sie wusste nun, wie man mit einem Blasrohr ein Ziel anvisierte, und kannte den Unterschied zwischen einem Kris, einem arabischen Krummdolch und einem nepalesischen Khukuri-Messer.

Sie seufzte abermals und schrieb weiter:

Du fragtest mich in deinem Brief nach dem Anwesen und nach Percys Familie, und ich will versuchen, dir meine ersten Eindrücke zu schildern. Slane House liegt malerisch auf einem Hügel am Ufer des Dart in der Nähe eines Dorfes namens Stoke St Michael. Die großen Eichen reichen bis ans Wasser und werden nur von einer schmalen Parkanlage unterbrochen, deren Mittelstück, ein prächtiger

Rasen, an der Terrasse des Hauses beginnt und gemächlich abfallend an einer Badestelle endet. An der westlichen Spitze des Anwesens, dort, wo die Flussschlinge ihre Richtung wechselt, wird etwas Wein angebaut, und im Norden, auf der Rückseite des Hauses, befinden sich Stallungen, die jetzt allerdings als Garagen dienen. Denn selbst hier, an diesem durch und durch traditionsbewussten Ort, hat die Moderne in Form von Automobilen Einzug gehalten und die Pferdekutsche als Fortbewegungsmittel ersetzt. Du schmunzelst? Ich wette, dass du schmunzelst! Aber ich kann dir versichern, dass man sich Percys Mutter in nichts anderem als in einem Landauer vorstellen kann. Nun, du wirst den hier herrschenden viktorianischen Lebensstil ja bald selbst kennen- und – da bin ich mir sicher – auch lieben lernen. Und obwohl mir einige der altmodischen Rituale zuweilen gehörig auf die Nerven gehen, muss ich doch zugeben, dass ich wohl noch nie etwas Schöneres als Percys Anwesen gesehen habe.

Das Schöne ist nichts als des Schrecklichen Anfang, schoss es ihr plötzlich durch den Kopf. Sie erschrak vor ihrem eigenen Gedankensprung. Wieso fiel ihr diese Gedichtzeile gerade jetzt ein? Natürlich kannte sie die Antwort, aber sie sperrte sich gegen das in ihr aufwallende Unbehagen und versuchte, es wenigstens für den Moment auszublenden, um den Brief beenden zu können.

Allein der Blick auf den Fluss lässt einen für Minuten und manchmal sogar Stunden vergessen, wie sehr die Welt um uns in Unordnung geraten ist.
Slane House selbst ist ebenfalls beeindruckend. Die Front zum Park besteht im Erdgeschoss fast vollständig aus Glas. Zwischen den Reihen der French Windows, hinter

denen der Dining Room und der Morning Room liegen, ragt der gigantische Erker des Drawing Room empor, dessen Panoramafenster im Tudorstil eine atemberaubende Aussicht bietet. Die Waffen, die überall im Haus an den Wänden hängen und nach Aussage von Mr Wainwright, einem Freund der Familie, die wohl größte Sammlung des Empires bilden, sind – wie du dir sicher denken kannst – ganz und gar nicht nach meinem Geschmack. Aber selbst ich habe mich mittlerweile an den Anblick der Bogen, Pfeilköcher und Wurfspeere beim Frühstück im Morning Room und an die Blasrohre, Messer und Äxte im Dining Room gewöhnt, und wenn ich dich erst wieder in meine Arme schließen kann, dann wird mir auch die mit einem Schwert und einem Morgenstern bewaffnete Ritterrüstung, die in einer Nische neben unserer Zimmertür steht, keine Angst mehr einjagen.

Eine zweite Lüge, dachte Harriet, denn sie würde sich nie an die mit Waffen behangenen Wände gewöhnen können. Sie blickte sich um. Der Drawing Room war mit Dolchen, Degen und Säbeln dekoriert, und sie fragte sich voller Abscheu, wie viele Menschen wohl allein mit diesen Waffen getötet worden waren, bevor sie restauriert und geputzt in die Sammlung von Percys Vater geraten waren, um nun gelegentlich von einem Hausmädchen abgestaubt zu werden.

Über Percys Familie kann ich dir nur wenig berichten. Sein Bruder Henry, ein angesehener Dorfanwalt, ist tagsüber viel unterwegs, und die Gespräche bei Tisch sind im Allgemeinen so oberflächlich, dass ich ihn kaum einschätzen kann. Er scheint mir allerdings nett zu sein. Zumindest netter als seine Frau, Françoise, die Penelope schneidet und mir offensichtlich aus dem Weg geht. Ihre Kinder sind dagegen wirklich freundlich und scheinen auch Penelope ehrlich und offen zugetan zu sein. Francis, genannt Franny, ist zwanzig und bis hin zu seinem albernen Henriquatre-Bart ein Ebenbild seines Vaters. Er verbringt seine Zeit mit Angeln und Jagen, während seine zwei Jahre ältere Schwester Francine nach Mr Wainwrights Aussage der eigentliche Kopf der Familie ist. Sie kontrolliert die Finanzen des Anwesens und hat sich sogar ein kleines Büro eingerichtet, von dem aus sie die wirtschaftlichen Geschicke von Slane House im Namen ihres Vaters leitet. Alles Nichtfinanzielle wird von ihrer Großmutter, Lady Holmes, bestimmt. Sie ist, in Abwesenheit von Percy, das unumstrittene Familienoberhaupt. Ich mag die alte Dame, obwohl sie Penelope bisher eher reserviert begegnet. Vermutlich ist sie in ihrem Standesdenken dermaßen gefangen, dass sie einfach nicht nachvollziehen kann, warum die Tochter eines Earls ganz ohne Not unter ihrem Stand heiraten will.

Ein paar Gäste sind auch schon eingetroffen. Der bereits erwähnte Mr Wainwright kam zeitgleich mit Penelope und mir am letzten Sonntag, und am Montag Laura Beaumont, die jüngere Schwester von Françoise. Zu deren offenkundigem Ärger verbringt sie viel Zeit mit Penelope und mir. Franny scheint seine Jagdleidenschaft auf sie ausgeweitet zu haben. Zumindest macht er ihr ständig recht hilflos wirkende Avancen, und obwohl sie seine Tante ist, geht sie durchaus, zumindest spielerisch, auf seine Annäherungsversuche ein. Laura und Penelope sehen sich übrigens sehr ähnlich. Dazu haben sie den gleichen Geschmack in Modedingen, was hier im Haus schon einige Male zu Verwechslungen geführt hat. Auch teilen sie, zu Lady Holmes' Entsetzen, die Angewohnheit zu rauchen.

Gerade eben traf ein dritter Gast ein, Percys Patenonkel, Sir Richard, der mich erst mit »Socket« ansprach, um mich gleich darauf zu bitten, ihn »Dicky« zu nennen. Obwohl unser Erstkontakt also etwas holprig verlief, bin ich mir sicher, dass wir gut miteinander auskommen werden.

Harriet beendete den Brief mit ein paar persönlichen Zeilen, faltete das beidseitig beschriebene Blatt sorgfältig und steckte es in einen Umschlag, auf den sie schließlich ihre Londoner Adresse schrieb. Dann verließ sie den Drawing Room, durchquerte die Halle und ließ das Kuvert in die noch leere silberne Schale für die ausgehende Post gleiten, die auf einem Beistelltischchen neben dem Eingang stand. Sie hatte den Drawing Room schon fast wieder erreicht, als in einem der oberen Stockwerke eine Tür zugeschlagen wurde. Harriet blieb stehen und lauschte. Jemand lief schnell den Flur entlang und kam die Treppe herunter. Es war Penelope. Als sie ihre Freundin in der Halle erblickte, rannte sie ihr entgegen. Harriet wusste sofort, dass wieder etwas geschehen sein musste.

»Was ist es diesmal?«, fragte sie leise und legte einen Arm um Penelopes Schulter.

»Eine Warnung«, antwortete Penelope fast tonlos. »Am Spiegel in meinem Zimmer.«

Schweigend betraten sie den Drawing Room. Es war der vierte Vorfall seit ihrer Ankunft, und die Machtlosigkeit gegenüber diesen im Verborgenen ausgeführten Gemeinheiten machte Harriet wütend. Wenigstens hatte sie den Brief an John schon geschrieben. Denn trotz Penelopes Wunsch nach Geheimhaltung würde sie es jetzt nicht mehr fertigbringen, ihn so zu verfassen, dass John aus keiner Zeile herauslesen konnte, dass hier etwas nicht stimmte.

KAPITEL 2
Nach dem Abschied

Etwas stimmte nicht! Stableford las Harriets Brief ein zweites Mal und war sich nun vollends sicher, dass er mit Sorgfalt um ein unausgesprochenes Problem herum geschrieben worden war. Ihre Entschuldigung für das lange Ausbleiben einer Antwort erschien ihm vorgeschoben, und die Schilderung des Anwesens klang eher wie der Entwurf für einen Touristenprospekt. Harriet führte eigentlich eine scharfe Feder, die Personen überspitzt und trotzdem warm und humorvoll charakterisieren konnte. Doch ihre Beschreibungen der Familienmitglieder waren blass und eindimensional und wirkten eher, als hätte sie eine ungeliebte Pflichtaufgabe erfüllen müssen.

Er legte den Brief auf den Couchtisch – seinen Couchtisch, wie er überrascht feststellte – und versuchte sich vorsichtig aufzurichten. Es ging nicht. Sein Kopf schmerzte immer noch. Er blickte auf die Uhr. Es war kurz nach zehn. Mühsam machte er sich daran, die Ereignisse der letzten fünfzehn Stunden zu rekonstruieren.

Holmes war gestern, am Freitag, um sieben in seiner und Harriets Wohnung in der Bernard Street erschienen, und sie hatten den Abend mit einer Flasche Champagner eröffnet. Oder waren es zwei gewesen? Saunders, der mit Holmes befreundete Gerichtsmediziner des Home Office, hatte sich verspätet. Nachdem er endlich eingetroffen war, hatten sie bei einigen Whisky Soda den Fall diskutiert, der ihn aufgehalten hatte. Schließlich waren sie zu dritt in ein Taxi gestiegen und nach Soho gefahren. Dem ausgedehnten Dinner im L'Escargot war Holmes' eigentlicher Junggesellenabschied im Poet's Club gefolgt, an dessen Ausgang sich Stableford beim besten Willen nicht erinnern konnte. Er war jedenfalls mit Harriets Brief auf der Brust erwacht und befand sich offenbar auf seiner Couch in seiner Wohnung.

»Guten Morgen!«, ertönte eine skandalös wache und gut gelaunte Stimme über ihm. »Ich habe Kaffee gekocht. Sie sehen aus, als ob Sie eine Tasse nötig haben.«

»Holmes?«

»Natürlich! Wen haben Sie denn erwartet?«

»Einen Priester! Aber zumindest eine Krankenschwester.«

»Da muss ich Sie enttäuschen. Allerdings scheint mir Saunders tatsächlich die Dienste einer Schwester gebrauchen zu können. Er schläft übrigens hinter Ihnen auf dem Boden.«

»Saunders ist auch hier?«

»Mein Gott! Haben Sie einen Filmriss?«

»Es scheint so. Wie sind wir denn hierhergekommen?«

»Zu Fuß! Zumindest ein Stück. Genauer gesagt, bis zum Piccadilly Circus.«

»Ich erinnere mich. Wir setzten uns auf die Stufen des Denkmals, weil Ihr Bein eine Pause brauchte.«

»Und weil die Flasche Whisky leer war, die Saunders aus Ihrem Club hatte mitgehen lassen.«

»Man hat sie uns geschenkt«, korrigierte ihn eine raue Stimme hinter der Couch.

»Man hat sie uns ausgehändigt, um uns loszuwerden«, gab Holmes zu. »Es war kurz nach sechs, und der Barkeeper wollte nach Hause.«

»Verständlich.« Stableford richtete sich langsam auf, diesmal mit Erfolg.

»Und wie ging es weiter?«, fragte Saunders, dessen kahler Schädel wie die aufgehende Sonne über der Armlehne erschien. Dann kam er auf allen vieren um die Couch herum und setzte sich neben Stableford.

»Nun, wir sangen, und Sie, Saunders, verängstigten nicht wenige Passanten mit der recht aggressiv vorgetragenen Frage nach Zigaretten, bis ein Bobby kam und uns ein Taxi heranrief.«

»Grundgütiger!«, sagte Saunders schockiert.

»Nicht wahr? Es war tatsächlich eine ordentliche Abschiedsparty für meine Junggesellenzeit, und ich möchte mich bei Ihnen beiden herzlich dafür bedanken. Aber jetzt sollten wir uns fertig machen. Der Weg nach Devon ist zwar nicht allzu weit, und das Wetter scheint sich zu halten, aber da wir noch Saunders' Gepäck abholen müssen, wäre es angebracht, um halb elf von hier aufzubrechen.«

Stableford und Saunders stöhnten fast zeitgleich. Die Aussicht, mit einem ausgewachsenen Kater und einem bestens gelaunten Holmes stundenlang im Auto zu sitzen, war wohl für beide niederschmetternd. Schweigend tranken sie den Kaffee.

»Was hat Harriet denn so geschrieben?«, fragte Holmes nach einer Weile und zeigte auf den Brief. »Werden sie und Hattie von meiner Familie gut behandelt?«

Stableford war überrascht, denn er meinte, einen besorgten Unterton herausgehört zu haben. »Sie zweifeln daran?«

»Nun, ich kenne meine Familie. Und die Briefe, die ich von Hattie erhalten habe, schildern für mich kaum glaubhafte Bilder von Harmonie und Eintracht und enthalten nur wenige persönliche Zeilen. Ehrlich gesagt befürchte ich, dass meine Sippschaft ihr von Ethel erzählt haben könnte.«

»Ethel?«, fragte Saunders. »Eine Jugendsünde?«

»Nein! Ethel ist, wenn Sie so wollen, unser Hausgeist. Sie war die erste Braut meines Großvaters.«

»Die erste?«

»So hat man es mir erzählt. Sie starb in der Nacht vor der Hochzeit, und die Legende will es, dass sie seitdem hin und wieder in ihrem Brautkleid durch die Gänge von Slane House spukt. Mein Großvater soll von ihr regelmäßig heimgesucht worden sein, bis er schließlich die Tür zwischen ihrer alten Brautkammer und seinem Gemach zumauern ließ. Ich bin ihr noch nie begegnet und halte das Ganze natürlich für ausgemachten Unsinn, aber meine Mutter behauptet tatsächlich, sie in letzter Zeit mehrmals gesehen zu haben.«

»Ist diese Tür denn immer noch zugemauert?«, wollte Saunders wissen.

»Ja.«

»Und Sie haben Lady Penelope nichts davon erzählt?«

»Nein. Sie glaubt nicht an solche Geschichten und hätte mich mit Sicherheit ausgelacht.«

»Und trotzdem sind Sie beunruhigt?«

»Kommen Sie, Saunders! Hätten Sie Ihrer zukünftigen Frau erzählt, dass vor langer Zeit eine Braut in dem Haus, in dem Ihre Hochzeit stattfinden wird, gestorben ist?«

Saunders schwieg und trank einen Schluck Kaffee.

»Es ist, wie es ist«, warf Stableford beschwichtigend ein. Die Frage nach den Umständen von Ethels Tod lag ihm auf der Zunge, aber er wollte seinen Freund nicht noch weiter verunsichern. »In etwa sechs Stunden können Sie Penelope selbst fragen, ob sie etwas beunruhigt.«

»In viereinhalb Stunden«, korrigierte ihn Holmes und lachte. »Ich habe mir eine Strategie mit nur zwei Pausen zurechtgelegt. Wenn alles gut geht, sind wir zur Tea Time in Devon.«

Kurz darauf brachen sie auf. Als sie die Ausläufer der Stadt über die Great West Road endlich hinter sich gelassen hatten, kamen sie auf der A30 schnell voran. Holmes war ein ausgezeichneter Fahrer und sein dunkelgrüner Bentley 8 ein sportliches und doch überaus bequemes Fortbewegungsmittel. Der großgewachsene Saunders schlief zusammengekauert auf der Rückbank, während Stableford auf dem Beifahrersitz saß und bei jedem Überholmanöver die Augen schloss.

»Sie haben mir immer noch nicht geantwortet«, begann Holmes unvermittelt, als er eine Reihe von Lastwagen überholt hatte und die Straße vor ihnen frei war.

»Wie bitte?«

»Ich fragte Sie nach Harriets Brief, den ich Ihnen heute Morgen auf die Brust gelegt hatte.«

»Ah, richtig. Nun, er handelte von Slane House, Ihrer Familie und den bereits eingetroffenen Gästen.«

»Die üblichen Verdächtigen, Wainwright und Banbury-Blake, nehme ich an?«

»Ganz recht. Und die Schwester Ihrer Schwägerin.«

»Laura?«

Der Bentley machte einen gefährlichen Schlenker und wurde langsamer.

»Sie ist in Devon?« Holmes sah mit weit aufgerissenen Augen zu Stableford herüber.

»Ja, Laura Beaumont. Und wenn ich Harriets Zeilen richtig gedeutet habe, haben sie und Penelope schon Freundschaft mit ihr geschlossen.«

»Unmöglich!«, entgegnete Holmes. »Ich habe sie nicht eingeladen.«

»Was hat es denn mit dieser Dame auf sich?«

»Sie«, Holmes zögerte einen Moment, »sie ist eine Unruhestifterin. Laura und Françoise sind wie Feuer und Wasser …«

»Sie verstehen sich nicht gut?«

»Das ist eine maßlose Untertreibung. Sie stehen seit ihrer Jugend in einem unerbittlichen Konkurrenzkampf, der bei Laura schon früh krankhafte Züge angenommen hatte. Als mein Bruder Françoise einen Heiratsantrag machte, warf sich Laura praktisch zeitgleich mir an den Hals. Nur um ihre Schwester demütigen zu können, versteht sich.«

»Ich verstehe es nicht.«

»Nun, Henry war eine gute Partie, doch das Vermögen und die Ländereien unserer Familie gehören rein rechtlich gesehen mir allein. Laura gefiel wohl die Vorstellung, als zukünftige Lady Holmes über die Geschicke ihrer Schwester bestimmen zu können. Sie sah die Chance, ihr das Leben zur Hölle zu machen.«

»Jetzt übertreiben Sie!«

»Sie kennen sie nicht!«

»Und was geschah dann?«

»Ich durchschaute ihren Plan und wies ihre Avancen natürlich zurück. Meine Schwägerin ist schon schwer zu ertragen, doch ihre Schwester ist für mich wie das Weihwasser für den Teufel. Sie machte mir eine Szene, von der ich noch heute gelegentlich träume.«

Stableford musste schmunzeln. »Aber das liegt doch schon viele Jahre zurück.«

»Sicher, dreiundzwanzig, um genau zu sein. Auf Henrys Bitte hin erhielt sie damals Geld, um in Paris – weit weg von Devon – Fuß fassen zu können. Nach ein paar Jahren zog sie dann nach London. Glücklicherweise sind wir uns dort noch nie über den Weg gelaufen. Sie arbeitet, soweit ich weiß, in einem Schönheitssalon in Kensington.«

»Und wer könnte sie zu Ihrer Hochzeit eingeladen haben?«

»Ich habe keine Ahnung. Aber wenn ich es herausbekomme, kann sich der- oder diejenige auf etwas gefasst machen, das verspreche ich Ihnen!«

Stableford konnte sich nicht erinnern, seinen Freund schon einmal derart wütend erlebt zu haben. Dass er von Miss Beaumont noch nie zuvor etwas gehört hatte, überraschte ihn nicht, denn Holmes sprach selbst über seine engste Familie so gut wie nie. Seine Aufgebrachtheit irritierte Stableford dennoch, und so beschloss er, ihn fürs Erste in Ruhe zu lassen. Er fiel in einen angenehmen Dämmerzustand und erwachte erst wieder, als Holmes den Wagen an einer kleinen Garage auftanken ließ. Er musste lange geschlafen haben, denn auf dem Schild über dem Werkstatttor stand unter dem Namen des Inhabers »Newton Abbot«. Sie befanden sich also bereits in Devon.

Sie fuhren weiter, und während Holmes den Bentley mit deutlich überhöhter Geschwindigkeit in Richtung Totnes steuerte, hing Stableford seinen Gedanken nach. Hätte er an diesem Morgen nicht Harriets Brief gelesen, so hätte er Holmes' Sorge um Penelopes Wohlergehen wahrscheinlich als eine übernervöse Reaktion auf ihre bevorstehende Hochzeit abgetan. Doch nun fragte er sich, ob Holmes' Eindruck, dass Penelope ihm etwas verschwieg, und sein eigenes Gefühl bezüglich Harriets zurückhaltender Schilderungen ein und dieselbe Ursache haben konnten. Ethel, das Hausgespenst, schloss er als eine solche kategorisch aus, denn während sich sein Freund in ihrem letzten Abenteuer auf den Scilly-Inseln wahrlich nicht als schussfest in Sachen »Geister« erwiesen hatte, hatte Penelope sogar während einer Séance dem Medium unerschrocken eine Falle gestellt. Aber angenommen, Holmes' Gefühl hatte dennoch seine Berechtigung: Was könnte der Grund für Penelopes vermeintliches Unbehagen sein? Laura, die Unruhestifterin? Wohl kaum. Harriet hatte geschrieben, dass sie sich ausgesprochen gut mit ihr verstanden. Miss Beaumonts Anwesenheit mochte dem Bräutigam unangenehm sein, sie stellte vielleicht eine Komplikation dar, aber sie war gewiss kein Problem.

»Könnten Sie mir eine Zigarette anzünden?«, unterbrach Holmes seinen Gedankengang. »Sie finden eine frische Schachtel Rhodian in meiner rechten Jackentasche.«

Stableford fischte das Päckchen heraus und reichte Holmes kurz darauf eine brennende Zigarette. Dann begann er seine kurze Bulldog-Pfeife zu stopfen und entzündete sie. Sie schmeckte bitter, und der Tabakrauch brannte in seinen Augen.

»Verzeihen Sie meinen Ausfall vorhin!« Holmes lächelte. »Ich wollte uns die Vorfreude auf das anstehende Fest nicht verderben. Allerdings frage ich mich immer noch, wer Laura eingeladen haben könnte.«

»Vielleicht Ihr Bruder?«

»Henry? Das glaube ich nicht. Er hat mit der einen Beaumont-Schwester schon mehr als genug zu tun und geht Problemen grundsätzlich aus dem Weg.«

»Harriet schrieb, dass er ein angesehener Anwalt ist.«

»Angesehen? Das wäre mir neu. Er hat tatsächlich eine Praxis in Totnes, aber soweit ich weiß, reißt er sich nicht gerade um Klienten und verbringt seine Zeit lieber auf Pferderennbahnen und in Autosalons.«

»Dann teilen Sie immerhin die Liebe für schnelle Automobile?«

»Nun, ja. Nur dass ich das Geld dafür durch meine Arbeit als Psychiater selbst verdiene. Henry dagegen hat bis heute nicht verstanden, dass man nur das ausgeben kann, was man vorher – in welcher Form auch immer – erwirtschaftet hat. Sein Fuhrpark war einst über die Grenzen von Devon hinaus bekannt. Er ließ sogar die Stallungen von Slane House in Garagen umbauen, um seine teuren Spielzeuge vor Wind und Wetter zu schützen.«

»Und dann fand er ein neues Hobby?«

»Wieso?«

»Nun, Sie sagten, dass sein Fuhrpark einst bekannt war. Ich nehme also an, dass er nicht mehr in dieser Form existiert.«

»Richtig, aber Henry wandte sich keinem neuen Steckenpferd zu. Das Geld ging ihm aus, und zwar an dem Tag, an dem mich unsere Bank anrief, um mich über unseren drohenden Bankrott zu informieren.«

»Hatte er denn freien Zugriff auf das Familienvermögen?«

»Das hatte er, und genau deshalb kann ich mich der Schuldfrage nicht gänzlich entziehen. Ich hatte ihm die Verwaltung unseres Anwesens mit weitreichenden Vollmachten selbst übertragen, als ich nach London ging. Doch er hat sich nie um unseren Besitz gekümmert und das Geld mit vollen Händen ausgegeben.«

»Und was geschah dann?«

»Ich drehte ihm den Geldhahn zu, und damit versiegte auch unsere Bruderliebe. Den Haushalt setzte ich auf eine drastische Diät und konnte ihn so retten. Wenigstens verfügen wir noch über das nötige Geld, um Slane House weiter halten zu können.«

»Und nun kümmert sich Ihre Nichte um die Geschicke Ihres Anwesens.«

»Hat Ihnen Harriet das geschrieben?«

»Ja.«

»Es stimmt. Francine hat ein Gespür für Zahlen und richtige Entscheidungen. Ich vertraue ihr. Dieses Arrangement hat zudem den Vorteil, dass mein Bruder seine Anwaltspraxis ohne Gesichtsverlust weiterführen kann. Auf dem Lande kommt es vor allem darauf an, den Schein zu wahren.«

»Nach außen verwaltet er den Besitz also noch immer?«

»So ist es. Sie können jetzt vielleicht nachvollziehen, dass ich Henry einiges zutraue, aber Laura hat er bestimmt nicht eingeladen.«

»Dann bleiben doch eigentlich nur noch seine Frau und Ihre Mutter übrig.«

»Meine Mutter können Sie von der Liste der Verdächtigen streichen, mein lieber Stableford. Sie ist sehr gewissenhaft und hatte mir ihren Vorschlag für die Hochzeitsgästeliste nur einen Tag nachdem ich ihr von meiner Verlobung geschrieben hatte zugeschickt. Ich nehme an, dass sie sie schon seit Jahren griffbereit in einer Schublade ihres Sekretärs liegen hatte. Aber wie dem auch sei, Lauras Name stand nicht darauf. Und Fran …«

»Fran?«, unterbrach ihn Stableford.

»Françoise! Sie würde wahrscheinlich eher den Beelzebub als ihre Schwester einladen.«

»Und selbst der hätte wohl Schwierigkeiten, die Personen in diesem Haushalt auseinanderzuhalten. Françoise wird also ›Fran‹ genannt?«

»Nur von Henry und mir – und nicht zu verwechseln mit ›Franny‹, dem Kosenamen ihres Sohnes, Francis.«

»Und seine Schwester, Francine? Hat sie auch einen Kosenamen?«

Holmes lachte. »Nein. Sie ist zu ernst für derlei Vertraulichkeiten. Aber um noch einmal auf Ihre Frage zurückzukommen: Ich denke nicht, dass meine Schwägerin für diese Einladung verantwortlich ist.«

»Könnte sich Miss Beaumont nicht inzwischen geändert haben?«

»Natürlich«, entgegnete Holmes ohne jede Überzeugung in der Stimme.

Sie hatten mittlerweile Totnes hinter sich gelassen und befanden sich nun auf einer Straße, die der Beschilderung zufolge nach Paignton führte. Nach etwa drei Meilen verließen sie diese und fuhren auf einem links und rechts von hohen Hecken gesäumten Weg Richtung Süden.

»Sind wir bald da?«, ertönte plötzlich eine tiefe Stimme aus dem Wagenfond.

Stableford erschrak. Er hatte Saunders völlig vergessen.

»In zwanzig Minuten«, antwortete Holmes und gähnte. »Haben Sie gut geschlafen?«

»Geschlafen? Sie scherzen wohl?! Ich hatte eine Nahtoderfahrung. Aber jetzt habe ich Hunger.«

»Dann freuen Sie sich auf Mrs Bates' Scones und ihren berühmten Teekuchen! In Slane House wird die Tea Time wahrlich zelebriert.«

»Ausgezeichnet! Hat Ihre Familie eigentlich irische Wurzeln, Holmes?«

»Wie kommen Sie darauf?«

»Nun, des Namens wegen. Ich war einmal in einer Ortschaft namens Slane. Sie liegt am Boyne in der Grafschaft Meath. Ich hatte angenommen, dass der Name des Hauses vielleicht auf eine alte Verbindung Ihrer Familie mit Irland schließen lässt.«

»Ein schöner Gedanke, aber leider unzutreffend. Slane House liegt auf einem Hügel, der früher vollständig bewaldet war. Dieser Wald ist in den ältesten Karten der Gegend als ›Slaine Wood‹ verzeichnet.«

»Düster«, bemerkte Stableford. »Wer wurde denn dort umgebracht?«

»Ich weiß nicht, wie der Ort zu seinem Namen gekommen war, aber mein Großvater beschloss, kurz nachdem er das Land erworben hatte, das i aus ›Slaine‹ zu tilgen. Aus ›Slaine Wood‹ wurde also ›Slane Wood‹, und der Sitz unserer Familie bekam folgerichtig den Namen ›Slane House‹. Verdammt!« Holmes trat auf die Bremse und brachte den Bentley abrupt zum Stehen. »Ich habe den Abzweig zum Haus verpasst.« Er fuhr langsam rückwärts.

Nachdem sie einen noch schmaleren Weg zu ihrer Rechten passiert hatten, bogen sie in diesen ein. Er führte durch einen lichten Wald.

»Wann waren Sie denn das letzte Mal zu Hause?«, fragte Saunders überrascht.

»Gestern Nachmittag«, antwortete Holmes.

»Ich meine ...«

»Ich weiß, wie Sie es meinten. Nur würde ich Slane House nicht als mein Zuhause bezeichnen. Es ist unser Stammsitz, aber ich habe keinerlei emotionale Verbindung zu diesem alten Kasten voller Waffen. Das letzte Mal war ich Weihnachten hier – Weihnachten vor drei Jahren, wenn ich mich richtig erinnere. Aber diesen Weg bin ich schon viel länger nicht mehr gefahren. Es ist eine Abkürzung, die fast ausschließlich von Lieferanten benutzt wird. Die herrschaftliche Zufahrt führt über Stoke St Michael, doch diese Strecke würde uns sicher zwanzig weitere Minuten kosten.«

Nach etwa einer halben Meile erreichten sie den Waldrand. Die Rückseite eines langen flachen Gebäudes wurde sichtbar, und Stableford nahm an, dass es sich um die erwähnten Stallungen handelte. Holmes steuerte den Bentley durch ein offenes Tor. Als der Wagen schließlich auf dem weißen Kies der Auffahrt zum Halten kam, hatten die drei Männer ihr Ziel erreicht. Slane House lag vor ihnen: ein schmuckloser dreistöckiger Bau, auf den die Bezeichnung »Kasten« durchaus zutraf.

»Es hat sich hier viel verändert, aber lassen Sie sich von dieser Seite des Hauses nicht irreführen!«, sagte Holmes, der wohl die Enttäuschung in Stablefords Gesichtszügen gesehen hatte. »Die Schokoladenseite von Slane House ist dem Fluss zugewandt.« Er hupte zweimal und holte dann seine Taschenuhr hervor. Als er sie zurücksteckte, schnalzte er mit der Zunge. »Vier Stunden und zwanzig Minuten! Ein neuer Rekord.«

Sie stiegen aus. Stableford streckte seine Glieder und genoss die wärmende Junisonne. Die Eingangstür wurde geöffnet, und ein Mann um die fünfzig kam die Stufen des Aufgangs heruntergelaufen. Er war schlank, trug einen dunklen Anzug und hätte durchaus als ein Gast durchgehen können, wenn ihn die weißen Handschuhe nicht als Hausangestellten verraten hätten.

»Willkommen zu Hause, Sir!«, sagte er freundlich.

»Hallo, Weller! Haben wir Sie beim Servieren des Tees unterbrochen?«

»Ganz richtig, Sir. Er wird heute im Garten eingenommen. Sie können gleich durchgehen. Ich kümmere mich um das Gepäck.«

»Sind denn alle wohlauf?«

»Nun«, begann Weller etwas verlegen und blickte erst zu Saunders und dann zu Stableford.

»Sie können frei sprechen, Weller!«, sagte Holmes ungeduldig. »Professor Stableford und Dr Saunders sind meine engsten Freunde.«

Weller verneigte sich in ihre Richtung und fuhr, immer noch sichtlich verunsichert, fort: »Lady Penelope hat den

Tag auf ihrem Zimmer verbracht, Sir. Sie fühlt sich nicht wohl. Miss Beaumont hatte vorgeschlagen, Dr Lakey zu rufen, aber Mrs Stableford hat dies sehr deutlich abgelehnt.«

Holmes wirkte wie versteinert. Seine Hände waren zu Fäusten geballt. Stableford wollte ihm gerade anbieten, gemeinsam nach Penelope zu sehen, als der knirschende Kies die Ankunft einer weiteren Person ankündigte.

Eine alte Dame trat zu ihnen und blieb dicht vor Holmes stehen. »Master Percy«, sagte sie leise, und allein der Klang ihrer Stimme schien die Anspannung in Holmes' Zügen deutlich zu mildern.

»Gladys«, erwiderte er fast zärtlich und umarmte sie. »Wie geht es dir?«

Die Dame trat einen Schritt zurück und sah zu ihm auf. »Mir? Hast du denn nicht gehört, was Mr Weller gerade gesagt hat?« Ihre Frage wirkte scharf.

Als ob man ein Kind tadelt, dachte Stableford.

»Du solltest dich auf der Stelle um deine Braut kümmern! Lauf, mein Junge! Du findest sie im Rosenzimmer.«

Tatsächlich machte sich Holmes augenblicklich auf den Weg. Auf der Treppe wandte er sich noch einmal um. »Weller wird Sie in den Garten begleiten. Wir sehen uns später!«

Die Dame blickte ihm kopfschüttelnd nach. »Er ist und bleibt ein Kindskopf.« Dann wandte sie sich den beiden verbliebenen Männern zu. »Ich bin Mrs Hart, die Hausdame. Früher war ich einmal Sir Percevals Gouvernante.«

Einige Dinge haben sich also doch nicht geändert, dachte Stableford und folgte der einladenden Geste des Butlers.

KAPITEL 3
Licht und Schatten

Weller führte sie durch die Halle und dann weiter in den Dining Room, an dessen geöffneten Terrassentüren er stehen blieb. »Der Tee wird unter der großen Eiche dort serviert.« Er deutete auf eine dichte Baumkrone, die etwa hundertfünfzig Yards von ihnen entfernt sein mochte. »Bitte entschuldigen Sie mich, Gentlemen! Ich werde mich um drei weitere Gedecke kümmern.«

Stableford und Saunders gingen die leicht abfallende Rasenfläche hinab, und Stableford bewunderte die Aussicht auf den Fluss und die bewaldeten Uferhänge. Auf etwa der halben Strecke zu der Eiche blieben sie stehen und drehten sich um. Slane House war von dieser Seite wirklich imponierend. Ein riesiger Erker im Pseudotudorstil dominierte die Front, während die langen Reihen der fast vollständig geöffneten French Windows zu beiden Seiten desselben wie herrschaftliche Orangerien wirkten.

»Was für ein angenehmer Kontrast zu den von Waffen strotzenden Wänden in der Halle und im Dining Room«, bemerkte Saunders beeindruckt.

Stableford nickte. Er hatte denselben Gedanken gehabt, aber die Nachricht von Penelopes Zustand beunruhigte ihn zu sehr, um auf Saunders' Bemerkung einzugehen.

Sie liefen weiter, und die Teegesellschaft kam in Sicht. Es war eine malerische Szene. Um die üppig gedeckte Tafel saßen Damen und Herren im Schatten der Eiche. Bis auf eine ältere Frau, die wohl Lady Holmes sein musste, hatten sie ihre Hüte abgenommen, und die zwei Männer in der Gruppe hatten sich zudem ihrer Jacketts entledigt. Das Klappern der Tassen und Teller war deutlich zu hören, doch irgendetwas fehlte. Stableford dachte nach. Natürlich! Man vernahm keine Stimmen. Der Tee wurde schweigend genossen – oder sollte man lieber wie Weller sagen: »eingenommen«?

Die Steifheit, mit der die Personen um den Tisch herum saßen, ließ zumindest vermuten, dass die Stimmung trotz der sommerlichen Temperatur unterkühlt war. Stableford erkannte Harriet, die ihm den Rücken zuwandte, an ihrer zierlichen Gestalt und den kurzen kupferfarbenen Locken. Zu ihrer Linken befand sich eine große Frau mit dunkelbraunem Haar, die Stableford im ersten Augenblick für Penelope hielt. Dann erinnerte er sich, dass Harriet in ihrem Brief die Ähnlichkeit zwischen Penelope und Françoises Schwester erwähnt hatte, und war sich nun sicher, dass es Miss Beaumont war.

Der jüngere der beiden Männer hatte die Neuankömmlinge zuerst entdeckt. Er stand auf und kam mit langen Schritten auf sie zu. Es musste sich um Henry handeln. Er war Anfang vierzig und hatte in etwa Holmes' Größe, wirkte allerdings sehr viel athletischer als sein eher hagerer Bruder. Sein Henriquatre-Bart ließ sein Gesicht noch runder erscheinen, als es sowieso schon war.

Wahrscheinlich soll er ihm Reife für seine Anwaltstätigkeit verleihen, dachte Stableford amüsiert.

Als der Mann sie erreicht hatte, blieb er stehen, blickte finster drein und verschränkte die Arme vor der Brust. Die Geste wirkte durchaus feindselig.

»Gentlemen?« Der Ton seiner Stimme drückte Verwunderung und Ärger aus. Er war es wohl nicht gewohnt, Besucher ohne Vorankündigung des Butlers zu empfangen.

»Mein Name ist John Stableford, und dies ist Dr Saunders. Wir sind …«

»Gäste!«, rief der Mann wie ausgewechselt und schüttelte ihnen herzlich die Hände. »Ich bin Henry Holmes, Percys Bruder. Bitte verzeihen Sie mir meinen bösen Blick! Ich habe ihn lange vor dem Spiegel üben müssen.«

»Und weshalb?«, wollte Saunders wissen.

»Um Touristen zu verscheuchen! Seit einigen Jahren nimmt das unbefugte Betreten unseres Anwesens durch motorisierte Ausflügler drastisch zu. Aber jetzt kommen Sie! Ihre Frau hat Sie schon sehnsüchtig erwartet, Professor. Mrs Stableford, schauen Sie nur, wer gerade angekommen ist!«

Harriet sah sich um, sprang auf und lief ihnen entgegen. Sie lächelte, doch Stableford kannte sie gut genug, um sofort zu bemerken, dass das nur aufgesetzt war und eine tiefe Beunruhigung kaschieren sollte. Ihre großen graublauen Augen sahen ihn eindringlich an.

»Endlich«, sagte sie leise, während sie sich umarmten. Als Stableford zu einer Frage ansetzen wollte, schüttelte sie fast unmerklich den Kopf und flüsterte ihm zu: »Später!«

Und so folgten sie Henry und Saunders zur Teetafel.

»Gestatten Sie, dass ich Sie miteinander bekannt mache: Das sind Professor Stableford und Dr Saunders.«

Die beiden Männer verneigten sich.

»Meine Mutter, Eliza …«, fuhr Henry fort.

»Lady Holmes«, unterbrach ihn die alte Dame barsch.

»Natürlich, Lady Holmes. Françoise, meine Frau, Francine, unsere Tochter, Miss Beaumont, die Schwester meiner Frau, und Mr Wainwright, ein alter Freund der Familie.«

»Es freut mich, Ihre Bekanntschaft zu machen«, sagte Wainwright höflich.

»Hatten Sie eine angenehme …«, setzte Françoise an.

»Wo ist Perceval?«, fiel Lady Holmes diesmal ihr ins Wort.

»Ich nehme an, bei seiner Braut«, erwiderte ihre Schwiegertochter gereizt.

»Sollte er nicht zuerst seine Mutter begrüßen?«

Die Frage blieb unbeantwortet. Weller war mittlerweile mit einem jungen Burschen erschienen, der drei Klappstühle trug. Er begann, sie an der Tafel aufzustellen, während der Butler die zusätzlichen Gedecke auflegte.

Die Gäste und Henry setzten sich, und Stableford blickte in die Runde. Er schätzte Lady Holmes auf Mitte siebzig. Sie war groß gewachsen und hielt sich kerzengerade, ohne die Rückenlehne ihres Stuhls zu berühren. Er musste unweigerlich an Lady Macleod denken, eine durch und durch viktorianische Figur aus einem Roman von Trollope, die Lehnstühle als lasterhaft empfand. Lady Holmes trug ein schwarzes Kleid, und Stableford vermutete, dass diese Farbe dem Tod ihres Mannes geschuldet war, selbst wenn dieser schon einige Zeit zurücklag. Ein schlichter Ehering war der einzige Schmuck, den sie sich erlaubte.

Françoise zu ihrer Rechten wirkte gegen sie wie ein Mannequin aus einem Modemagazin. Ihr blassblaues Kleid war weit ausgeschnitten und ihr Make-up für den Nachmittagstee übertrieben. Francine, die neben ihr saß, erschien fast älter als ihre Mutter. Ihre schmalen Lippen hatten sich seit Stablefords Ankunft nicht ein einziges Mal zu einem Lächeln verzogen, und die runde Nickelbrille auf ihrer zierlichen Nase verlieh ihrem Gesicht etwas Eulenhaftes. Sie trug selbst an diesem warmen Sommertag ein Tweedkostüm. Stableford verstand jetzt, warum Holmes gelacht hatte, als er sich nach ihrem Kosenamen erkundigt hatte.

Links von Lady Holmes saß Henry, der ein Stück Teekuchen nach dem anderen verspeiste. Vielleicht tat er dies nur aus Verlegenheit über die Zurechtweisungen seiner Mutter. Stableford musste sich eingestehen, dass er ihn trotz der Geschichten, die er über ihn gehört hatte, sympathisch fand. Nur sein Henriquatre-Bart irritierte ihn immer noch.

Wainwright, der neben Henry saß, musste um die siebzig sein. Er war schlank und hatte volles weißes Haar, das zu allen Seiten abstand. Stableford hielt ihn für einen guten Tänzer, ohne sich genau erklären zu können, wie er darauf kam. Vielleicht lag es an der eleganten Art, wie Wainwright abwechselnd die Beine übereinanderschlug, vielleicht an seinen ausladenden Armbewegungen, wenn er zu seiner Tischnachbarin, Miss Beaumont, über Waffen aus der Sammlung von Holmes' Vater sprach.

Laura Beaumont ließ seine Erklärungen scheinbar seelenruhig über sich ergehen. Sie nickte gelegentlich artig und schenkte ihm sogar hin und wieder ein Lächeln. Selbst aus der Nähe hatte sie einige Ähnlichkeit mit Penelope. Ihre Augenbrauen und Lippen hatten die gleiche Form, beide Frauen trugen ihr Haar länger, als es Mode war, und wie Penelope bevorzugte auch Miss Beaumont Perlenschmuck und einen tiefroten Nagellack.

Als Wainwright das Thema »Kriegsäxte« erschöpfend behandelt hatte und auf Blasrohre zu sprechen kam, steuerte Saunders einige Anekdoten über das in Südamerika oft als Pfeilgift verwendete Curare bei. Francine war sichtlich fasziniert von seinen Schilderungen.

»Und es behält auch nach Jahren noch seine Wirkung?«, wollte sie wissen.

»Oh ja, Miss Holmes. Ich kenne zwei Fälle, bei denen mit Curare präparierte Pfeile aus angestaubten Waffensammlungen für Morde benutzt wurden. Es wäre vielleicht ratsam, die in Ihrem Haus ausgestellten Blasrohre und Pfeilköcher diesbezüglich zu untersuchen.«

»Wozu?«, fragte Lady Holmes verwundert. Sie saß jetzt noch ein wenig aufrechter auf ihrem Stuhl. »Jede in unserem Haus befindliche Waffe ist genau genommen tödlich, nicht wahr?«

Sie hat ihren Punkt deutlich gemacht, dachte Stableford anerkennend.

Lady Holmes erhob sich, nickte einmal kurz in die Runde und winkte dann Francine zu sich heran. Françoise stand ebenfalls auf. Lady Holmes hakte sich bei ihrer Enkelin unter, und die drei Frauen gingen gemeinsam den Hang hinauf.

»Ich werde mich auch zurückziehen«, sagte Miss Beaumont kurz darauf zu Harriet. »Ihr habt euch sicher viel zu erzählen. Außerdem möchte ich mich auf die Suche nach Percy machen und ihn überraschen.«

»Er weiß, dass Sie hier sind«, sagte Stableford freundlich.

»Wirklich?« Miss Beaumont beugte sich vor und musterte ihn mit leicht geneigtem Kopf.

So wie man einen aufgespießten Käfer betrachtet, dachte Stableford.

Er fühlte sich unwohl, und das verstärkte sich noch, als sie zu lächeln begann, denn ihre Augen blieben dabei starr und ernst. Holmes hatte vielleicht doch nicht übertrieben. Jedenfalls musste sich Stableford eingestehen, dass er erleichtert war, als sie vom Tisch aufstand. Schließlich entschuldigten sich auch Saunders und Wainwright, um unter Henrys Führung die Blasrohrpfeile der Sammlung zu inspizieren, und Harriet und Stableford waren endlich allein.

»Lass uns ein Stück gehen!«, schlug sie vor und führte ihn zum Ufer hinunter und dann weiter zum Waldrand.

Sie kamen zu einer kleinen steinernen Bank und setzten sich.

»Hier sind wir ungestört«, sagte Harriet und küsste ihn.

»Wie geht es dir?«, fragte Stableford.

»Uns geht es gut.« Sie lächelte, nahm seine Hand und legte sie auf ihren Bauch. »Aber Penelope nicht. Wir hätten dich viel eher hier gebraucht, John!«

»Und warum hast du mir das nicht viel eher geschrieben?«

»Weil Penelope mich bat, über die Geschehnisse zu schweigen.«

»Und jetzt darfst du mir davon erzählen?«

»Ich tue es einfach. Es erscheint mir zu gefährlich, mich an mein Versprechen zu halten, denn die Angriffe werden – physischer. Ich habe Angst um Penelope.«

»Angriffe? Was ist denn geschehen?«

»Nun, rückblickend betrachtet begann alles am Tag nach unserer Ankunft.«

»Rückblickend?«, fragte Stableford.

»Ja, denn die verschiedenen Ereignisse wurden erst nach und nach als das erkennbar, was sie waren: eine Reihe von Gemeinheiten, deren Intensität sich von Tag zu Tag steigerte.«

»Ich verstehe. Es begann also am Montag? Was genau geschah da?«

»Wir erkundeten das Anwesen. Als wir das Haus verließen, muss es gegen zehn Uhr gewesen sein. Wir spazierten durch den Wald und sonnten uns ein wenig auf dem kleinen Badesteg dort. Es war ein warmer Tag. Als wir zurückkamen, gingen wir auf Penelopes Zimmer, denn sie wollte mir eine Brosche zeigen, die ihr ihr Bruder zur Hochzeit geschickt hatte.«

»Und die Brosche war verschwunden?«

»Woher weißt du das?«

»Ich schreibe Detektivromane.«

»Du bist unmöglich! Aber die Brosche war tatsächlich verschwunden. Penelope war außer sich. Sie durchsuchte all ihre Sachen und hatte das Gefühl, dass viele Dinge nicht so dalagen, wie sie sie am Morgen zurückgelassen hatte. Dann beruhigte sie sich, denn ihr wurde auf einmal klar, dass sie die Brosche zuletzt beim Packen ihrer Koffer gesehen hatte.«

»Sie hatte sie also vielleicht gar nicht eingepackt?«

»Das dachte sie wohl eine Zeit lang tatsächlich.«

»Bis der zweite Vorfall geschah?«

»Ja. Am Dienstag fuhr uns der Chauffeur nach dem Frühstück nach Totnes. Von dort machten wir eine Flussfahrt den Dart hinunter bis nach Dartmouth. Laura begleitete uns.«

»Wann war sie denn angereist?«

»Sie kam am Montagabend mit dem Zug aus London.«

»Ich verstehe. Erzähl bitte weiter!«

»Als wir am späten Nachmittag zurückkamen, war Penelopes Zimmer völlig verräuchert. Jemand hatte den Abzug des Kamins mit einer alten Decke verstopft und ein Feuer entzündet. Penelope schlief in dieser Nacht bei mir. Sie war wütend und verunsichert, denn Zufall oder bloße Ungeschicklichkeit konnte man in diesem Fall ausschließen. Es gab für das Personal keinen Grund, das Zimmer tagsüber zu heizen, und die Decke war ein eindeutiger Beweis dafür, dass das Ganze vorsätzlich geschehen war.«

»Und wie reagierte Holmes' Familie darauf?«

»Angemessen empört. Man befragte das Personal, aber natürlich ohne Ergebnis.«

»Und am Mittwoch?«

»Wurde Penelopes Porträt attackiert. Percy hatte es vor einigen Wochen in Auftrag gegeben. Es sollte nach der Hochzeit neben seinem im Drawing Room aufgehängt werden.«

»Und das ist jetzt nicht mehr möglich?«

»Nein. Das Bild kam schon einige Tage vor uns hier an und stand verhangen auf einer Staffelei in der Bibliothek. Penelope hatte mir noch im Zug erzählt, wie lange sie dafür gesessen hatte, und hat es mir dann am Abend unserer Ankunft gezeigt.«

»Zu diesem Zeitpunkt war es also noch unversehrt?«

»Oh ja.«

»Und wie wurde es attackiert, Harriet?«

»Mit einem Messer. Die Schnitte ziehen sich quer über das Bild und entstellen Penelopes Gesicht. Es ist ein schrecklicher Anblick.«

»Hat sie es selbst entdeckt?«

»Nein, zum Glück nicht. Betty, die Parlour Maid, fand es so zugerichtet am Mittwochmorgen. Das Tuch war zurückgeschlagen.«

»Und das Messer?«

»Es wurde nicht gefunden, denn …« Harriet brach ab und schüttelte sich.

»Dann kam es ein zweites Mal zum Einsatz?« Stableford versuchte, die Aufregung in seiner Stimme zu kontrollieren.

»Ja, aber nicht am nächsten Tag. Vorgestern, also am Donnerstag, fand Penelope eine äußerst drastisch inszenierte Warnung in ihrem Zimmer. ›Flieh, solange du noch kannst!‹, stand auf dem Spiegel ihres Schminktischchens.«

»Und wo war sie, als das geschah?«

»In ihrem Zimmer, John! Genauer gesagt im Bad. Sie schwört, dass der Spiegel noch keine Nachricht trug, als sie hineinging. Doch als sie ein paar Minuten später wieder herauskam, war sie da. Mit Blut geschrieben.«

»Mit Blut?«

»Nun, es sah zumindest aus wie Blut, Sherlock. Unter der Warnung stand übrigens ein Name. Wir haben lange gebraucht, um ihn zu entziffern, aber am Ende waren wir uns einig, dass sich die Absenderin dieser geschmacklosen Nachricht ›Ethel‹ nennt.«

»Ethel?«, entfuhr es Stableford.

»Ja. Aber warum überrascht dich das so? Sagt dir der Name etwas? Du siehst aus, als ob du einem Gespenst begegnet wärst!«

Stableford dachte einen Moment lang nach und kam dann zu dem Schluss, dass es besser war, mit offenen Karten zu spielen. »Der Name sagt mir allerdings etwas, Harriet. Und auch wenn ich ihm bisher nicht begegnet bin, gehört er tatsächlich zu einem Geist.«

»Oh, John!« Harriet seufzte. »Willst du dir die Rolle des großen Detektivs, der nur vage Andeutungen macht, nicht noch ein wenig aufsparen? Du kannst mir glauben, dass du das Schlimmste noch gar nicht gehört hast.«

»Du hast recht«, entgegnete Stableford und erzählte ihr von Ethel, dem Hausgespenst.

Harriet war sichtlich erstaunt. »Aber das ergibt doch keinen Sinn«, sagte sie nachdenklich.

»Du meinst, weil der übersinnliche Aspekt der Nachricht bei Penelope und dir gar nicht ankam?«

»Genau! Die unheimliche Wirkung wurde verschenkt. Dabei wäre es doch in diesem Haus voller düsterer Winkel und mörderischer Waffen für den Täter ein Leichtes gewesen, irgendein Familienmitglied durch eine geschickte Bemerkung dazu zu bewegen, die Geschichte von Ethel in Penelopes Gegenwart zu erzählen.«

»Nun, so wie ich es sehe, gibt es für das Ausbleiben dieses Versuchs zwei mögliche Gründe.«

»Und die wären?«

»Der Täter kennt die Familienmitglieder gut, und ihm – oder ihr – war klar, dass aus Anstand keiner von ihnen Penelope so kurz vor der Hochzeit die Geschichte von einer toten umherspukenden Braut erzählen würde.«

»Und wie lautet der zweite mögliche Grund?«

»Es handelt sich beim Täter um ein Familienmitglied, dem im Moment der Tat einfach nicht klar war, dass seine gespenstische Anspielung nur wenigen vertrauten Personen bekannt sein konnte.«

»Nicht schlecht«, gab Harriet zu. »Aber leider auch wenig zielführend. Denn da sich momentan nur Familienmitglieder und Freunde der Familie in Slane House aufhalten, schränken deine Schlüsse den Kreis der Verdächtigen nicht ein.«

Stableford lächelte. »Du erwartest zu viel, mein Schatz! Zumal ich das Schlimmste, wie du es nanntest, noch gar nicht gehört habe.«

»Touché, Sherlock! Kommen wir also zum gestrigen Tag: Als sich der Nebel gegen zehn Uhr verzogen hatte, gelang es mir, Penelope zu einem Spaziergang nach Stoke St Michael zu überreden. Wir tranken dort Tee und kamen gerade rechtzeitig zum Lunch zurück.«

»Ihr wart allein unterwegs?«

»Ja. Laura hatte sich ursprünglich angeboten, uns zu begleiten. Aber dann zog sie es vor, den Vormittag mit ›Dicky‹ zu verbringen. Sir Richard hat es hier nicht leicht.

Er ist ein alter Freund der Familie, aber es fällt ihm augenscheinlich schwer, Anschluss zu finden.«

»Und Miss Beaumont nimmt sich seiner an?«

»Ja, das tut sie. Und ich habe nicht das Gefühl, dass sie sich opfert. Die beiden verstehen sich wirklich gut.«

»Interessant«, bemerkte Stableford mehr zu sich selbst. »Aber was geschah nun nach dem Lunch?«

»Wir gingen auf unsere Zimmer, um unsere Badesachen zu holen. Lady Holmes war gestern unpässlich, und Françoise hatte während des Lunches vorgeschlagen, ›die Gunst der Stunde‹ – wie sie sagte – zu nutzen und unten am Fluss baden zu gehen.«

»Darf ich daraus schließen, dass das Verhältnis zwischen Lady Holmes und Mrs Holmes nicht das beste ist?«

»Sie sind sicherlich keine Freundinnen, allerdings würde ich nicht zu viel aus Françoises Formulierung herauslesen wollen. Sie freute sich wohl einfach über die spontan entstandene Chance, einen vergnüglichen Nachmittag zu verbringen.«

»Und ihr Enthusiasmus führte zu dieser Sprachverwirrung?«

Harriet nickte. »Du hast Lady Holmes ja gerade selbst kennengelernt. Sie hat sehr altmodische Vorstellungen von einem gesitteten Tagesablauf. Dazu kommt, dass ihr das Lachen nicht in die Wiege gelegt wurde.«

»Ich verstehe«, sagte Stableford. Er hatte mittlerweile das Gefühl, dass Harriet nicht zum Punkt kommen wollte. »Wart ihr denn baden?«

»Nein, John, das waren wir nicht. Wir gingen nach dem Lunch gemeinsam nach oben, und ich hatte mir gerade ein Handtuch über die Schulter geworfen, als Penelope kreidebleich in meiner Tür erschien. Sie sagte nichts, sondern gab mir nur ein Zeichen, ihr zu folgen. In ihrem Zimmer verschlug es auch mir die Sprache. Auf dem Bett war ihr Brautkleid so drapiert, als ob sich jemand darin zur Ruhe gelegt hätte. Es war zerschnitten und auf Brusthöhe mit Stichen übersät. Der Anblick war so furchtbar, dass ich weinen musste. Da, sieh nur! Ich fange schon wieder an.«

Stableford nahm sie in den Arm. Das Messer war also wirklich noch einmal verwendet worden, und zwar auf eine Art und Weise, die ihm Sorge bereitete. War das zerschnittene Kleid nur der verzweifelte letzte Versuch, die Hochzeit zu verhindern? Oder würden die symbolischen Angriffe dem Täter bald nicht mehr ausreichen?

»Und Penelope?«, fragte er nach einer Weile.

»Sie weinte nicht. Aber sie hat seit dieser Entdeckung ihr Zimmer nicht mehr verlassen.«

»Sie war schockiert?«

»Natürlich, aber der Grund für ihre Entscheidung ist wohl eher der, dass sie nicht weiß, wie sie sich Percys Familie und letztendlich Percy selbst gegenüber verhalten soll. Immerhin ist es nicht unwahrscheinlich, dass einer von ihnen für diese abscheulichen Taten verantwortlich ist.«

»Und was ist mit den Dienstboten?«

»Sind die in deinen Detektivromanen denn nicht immer unschuldig?«

»Schon, aber diese Konvention ist im wahren Leben leider ungültig.«

»Nun, ich glaube gehört zu haben, dass die Bediensteten hier schon seit vielen Jahren angestellt sind – bis auf den Chauffeur und Betty Fenton, die Parlour Maid. Sie erzählte mir, dass sie erst seit sechs Monaten für die Holmes arbeiten.«

»Gut.« Stableford stand auf. »Lass uns jetzt zu Penelope gehen! Und dann werden wir, ihre Zustimmung vorausgesetzt, die Familie informieren. In diesem Fall ist es, denke ich, das Beste, in die Offensive zu gehen.« Und das Sicherste ist es auch, setzte er in Gedanken hinzu und verwarf kurzerhand seine Absicht, mit offenen Karten zu spielen. Er hatte das ungute Gefühl, dass sich der ominöse Streichespieler über kurz oder lang nicht mehr mit der Zerstörung von Gegenständen begnügen würde und das zerschnittene Kleid eine nur halbherzig versteckte Todesdrohung war.

KAPITEL 4
Die Braut

Sie fanden Penelope in ihrem Zimmer im ersten Stock. Es lag hinter der vierten Tür auf der rechten Seite des langen Korridors. Penelope saß auf dem Bett, während Percy mit dem Rücken zu ihnen am offenen Fenster stand. Als er sich umdrehte, erschrak Harriet. Das Blut war aus seinem Gesicht gewichen, und sein starrer Blick verriet, dass er seinen Zorn nur mit Mühe zügeln konnte.

Harriet setzte sich zu Penelope aufs Bett. »Du hast ihm also alles erzählt?«

Penelope nickte.

»Dann sollten wir gemeinsam darüber nachdenken, was jetzt zu tun ist.« John versuchte sich an einem Lächeln. »Harriet hat mich ebenfalls eingeweiht, und ich schlage vor, dass Holmes und ich der Sache hier auf den Grund gehen. Währenddessen solltet ihr«, wandte er sich an die beiden Frauen, »für ein oder zwei Tage in ein Hotel in der Umgebung ziehen.«

»Niemals!«, widersprach Percy wütend. »Ich würde eher meine Familie und die ganze restliche Bagage ausquartieren, als zuzulassen, dass Hattie nach diesen Vorkommnissen Slane House verlässt.«

»Nun gut. Und was schlagen Sie dann vor?«

»Der Sache auf den Grund zu gehen, da bin ich ganz bei Ihnen. Es muss doch möglich sein, diesem geschmacklosen Schabernack ein Ende zu bereiten!«

»Schabernack?«, fragte John überrascht. »Dann halten Sie die Geschehnisse bloß für eine Serie von übermütigen Streichen?«

»Ich weiß nicht, was ich denken soll, Stableford! Aber ...«

»Es reicht!«, unterbrach ihn Penelope. Sie wischte sich eine Locke aus dem Gesicht und erhob sich vom Bett. »Eure Sorge rührt mich, aber es ist allein meine Entscheidung. Und natürlich werde ich bleiben. Eine Hatton lässt sich nicht so einfach einschüchtern! Wir werden den Übeltäter gemeinsam zur Strecke bringen.«

»Hört, hört!«, rief Percy. Die Erleichterung über Penelopes Entschluss war ihm anzumerken. »Dann ist es abgemacht?«

»Sicher.« Harriet sah zu John hinüber, der interessiert den Schminktisch betrachtete.

»Ich hoffe, ihr wisst, worauf ihr euch einlasst«, sagte er nachdenklich. »Aber wenn es dein Wunsch ist, Penelope, werden wir ihm entsprechen. Hast du denn irgendeinen Verdacht, wer hinter diesen Anschlägen stecken könnte?«

»Nein, John.«

»Und das liegt nicht vielleicht daran, dass du dich gegen den Gedanken sträubst, es könnte jemand aus der Familie deines zukünftigen Mannes sein?«

»Nun, ich gebe zu, dass dieser Gedanke nicht angenehm ist, aber spätestens seit gestern würde ich darauf keine Rücksicht mehr nehmen. Das Problem ist nur, dass ich es wirklich niemandem hier zutraue.«

»Kannst du denn wenigstens einige Personen als mögliche Täter ausschließen?«, fragte John weiter.

»Percys Bruder, Henry«, antwortete Penelope. »Er empfängt wohl jeden Dienstag und Donnerstag Klienten in seiner Praxis in Totnes. An beiden Tagen hat er das Haus früh verlassen und kam erst am späten Nachmittag wieder zurück.«

»Das ist doch ein Anfang«, sagte John. »Und seine Termine ließen sich bei Bedarf bestimmt nachprüfen.«

»Francine war den ganzen Mittwoch in Exeter«, fuhr Penelope fort.

»Und am Mittwoch wurde das zerstörte Porträt entdeckt?«

»Genau. Laura können wir, denke ich, auch von der Liste der Verdächtigen streichen. Sie reiste erst am Montagabend an und verbrachte den Dienstag gemeinsam mit Harriet und mir.«

»Die Brosche kann sie also nicht entwendet haben?«

»Nein. Und für den Streich mit dem verstopften Kamin kommt sie auch nicht infrage.«

Percy räusperte sich. »Bist du dir da sicher, Hattie? Hätte sie das Feuer im Kamin nicht kurz vor eurer Abfahrt entzünden können?«

Harriet war von seiner Frage überrascht. Noch mehr erstaunte sie jedoch, dass sein Einwand nicht vollkommen unbegründet war. Tatsächlich hatten sie sich am Dienstagmorgen mit Laura in der Halle getroffen, aber Laura war noch einmal auf ihr Zimmer gegangen, weil sie ihren Geldbeutel vergessen hatte. Das hatte sie zumindest behauptet.

»Einen Moment!« John holte sein kleines schwarzes Notizbüchlein aus der Jackentasche hervor. Er zog den Bleistift aus der Schlaufe und schlug es auf. »Ich halte es für sinnvoll, die Geschehnisse in eine chronologische Ordnung zu bringen. Am Montag hattest du das Fehlen der Brosche entdeckt, nicht wahr?«

»Ja«, antwortete Penelope und wandte sich an Harriet. »Gegen elf Uhr?«

Harriet nickte.

»Zuletzt gesehen hattest du sie aber in London?«

»Das stimmt. Doch ich bin mir mittlerweile sicher, dass ich sie eingepackt hatte.«

»Sie könnte allerdings schon am Sonntag im Zug oder nach eurer Ankunft entwendet worden sein.«

»Natürlich.«

»Und das Kaminfeuer kann am Dienstag frühestens kurz nach deinem Verlassen des Zimmers und – sagen wir – spätestens eine Stunde vor eurer Rückkehr entzündet worden sein?«

»Genau. Ich hatte Betty am Morgen gesagt, dass sie sich nicht um mein Zimmer zu kümmern braucht, und sie hat mir später bestätigt, dass sie es an diesem Tag nicht betreten hat.«

John sah zu Percy hinüber. »Wenn Ihr Bruder das Haus am Dienstag also wirklich früh verlassen hat, ist er, zumindest was diesen Streich angeht, aus dem Schneider.«

Die Bemerkung traf Harriet wie ein Schlag. Sie war bisher davon ausgegangen, dass alle Vorfälle auf eine Person zurückzuführen waren. Die Idee, es mit mehreren Tätern zu tun zu haben, gefiel ihr ganz und gar nicht. Hatten sich ein paar der Familienmitglieder gegen Penelope verschworen? Oder galten die Anschläge vielleicht sogar indirekt Percy – aus Angst vor möglichen Veränderungen in Slane House?

»Und am Mittwoch entdeckte das Mädchen das zerstörte Porträt, das du Harriet am Sonntagabend noch vollkommen unversehrt gezeigt hattest?«, fragte John weiter.

Penelope nickte.

»Es stand seit seiner Ankunft verhüllt in der Bibliothek, nicht wahr?«

»Ja.«

»Dann sollten wir Miss Holmes wieder auf die Liste der Verdächtigen setzen, denn es ist durchaus möglich, dass das Bild schon am Montag oder Dienstag zerschnitten und das Tuch dann von jemand anderem zurückgeschlagen wurde.«

»Das stimmt«, räumte Penelope ein. »Ich habe übrigens Percys Patenonkel vergessen.«

»Sir Richard Banbury-Blake?«

»Genannt Dicky, ja! Er kam erst am Donnerstagvormittag hier an.«

»Ich verstehe. Und die Warnung an deinem Schminkspiegel hattest du vor seiner Ankunft entdeckt?«

»Nein«, mischte sich Harriet ein. »Ich traf Dicky kurz nach seiner Ankunft gegen elf Uhr im Drawing Room. Etwas später ging er auf sein Zimmer, um seinen Koffer auszupacken. Du kamst mit der Nachricht von der Warnung am Spiegel erst etwa zwanzig Minuten später die Treppe herunter.«

»Somit könnte Sir Richard zumindest für diesen Vorfall verantwortlich sein«, sagte John. »Henry allerdings nicht.«

»Wieso?«, wollte Percy wissen.

»Weil die Warnung auf dem Spiegel nicht in der Nacht oder sogar tags zuvor geschrieben werden konnte.«

»Das stimmt«, sagte Penelope. »Es muss in den wenigen Minuten geschehen sein, die ich im Bad verbracht habe.«

»Und da war Henry offenbar in seiner Praxis. Könnt ihr trotz des kleinen Zeitfensters wirklich nur ihn ausschließen?«, fragte John ernst.

»Leider«, antwortete Harriet. »Aber wir konnten ja auch niemanden nach seinem Alibi fragen, da Penelope die ganze Sache geheim halten wollte.«

»Den Bewohnern bekannt sind also nur die Vorfälle, um die sich das Personal kümmern musste? Beziehungsweise die, die vom Personal entdeckt wurden?«

»Die Sache mit dem verstopften Kamin hat wohl wirklich jeder mitbekommen«, berichtete Penelope. »Aber bei dem zerstörten Porträt bin ich mir nicht so sicher. Betty hatte es am Morgen entdeckt und war zu Mrs Hart gelaufen, die dann wiederum mich von dem ›Unglück‹ unterrichtete. Ich bat sie um Stillschweigen, und sie versprach mir …«

»Wenn Gladys dir etwas verspricht, kannst du dir gewiss sein, dass sie sich daran hält«, unterbrach Percy sie.

»Mrs Hart vielleicht, aber wie sieht es mit der Parlour Maid aus?«, fragte John.

»Nun, Mrs Hart versicherte mir, dass Betty ebenfalls schweigen würde.«

»Und wo ist das Bild jetzt?«

»Es steht an seinem alten Platz auf der Staffelei in der Bibliothek. Natürlich ist es wieder mit dem Tuch abgedeckt.«

»Ich verstehe. Und am Freitag, also gestern, machtet ihr einen Spaziergang nach Stoke St Michael, nicht wahr? Harriet erzählte mir, dass euch Miss Beaumont ursprünglich begleiten wollte, den Vormittag dann allerdings mit Sir Richard verbrachte.«

»Das stimmt. Wir tranken Tee im Dorf und schafften es gerade so zum Lunch.«

»Dann wart ihr vorher nicht noch einmal kurz auf euren Zimmern?«

»Nein, wir gingen direkt in den Morning Room.«

»Wo sich außer Lady Holmes alle Bewohner versammelt hatten?«

»Also ehrlich, Stableford!«, mischte sich Percy ein. »Verdächtigen Sie jetzt wirklich meine Mutter?«

»Nun, ich würde sie aus dem Kreis der Verdächtigen zumindest nicht vorschnell entlassen wollen. Mir geht es jedoch gerade um etwas anderes. Harriet erzählte mir, dass Ihre Mutter gestern unpässlich war. Verbrachte sie den Tag auf ihrem Zimmer?«

»Ja«, sagten Harriet und Penelope fast gleichzeitig.

»Und liegt ihr Zimmer in der Nähe dieses Zimmers?«

Penelope nickte.

»Dann könnte sie am Vormittag doch vielleicht etwas gehört haben, nicht wahr?«

»Natürlich, aber auf dieser Etage befinden sich auch die Zimmer von Henry, Françoise und Mr Wainwright. Sie werden alle das eine oder andere Mal den Korridor entlanggegangen sein.«

»Sicher, Penelope, aber so, wie ich Lady Holmes einschätze, wird sie zumindest ihren Sohn und ihre Schwiegertochter am Schritt erkennen können. Vielleicht kann sie sich ja an etwas erinnern, was in diesem Sinne außergewöhnlich war. Nun, wie dem auch sei: Wir müssen noch über etwas anderes sprechen.«

»Ein Motiv?«, warf Harriet ein.

»Ja. Ein Motiv oder sogar mehrere. Habt ihr dazu eine Idee?«

Penelope schwieg.

»Nun«, begann Percy etwas zögerlich, »mit unserer Heirat geht natürlich die Frage der Erbfolge einher.«

»Bitte fahren Sie fort!«

»Bei meinem Ableben würde mein Titel zum jetzigen Zeitpunkt auf Henry übergehen und damit auch in seinem Familienzweig verbleiben.«

»Francis würde den Titel also irgendwann erben?«

»Ja. Wenn Hattie und ich allerdings noch Nachkommen in die Welt setzen würden …«

»Ich verstehe«, sagte John. »Und Sie meinen, dass man Ihre Braut hier vergraulen will, um die Hochzeit zu verhindern?«

Percy nickte. »Ich bin mir sicher, dass Henry und Fran schon lange auf meinen Titel spekuliert haben. Ihr Handlungsdruck könnte also immens sein, sodass sie die Sphären der Logik längst verlassen haben.«

»Gibt es denn noch ein anderes mögliches Motiv?«

»Vielleicht die Angst vor Veränderung – ganz allgemein, meine ich.«

»Ah«, machte John. »Ein diffuses und doch äußerst starkes Motiv. Ich muss gestehen, dass ich auch schon daran gedacht hatte, Penelope.«

»Was meint ihr damit?«, fragte Harriet.

»Die Heirat zwischen Percy und mir kann auch jenseits der Erbfolgefrage viel verändern, und Veränderung wird von nicht wenigen Menschen als Bedrohung wahrgenommen. Percys Mutter zum Beispiel gewinnt zwar eine Schwiegertochter, aber sie verliert auch ihren Titel. Jetzt ist sie Lady Holmes, doch nach unserer Hochzeit werde ich es sein.«

»Und was ändert sich noch?«

»Meine Familie muss damit rechnen, um- oder sogar ausquartiert zu werden«, antwortete Percy. »Hattie und ich haben natürlich nicht die Absicht, London zu verlassen, aber das weiß hier niemand. Sollten wir uns dazu entschließen, hier in Slane House zu leben, würde meine Mutter als Dowager Lady Holmes das Schicksal ihrer Vorgängerinnen treffen: ein Umzug ins Gatehouse am Rande des Anwesens.«

»Und Ihr Bruder und seine Familie?«

»Würden sich zumindest räumlich einschränken müssen. Zudem würde ich die Geschäfte unseres Anwesens wieder selbst übernehmen, was für Henry sicher sehr unangenehm wäre.«

»Und für Francine«, ergänzte Penelope.

»Du hast ganz recht. Ihr würde ihr Lebensinhalt entzogen werden. Nicht auszudenken, was das bei meiner Nichte anrichten könnte.«

»Nun gut«, sagte John. »Dann würde ich vorschlagen, dass wir uns jetzt einmal das Kleid ansehen.«

»Das Kleid.« Penelopes Worte klangen wie ein schwaches Echo. »Natürlich.« Sie ging zum Schrank hinüber und holte es hervor.

»Kannst du es so hinlegen, wie du es gestern Mittag vorgefunden hast?«

»Ist das wirklich notwendig, John?«, fragte Harriet leise und stand auf.

»Es könnte wichtig sein.«

Penelope hatte das Kleid inzwischen auf dem Bett ausgebreitet. »Lag es so da, Harriet?«

Harriet durchfuhr ein Schauer. »Ich glaube, die Ärmelenden zeigten über der Bauchpartie zueinander«, sagte sie zögernd.

»Wie bei einer Toten«, entfuhr es Percy. »Ich meine – oh Gott, es tut mir leid, Hattie!«

»Es ist schon gut, Percy«, sagte Penelope, während sie die Ärmel des Brautkleides zurechtlegte.

Doch Harriet wusste, dass nichts gut war, denn zu ihrem Entsetzen hatte Percys makabre Assoziation den Nagel auf den Kopf getroffen: Die leere weiße Hülle wirkte, so drapiert, wie ein Totenkleid.

KAPITEL 5
Schnitte und Stiche

»Grundgütiger!« Stableford blickte zu Harriet hinüber. Er wusste sofort, dass auch ihr Holmes' Totenkleid-Assoziation aufgegangen war.

Mit schweren Schritten ging er zum Bett und betrachtete das Brautkleid aus der Nähe. Etwa auf Brusthöhe befanden sich fünf Einstiche. Er zog den Stoff auseinander und befühlte dann sorgfältig die Schnittkanten.

»Die Stiche scheinen mir nicht von einer Messerklinge zu stammen«, sagte er nachdenklich. »Die Stofffasern wurden zumindest nicht glatt durchtrennt. Was meinen Sie, Holmes?«

Holmes trat wortlos hinzu und ließ seinen langen Zeigefinger langsam über eines der Löcher gleiten.

»Ich fühle es auch. Der Stoff ist nicht durchschnitten worden, sondern offenbar aufgrund der plötzlichen Spannung gerissen.«

»Dann sprechen wir von einer Art Dorn?«, fragte Penelope.

»Ja«, antwortete Stableford. »Ein spitzer, an den Seiten abgeflachter und sich nach oben verbreiternder Dorn, dessen Seiten rau genug sind, um einzelne Fasern zu verletzen.«

»Vielleicht ein Pfeil?«, schlug Harriet vor. »Ich musste gerade an die gefüllten Köcher der Langbogen denken, die im Gang in der Nähe der Treppe hängen.«

»Gut möglich, Harriet.«

»Schauen Sie sich das mal an!« Holmes hatte mittlerweile damit begonnen, den Rockteil des Kleides zu untersuchen. »Hier kann man durchaus von Messerschnitten sprechen, meinen Sie nicht?«

Stableford stutzte. »Von Schnitten bestimmt, aber was das Messer als Werkzeug angeht, habe ich meine Zweifel. Was meint ihr?«

Die beiden Frauen kamen näher, und Penelope strich den Rock glatt, sodass die langen Einschnitte besser sichtbar wurden.

»John hat recht«, sagte sie schließlich. »Die Schnitte verlaufen nicht geradlinig, wie man es bei einem Messer erwarten würde, das man mit Kraft durch den Stoff zieht. Täusche ich mich, oder haben sie eine leichte Wellenform?«

»Das Schnittbild ist wirklich ungleichmäßig«, bemerkte Harriet. »So als ob hastig eine Schere benutzt wurde. Ich war nie gut in Handarbeiten, aber seht euch diesen Verlauf dort an! Er beginnt mit einem leichten Linksbogen, der hier abrupt endet und dann in immer weiteren Bögen fortläuft.«

»Das ist es!«, rief Stableford. »Die Wellen, wie du es nennst, sind durch das Nachfassen mit der Schere entstanden. Und im oberen Teil des Kleides wurde die Schere geschlossen wie ein Dolch benutzt. Das erklärt die fehlenden Schneidemarken und wahrscheinlich auch die kaputten Fasern.«

»Sie denken, dass sie von der Schraube an der Schere zerstört wurden?«

»Ganz recht, Holmes! War die Überdecke des Bettes eigentlich auch zerstochen, Penelope?«, fragte Stableford.

»Ja. Ich habe die Einstiche selbst gestopft, und es ist dem Zimmermädchen bisher nicht aufgefallen.«

»Gute Arbeit! Dann lasst uns jetzt das Bild in der Bibliothek untersuchen! Denn wenn ich das alles richtig verstanden habe, sind das Kleid und das Porträt die beiden einzigen Beweismittel, die uns in diesem Fall geblieben sind.«

Sie machten sich auf den Weg. Penelope und Harriet gingen voran, während Stableford und Holmes mit einigem Abstand folgten.

»Tun Sie mir den Gefallen, und behalten Sie bei all Ihren Überlegungen auch Laura Beaumont als Verdächtige im Auge!«, raunte Holmes mitten auf der Treppe. »Hatties Idee von der Furcht vor Veränderung als Motiv könnte durchaus auch auf sie zutreffen. Vielleicht hat sie ja nie aufgehört, davon zu träumen, durch eine Heirat mit mir ihrer Schwester schaden zu können? Dieser Traum ist jetzt in Gefahr.«

»Ist das Ihr Ernst?«, fragte Stableford mit gedämpfter Stimme zurück.

Harriet drehte sich zu ihnen um. »Was tuschelt ihr denn da?«

»Geheimnisse zwischen dem Bräutigam und seinem Trauzeugen«, antwortete Holmes leichthin.

Stableford dachte nach. Er hielt Holmes' Gedanken eigentlich für abwegig, musste sich allerdings eingestehen, dass die äußere Ähnlichkeit zwischen Miss Beaumont und Penelope durchaus für die Theorie seines Freundes sprechen konnte, falls sie absichtlich herbeigeführt worden war. Hatte sich Françoises Schwester mit einem perfiden Hintergedanken schon vor ihrer Anreise in ein Abbild ihrer Rivalin verwandelt? Wollte sie ihre Anwesenheit hier vielleicht tatsächlich dazu nutzen, Holmes in einem letzten Kraftakt umzustimmen? Und war es gar möglich, dass sich aus dieser Absicht die Angriffe auf Penelope erklären ließen?

»Hallo!«

Stableford blickte von den Treppenstufen auf. In der

Halle standen zwei Männer, die ihm bisher noch nicht begegnet waren. Es brauchte nicht viel detektivischen Spürsinn, um zu erraten, um wen es sich handelte. Der große war Francis Holmes. Er sah wie das junge Spiegelbild seines Vaters aus. Selbst den Bart hatte er kopiert. Er trug eine helle Flanellhose und ein Hemd, dessen Ärmel aufgekrempelt waren. Der andere musste Sir Richard sein. Sein linkes Hosenbein und der linke Ärmel seines Tweedanzugs waren vollkommen durchnässt. Beide Männer trugen Gummistiefel, und jeder hielt eine Angel in der Hand.

»Mein Gott, Dicky!«, rief Harriet. »Was ist Ihnen denn zugestoßen?«

»Ein kleiner Unfall am Ufer«, antwortete Sir Richard und lachte. »Nichts Ernstes! Franny hatte eine dicke Forelle am Haken, und ich wollte sie mit dem Kescher einfangen. Dabei bin ich ins Wasser gefallen.«

»Der Fisch ist uns entwischt«, ergänzte der junge Mann gut gelaunt. »Und den Kescher hat er gleich mitgenommen.«

Sir Richard seufzte. »Ich war nie ein großer Sportsmann. Einmal hatte mich Lord Cheswick zur Jagd eingeladen – ein Vergnügen, das für mich schon am ersten Tag des langen Wochenendes zu Ende war. Ich hatte den Finger am Abzug und stolperte über eine Wurzel. Der erste Schuss traf einen Treiber in die Schulter, die zweite Ladung Blei entlud sich in meinen linken Fuß. Es grenzt an ein Wunder, dass beide Wunden praktisch völlig verheilten.«

»Deswegen laden wir Dicky nur noch zu Zeiten ein, in denen die Jagd hier untersagt ist«, bemerkte der junge Mann und reichte Stableford, der mittlerweile mit Holmes zu der Gruppe gestoßen war, die Hand. »Ich bin übrigens Franny, der Neffe Ihres Freundes.«

»Und ich bin John Stableford, der Freund Ihres Onkels.«

»Und der Gatte der bezaubernden Harriet«, ergänzte Sir Richard und gab Stableford ebenfalls die Hand.

»Sir Richard Banbury-Blake, nicht wahr?«

»Ja, aber nennen Sie mich doch Dicky!«

»Sag mal, Onkel Percy?«

»Ja, Franny?«

»Hast du Tante Laura eingeladen? Ich frage nur, weil ihre Anwesenheit hier zu einer ernstlichen Verstimmung zwischen meinen Eltern geführt hat.«

»Ich? Nein. Bist du dir denn sicher, dass weder Fran noch Henry dafür verantwortlich sind?«

»Absolut! Sie haben sich gegenseitig in Verdacht und sprechen seit Lauras Ankunft kaum ein Wort miteinander. Ich will nicht behaupten, dass sie sich sonst blendend vertragen, aber ...«

»Ich versichere dir, dass ich über Lauras Anwesenheit ebenso überrascht bin wie deine Eltern, Franny.«

»Also ich muss gestehen, dass ich Miss Beaumonts Gegenwart als sehr angenehm empfinde«, mischte sich Sir Richard ein. Seine Bemerkung fiel wie ein Stein in einen bodenlosen Brunnen.

»Nun«, sagte Holmes nach einer unangenehmen Pause, »ich denke, du solltest dir erst einmal etwas Trockenes anziehen, Dicky. Und dann sehen wir uns beim Dinner.«

»Natürlich«, erwiderte Sir Richard fast dankbar und ging zusammen mit Francis in Richtung einer Tür, auf der mit schwarzen Lettern »DRY ROOM« geschrieben stand.

Holmes und Stableford folgten den Frauen in die Bibliothek, die dem Dining Room gegenüberlag. Es war ein gemütlicher Raum mit hohen Bücherregalen, alten orientalischen Teppichen, abgenutzten Ledersesseln und einem großen Kamin, in dem zu Stablefords Überraschung ein Feuer brannte. Die Behaglichkeit, die dieses Zimmer ausstrahlte, verdankte es wohl nicht zuletzt der Abwesenheit von Waffen.

»Ich muss gestehen, dass ich Bücher an den Wänden bevorzuge«, sagte Stableford zu Holmes.

»Ich teile Ihren Geschmack«, erwiderte der und lachte, »allerdings sind es fast ausschließlich Bücher über Waffen. Insofern zieht sich das martialische Thema tatsächlich durch alle Räumlichkeiten von Slane House.«

Sie traten an die Staffelei, die neben einem großen Fenster in einer Ecke des Zimmers stand.

»Seid ihr bereit?«, fragte Penelope und schlug das Tuch zurück.

Sie sah angespannt aus, doch sie war definitiv nicht angespannt gewesen, als das Bild gemalt worden war. Das Porträt zeigte wohl einstmals eine schöne und glückliche Penelope. Doch jetzt blickte sie eine furchterregende Fratze an, denn über das Gesicht verliefen drei tiefe horizontale Schnitte, die es entstellten. Stableford war schockiert. Er sah zu Harriet hinüber, die zu Boden blickte.

»Grundgütiger!«, flüsterte Holmes. »Wer immer das getan hat, kann nicht ganz bei Sinnen sein.«

»Und?«, fragte Penelope.

Stableford, der dicht an das Bild herangetreten war, erklärte: »Es handelt sich um dieselbe Schere. Das nehme ich zumindest an, denn die Länge der wellenförmigen Schnitte sind mit denen vom Rock des Brautkleids identisch.«

»Dann müssen wir doch eigentlich nur noch die Zimmer aller Bewohner nach einer Schere durchsuchen«, warf Holmes ein. »Die Klinge sollte etwa dreieinhalb Inches lang sein, wenn ich mich nicht täusche.«

»Das könnten wir natürlich tun, mein lieber Holmes. Aber nach einem Objekt von dieser Größe in einem Haus wie dem Ihren zu suchen, erscheint mir wenig Erfolg versprechend. Was ist das?« Stableford zeigte auf einen Punkt auf der Leinwand, an dem etwas Farbe abgesplittert war. »Und hier, eine zweite und eine dritte Stelle! Die Farbabschürfungen befinden sich etwa dreieinhalb Inches unterhalb der einzelnen Schnittansätze und verlaufen in einem rechten Winkel zur Schnittrichtung.« Er hielt seine rechte Hand über das Porträt und ahmte die Bewegung des Schneidens mit einer Schere nach.

»Du hast ganz recht«, sagte Penelope. »Die Abschürfungen und die Ansätze der einzelnen Schnitte gehören zusammen und scheinen durch ein und dieselbe Bewegung entstanden zu sein.«

»Ich hätte da eine Idee.« Harriet trat nun auch näher. Sie zog ihren Ehering ab und steckte ihn an den kleinen Finger ihrer rechten Hand. »Meine Hand ist zu klein, aber stellt euch vor, ich will schnell und mit viel Kraft durch die Leinwand schneiden! Ich steche also in das Bild hinein, drehe die Scherenklingen in Position und schneide mit einem leichten Bogen durch das Gewebe. Bei jedem Ansatz eines neuen Schnittes kratzt der Ring an meinem kleinen Finger in einem Neunzig-Grad-Winkel zur Schnittrichtung etwas Farbe von dem Gemälde ab.«

»Das ist es!«, rief Holmes. »Wir suchen also keine Schere, sondern eine Person, die einen Ring am kleinen Finger ihrer rechten Hand trägt.«

»Oder am Ringfinger«, setzte Harriet hinzu.

»Was sagen Sie dazu, Stableford?«

»Ich sage: Bravo! Harriets Deduktion ist makellos. Ich frage mich allerdings, ob uns diese Theorie wirklich weiterhilft.«

»Natürlich tut sie das! Wir müssen doch nur beim Dinner darauf achten, wer an seiner rechten Hand einen Ring trägt.«

»So wie Sie?« Stableford zeigte auf den Siegelring an Holmes' rechtem Ringfinger.

»Ja! Nur bin ich nicht verdächtig.«

»Nein, aber unaufmerksam. Ich will darauf hinaus, dass zu viele Personen in diesem Haushalt einen Ring an der rechten Hand tragen. Penelope trägt dort ihren Verlobungsring, Sir Richard seinen Siegelring am kleinen Finger. Ihre Schwägerin und Francine tragen rechts ebenfalls Ringe. Und wenn ich mich richtig erinnere, habe ich auch bei Ihrem Bruder einen Ring an der rechten Hand gesehen, der dem Ihren stark ähnelt. Folgt man Ihrer Theorie, so könnten wir nur Ihren Neffen und Miss Beaumont von der Liste der Verdächtigen streichen. Denn zumindest heute trugen beide keinen Ring an der besagten Hand.«

»Und Dicky«, ergänzte Harriet. »Er kam ja erst am nächsten Tag hier an.«

»Und mich, Professor Stableford!«

Die vier drehten sich wie ertappt um. In der Tür stand Lady Holmes.

»Mutter!«, rief Holmes und versuchte mit einem schnellen Seitwärtsschritt den Blick auf das Porträt zu verstellen.

»Es freut mich, dass du mich noch erkennst, Perceval! Aber nun erkläre mir bitte, warum ihr uns und unsere Gäste als Verdächtige bezeichnet!«

Holmes blickte zu Stableford, der ihm aufmunternd zunickte. Er holte einmal tief Luft und trat dann einen Schritt zur Seite. Lady Holmes stand wie angewurzelt da. Ihre Augen weiteten sich, doch sie behielt die Fassung.

»Wer hat das getan?«, presste sie zwischen fast geschlossenen Lippen hervor. »Wer, Perceval?«

»Wir wissen es nicht, Mutter. Aber wir werden es herausbekommen. Das verspreche ich dir!«

»Und ihr habt es gerade entdeckt?«

»Nein«, antwortete Penelope kleinlaut. »Betty hat es am Mittwoch so vorgefunden.«

»Die Parlour Maid? Am Mittwoch? Wieso wurde ich nicht unterrichtet?«

»Harriet und ich hatten Betty und Mrs Hart zunächst um Stillschweigen gebeten, da wir nicht wussten, wie wir mit diesem Vorfall umgehen sollten. Es tut mir leid, dass ich dir nicht schon …«

»Es tut dir leid?« Lady Holmes ging langsam auf Penelope zu und umarmte sie. »Mir tut es leid, mein Kind! Und ich meine nicht das alberne Bild dort. Wir geben ein neues in Auftrag. Es betrübt mich vielmehr, dass ich dir wohl nicht ausreichend vermitteln konnte, wie glücklich ich bin, dass du Perceval als Gatten gewählt hast.«

»Nun, eigentlich habe ich …«, begann Holmes und wurde jäh von seiner Mutter unterbrochen.

»Das ist ein Gespräch unter Frauen, mein Sohn!« Lady Holmes wandte sich wieder an Penelope: »Ich verspreche dir, dass wir diesen abscheulichen Akt nicht unter den Teppich kehren werden. Du gehörst zur Familie, und wer auch immer sich gegen eine Holmes stellt, bekommt es mit uns allen zu tun.«

»Es ist noch mehr passiert«, brach es aus Penelope heraus, und sie begann zu weinen.

Lady Holmes umarmte sie ein zweites Mal. »Möchtest du mir davon erzählen?«

»Das Kleid«, brachte Penelope nach einigen tiefen

Schluchzern hervor. »Mein Brautkleid ... Es wurde ebenso zerschnitten wie mein Porträt.«

»Mein Gott!«, sagte die alte Dame leise, und ein Zittern durchfuhr sie.

Stableford erwartete, dass sie ebenfalls zu weinen beginnen würde, doch er hatte sich getäuscht.

Lady Holmes trat einen Schritt zurück und blickte Penelope aufmunternd an. Dann wischte sie ihr die Tränen von den Wangen und sagte: »Komm einmal mit, mein Kind!«

KAPITEL 6
Eklat

Harriet, John und Percy folgten Penelope und Lady Holmes durch die Halle und dann weiter die Treppe hinauf. Die alte Dame öffnete die nicht verschlossene erste Tür auf der rechten Seite des Korridors, und sie traten nacheinander ein.

»Das ist die Kammer«, sagte Lady Holmes zu Penelope. »Woher der Raum diesen Namen hat, weiß ich nicht. An der Größe kann es nicht liegen, denn er ist ebenso groß wie alle anderen auf der Etage. Ich vermute, es hat etwas damit zu tun, dass Percevals Großvater die Durchgangstür dort, die zu meinem Zimmer führt, zumauern ließ. Danach hat niemand mehr hier gewohnt, und nach und nach verkam das Zimmer zu einer Art Abstellkammer. Übrigens ist es hier immer etwas kälter als in den anderen Räumen.«

Hatte die niedrigere Temperatur hier etwas mit den Spukgeschichten zu tun? Harriet sah vorsichtig zu John hinüber, der ihr fast unmerklich zunickte. Sie befanden sich also in Ethels Brautzimmer. Kein Wunder, dass nach ihrem Tod niemand mehr darin wohnen wollte.

»Das, was ich suche, müsste in dem alten Schrank dort hinter dem Bett hängen«, fuhr Lady Holmes fort. »Kannst du bitte einmal den zusammengeklappten Bridgetisch beiseitestellen, Perceval? Das reicht, danke! Du musst wissen, Penelope, dass ich als junge Frau größer war als heute – fast so groß wie du, würde ich denken. Für meine Zeit war ich eine wahre Riesin, und Hubert – Pervecals Vater – musste sich auf die Zehenspitzen stellen, wenn er mich … Aber ich will dich nicht mit alten Geschichten langweilen.«

»Küssen wollte?«, fragte Penelope.

»Nun, ja.« Die alte Dame lächelte. »Auch wir taten das, aber man sprach nicht darüber.« Dann öffnete sie die Schranktür. »Da ist es!« Sie griff nach einem Bügel, an dem ein großer Kleidersack hing, den sie mit etwas Mühe auf das Bett hievte. Vorsichtig begann sie, die kleinen Schleifen, die die Hülle zusammenhielten, aufzuziehen.

Zum Vorschein kam ein Schleier und dann ein Brautkleid, dessen schlichte Eleganz Harriet den Atem verschlug.

»Ich weiß, dass ihr modernen Frauen ganz eigene Vorstellungen von Kleidern habt«, erklärte Lady Holmes. »Aber sagt man nicht auch, dass der Teufel in der Not Fliegen frisst?«

»Es ist wunderschön«, flüsterte Penelope, und ihre Augen glänzten.

Harriet spürte, dass sie ehrlich gerührt war.

»Du könntest es natürlich ganz nach deinen Vorstellungen ändern lassen. Gladys ist eine wahre Künstlerin, wenn es um derlei Sachen geht.«

Penelope schüttelte den Kopf. »Es ist perfekt. Und du bietest mir wirklich an, dein Brautkleid zu tragen?«

»Sicher! Es wäre mir eine große Freude, dich darin zu sehen. Als ich frisch verheiratet war, stellte ich mir vor, wie es vielleicht eines Tages meine Tochter tragen würde. Aber wie du ja weißt, schenkte mir der Herrgott nur zwei Jungen, und Kindsköpfe obendrein.«

»Das bedeutet mir sehr viel.«

»Und mir als erstgeborenem Kindskopf auch«, bemerkte Percy etwas säuerlich.

Harriet hörte Schritte. Jemand kam die Treppe herauf und blieb auf dem Absatz stehen. Einen Moment später erschien Laura in der Tür.

»Was ist denn hier … Oh, Percy!«

»Laura«, sagte Percy ernst. Es klang mehr nach einer Feststellung als nach einer Begrüßung.

»Freust du dich denn gar nicht, mich zu sehen? Nach all den Jahren?«

»Ich wundere mich eher. Wer hat dich eingeladen?«

Harriet staunte. Percys feindselige Haltung Laura gegenüber hatte sie nicht erwartet. Auch Laura wirkte verblüfft.

»Nun, du, nehme ich an.«

Percy schüttelte den Kopf. »Hast du sie eingeladen, Mutter?«

»Nein, ich dachte, dass du … Aber vielleicht war es Françoise?«

»Das glaube ich nicht. Und Henry können wir wohl auch ausschließen.«

»Vielleicht war es ein Streich der Kinder«, sagte Laura. »Aber wie dem auch sei, jetzt bin ich hier, nicht wahr? Als Gast auf deiner Hochzeit, wer hätte das gedacht?«

Sie hatte das Wort »Gast« merkwürdig betont, und Harriet fragte sich, ob sie damit andeuten wollte, dass sie und Percy einmal eine Liaison gehabt hatten. Sie schaute sich um und stellte fest, dass ihr die Situation nicht allein unangenehm war. Penelope war wohl ebenfalls peinlich berührt, und auch John blickte etwas verloren drein. Nur Lady Holmes schien das Ganze aus einer gewissen Distanz zu betrachten. Die Güte war aus ihren Augen gewichen. Die Holmes hielten zusammen, doch Laura war keine Holmes. Gespannt wartete Harriet auf Percys Reaktion.

»Niemand«, sagte der kalt. »Und es wird auch nicht dazu kommen, Laura. Ich bitte dich, morgen früh das Haus zu verlassen. Sharp wird dich nach Exeter fahren.

Für die Kosten des Zugtickets komme ich natürlich auf.«

»Das meinst du nicht ernst!« Lauras Stimme klang jetzt ebenso kalt wie Percys. »Du willst mich wirklich …«

»Ich will, und ich werde«, unterbrach er sie.

»Percy …«, begann Penelope.

»Nein! Du kennst sie nicht. Zumindest nicht so, wie ich sie kenne.«

Laura lächelte, aber es war ein furchteinflößendes Lächeln. Ihre Augen waren starr vor Zorn, und sie hatte die Hände zu Fäusten geballt.

»Du bist immer noch in mich verliebt«, sagte sie triumphierend. »Mach dir nichts vor, Percy! Hat sie Geld? Du brauchst Geld, weil Henry euer Vermögen durchgebracht hat, nicht wahr? Ich weiß es von Fran. Oder ist es ihre Herkunft? Fühlst du dich mächtig, weil sich die Tochter eines Earls von dir besteigen lässt?«

Schockiert blickte Harriet zu Percy. Doch der erwartete Wutausbruch blieb aus.

»Siehst du?«, sagte er stattdessen ruhig zu Penelope.

»Fahr zur Hölle, Percy!«, rief Laura außer sich und begann ihn zu beschimpfen, wobei sie – wörtlich genommen – seine legitime Abstammung, seine Keuschheit und seine psychische Normalität infrage stellte. »Ich gehe«, sagte sie schließlich. »Aber es wird dir noch leidtun, das verspreche ich dir! Und dir, Penelope, verspreche ich, dass das schändliche Geheimnis deiner Familie nicht mehr lange ein Geheimnis bleiben wird.« Sie drehte sich um und verließ den Raum.

Lady Holmes räusperte sich. »Ich lasse das Kleid hier liegen, mein Kind. Dann kannst du es anprobieren, wann immer du möchtest. Jetzt ist wohl nicht der richtige Zeitpunkt dafür. Ich werde Weller informieren, dass Miss

Beaumont auf ihrem Zimmer zu dinieren wünscht, und Sharp bitten, sie morgen früh nach Exeter zu fahren. Und dann muss ich die Sitzordnung für heute Abend überdenken, denn mir fehlt nun eine Tischdame. Vielleicht kann Lady Hurst ja noch ihre Nichte mitbringen, damit der gute Dicky nicht ohne Begleitung ist. Lauras Abreise wird ihn hart treffen. Die beiden kamen gut miteinander aus.« Sie seufzte leise.

Als sie gegangen war, setzte sich Percy auf die Bettkante.

»Ich bewundere Ihre Mutter«, sagte John. »Eine Armee, die sie vor sich herträgt, muss unbesiegbar sein.«

Percy lachte. »Und mir zittern immer noch die Hände. Es tut mir leid, dass ihr diese Szene miterleben musstet. Aber bitte glaubt mir: Es ist besser so.«

»Natürlich«, stimmte Penelope ihm zu. »Ich muss gestehen, dass mir Laura ein wenig Angst gemacht hat. Mich schockiert, wie gut wir bisher miteinander auskamen. Ich war ihr wirklich zugetan, und dir ging es doch genauso, nicht wahr, Harriet?«

»Ja. Ich kann immer noch nicht glauben, was gerade geschehen ist.«

»Bin ich der Einzige, der vermutet, dass der Fall der schrecklichen Streiche damit gelöst ist?«, fragte Percy, ohne jemanden im Raum direkt anzusprechen.

»Miss Beaumonts Auftritt legt das zumindest nahe«, antwortete John. »Aber die Brosche …«

»Ach, kommen Sie, Stableford! Gönnen Sie uns eine Pause vom Detektivspielen!«

»Ganz wie Sie meinen.«

»Wann kommt eigentlich dein Bruder, Penelope?«, fragte Harriet.

»Oh, jede Minute, denke ich. Würdest du mich auf mein

Zimmer begleiten, Percy? Ich möchte mich gern umziehen.«

»Sie wird Percy nach seiner Beziehung zu Laura fragen«, stellte Harriet fest, als sie allein waren.

»Und er wird ihr antworten«, sagte John. Er wirkte abwesend.

»Müssen wir uns Sorgen machen?«

»Nein.«

»Dann weißt du etwas?«

»Nun, sie waren kein Paar, falls du darauf hinauswillst.«

»John?«

»Ja?«

»Worüber denkst du gerade nach?«

»Entschuldige bitte! Über die Vorfälle der letzten Tage.«

»Dann hast du Zweifel daran, dass Laura dafür verantwortlich ist?«

»Ich weiß es nicht, Harriet. Miss Beaumont hat sich scheinbar wirklich selber eingeladen, und sie ist fraglos psychisch labil. Aber die Brosche kann sie nicht entwendet haben, nicht wahr?«

»Nein. Trotzdem bin ich froh, dass sie morgen früh das Haus verlässt.«

»Ich werde erst froh sein, wenn sie das Haus verlassen hat. Aber jetzt komm, zeig mir unser Zimmer! Und dann wollen wir über angenehmere Dinge sprechen. Ich habe endlich meine Liste mit männlichen und weiblichen Vornamen fertiggestellt und würde dich bitten, zumindest ein Auge darauf zu werfen, ehe du sie ablehnst.«

»Beinhaltet deine Liste Namen wie Sherlock, Philo, Maud oder Jane?«

»Nein.«

»Dann werde ich sie wohlwollend prüfen.«

KAPITEL 7
Who's Who

Edward Hatton, der Siebente Earl of Sampford, war am frühen Abend eingetroffen. Er hatte einen Freund und zwei Damen mitgebracht – wohl ohne Ankündigung, denn als Lady Holmes mit den vier Neuankömmlingen kurz vor dem Ertönen der Dinner Bell im Drawing Room erschien, war ihr der Kummer über einen weiteren Angriff auf ihre Tischordnung anzusehen.

Bis auf die Stablefords war noch niemand anwesend. Sie erhoben sich aus ihren Sesseln. Nach einer kurzen förmlichen Vorstellung verschwand Lady Holmes mit Weller im angrenzenden Dining Room, um drei weitere Plätze an der Tafel vorzubereiten und das Problem der plötzlich überzähligen Tischdame so elegant wie möglich zu lösen.

Penelopes Bruder, ein großgewachsener schlanker Mann um die dreißig, schien sich wenig um Etikette zu scheren. Er verbat sich lachend, von Stableford mit »Lord Sampford« angesprochen zu werden, und umarmte dann Harriet so innig, dass ihre Füße für einen Moment den Kontakt mit dem Boden verloren.

»Ich freue mich außerordentlich, Sie beide endlich einmal zu treffen«, sagte er gut gelaunt. »Penny hat schon so viel über Sie geschrieben, dass ich das Gefühl habe, wir würden uns seit Jahren kennen. Darf ich Ihnen Mr Latimer vorstellen? Wir waren zusammen in Oxford. Allen? Das sind Mr und Mrs Stableford.«

»Angenehm«, sagte Latimer und reichte ihnen die Hand. »Ich habe Ihre beiden Detektivromane gelesen,

Professor Stableford. Edward behauptet, sie beruhen auf wahren Begebenheiten.«

»Das tun sie wirklich«, sagte Stableford. »Tatsächlich geraten wir von einem Fall in den nächsten, seit wir uns vor knapp zwei Jahren zum ersten Mal in Cornwall trafen. Der zukünftige Schwager Ihres Freundes war damals übrigens auch schon dabei.«

»Dann bin ich gespannt, was uns hier erwarten wird.«

»Und das sind Miss Fields und Miss Garden«, fuhr Sampford unbeirrt mit der Vorstellung seines Gefolges fort.

»Ich bin Violet«, sagte Miss Fields. »Und das ist Rose.«

Veilchenfelder und ein Rosengarten, dachte Stableford amüsiert. Er war gerade dabei, die offensichtlichen Künstlernamen der Damen dem Tanz oder dem Sprechtheater zuzuordnen, als von den Stufen zur Halle ein lautes »Edward!« erschall.

Penelope lief zu ihrem Bruder und fiel ihm in die Arme. »Oh, Edward, ich freue mich so sehr, dich zu sehen! Wie geht es dir? Seit wann bist du wieder in England? Und bleibst du diesmal länger?«

Sampford drehte sie im Kreis und lachte. »Penny! Ich freue mich auch, es geht mir gut, seit zwei Tagen und für mindestens einen Monat. Aber jetzt lass mich kurz zu Atem kommen!«

»Natürlich.« Penelope löste sich von ihm und schaute sich um. »Allen? Allen Latimer? Mein Gott, ich habe dich kaum wiedererkannt!«

»Hallo, Penelope! Habe ich mich wirklich so verändert?«

»Nein, aber als ich euch das letzte Mal zusammen sah, wart ihr in Oxford. Wo seid ihr zwei euch denn wieder über den Weg gelaufen?«

»In New York – und wir hatten ganz zufällig dieselbe Passage nach England gebucht.«

»Und da hast du ihn einfach zu meiner Hochzeit mitgebracht, Edward?«

»Nun ja, er gehört doch fast zur Familie.«

»Ich freue mich, dass du gekommen bist, Allen!«, erklärte Penelope und wandte sich dann an Harriet und Stableford: »Allen wuchs unweit unseres Anwesens auf. Edward und er waren zusammen in Eton und Oxford und verbrachten die Ferien oft gemeinsam auf Hatton Hall.«

»Penelope war für mich die große Schwester, die ich mir immer gewünscht hatte.« Latimer errötete leicht.

»Darf ich dir Miss Fields und Miss Garden vorstellen?«, fragte Sampford, dem die Situation etwas unangenehm zu sein schien.

»Oh«, sagte Penelope. »Natürlich! Es freut mich sehr, Ihre Bekanntschaft zu machen. Hatten Sie eine angenehme Anreise?«

Die beiden Damen bejahten.

»Und wo ist dein zukünftiger Ehemann?«, wollte Sampford wissen.

»Hinter dir!« Penelope wies auf Holmes, der kurz an der Tür des Drawing Room stehen geblieben war und nun auf sie zukam.

»Sir Perceval?«

»Lord Sampford?«

»Seid Ihr bereit, die Titel abzulegen, Sir?«

»Wenn Ihr es seid, Mylord.«

»Dann ist es abgemacht!«

»Und so besiegelt.«

Die beiden Männer lachten und reichten sich die Hände.

Nach und nach erschienen alle Familienmitglieder

und Gäste im Drawing Room. Sir Richard kam zuletzt. Nachdem auch er von Penelope mit ihrem Bruder und seinen Begleitern bekannt gemacht worden war, öffnete Weller die Flügeltüren zum Dining Room.

»Ladies und Gentlemen, bitte treten Sie ein! Die Sitzordnung wird heute durch Platzkarten avisiert. Lady Holmes ist unpässlich und lässt sich entschuldigen.«

Eine Frau mit Prinzipien, dachte Stableford. Ihr Fernbleiben war wohl die einzige Möglichkeit, das Problem der überzähligen Tischdame zu lösen und die strikte Paarordnung an der Tafel aufrechtzuerhalten. Sie hat sich für die Etikette geopfert.

Er reichte Harriet seinen Arm, und sie folgten Holmes und Penelope in den Dining Room.

»Weißt du, mit welcher der beiden Damen dein Bruder liiert ist?«, hörte er Holmes leise fragen.

»Mit keiner, du Esel!«, flüsterte Penelope nicht unfreundlich. »Er und Allen sind in Begleitung erschienen, um dem Gerede vorzubeugen.«

»Oh!«, sagte Holmes. »Dann war die Geschichte vom zufälligen Aufeinandertreffen in New York …«

»Ein Märchen? Ja, das nehme ich zumindest an. Aber ich weiß nicht viel mehr als du. Edward hat mir gegenüber nie ein Geheimnis aus seinen Neigungen gemacht, doch er spricht verständlicherweise nur selten und niemals öffentlich darüber.«

Sie erreichten die Tafel und nahmen ihre Plätze ein. Das Dinner wurde zu Stablefords Überraschung eine heitere Angelegenheit. Sampford erzählte gut gelaunt und mit viel Witz von seinen Erlebnissen während seiner Tätigkeit als Ingenieur beim Bau der Golden Gate Bridge, und Betty, die Parlour Maid, sorgte dafür, dass die Gläser aller Anwesenden immer gut gefüllt waren. Es war wohl Lady

Holmes' viktorianischem Geschmack zu verdanken, dass sie und der junge Mann, den Stableford zuerst im Garten gesehen hatte, ihre Aufgaben bei Tisch in historisch anmutenden Dienstbotenuniformen verrichten mussten. Betty trug eine weiße, mit Spitze verzierte Latzschürze über ihrem schwarzen Kleid, während der Mann, den Weller mit »Peter« ansprach, in Kniebundhosen und einer Footman Livree servierte.

Als die Teller des dritten Gangs abgeräumt worden waren und der Footman den vierten Gang zu servieren begann, trat Weller zu Holmes und setzte ihn davon in Kenntnis, dass er Miss Beaumont das Dinner nicht, wie von Lady Holmes instruiert, auf ihrem Zimmer servieren könne.

»Ist die Tür verschlossen?«, fragte Holmes.

»Nein, Sir. Es sieht so aus, als sei Miss Beaumont abgereist.«

»Ich hoffe, nicht meinetwegen«, warf Sampford ein und lachte.

»Gewiss nicht, Mylord«, antwortete Weller schnell. »Miss Beaumont hatte Mrs Hart bereits vor Ihrer Ankunft gebeten, ihren Schrankkoffer zu packen. Allerdings ging ich davon aus, dass sie das Haus erst morgen früh verlassen würde.«

»Und was lässt Sie vermuten, dass sie ihre Meinung geändert hat, Weller?«, fragte Holmes ungeduldig.

»Nun, Sir, ich habe mir erlaubt, ihr Zimmer nach mehrmaligem Anklopfen zu betreten, und ...« Weller zögerte.

»Und?«

»Ihre persönlichen Dinge fehlen, und ihr Handkoffer ist ebenfalls verschwunden, Sir.«

»Gibt es denn eine Möglichkeit, von hier aus noch heute nach London zu reisen?«, mischte sich Stableford ein.

»Sicher, Sir. Wenn Miss Beaumont das Haus am frühen Abend verlassen hat, könnte sie den Bus in Stoke und einen der Abendzüge in Exeter genommen haben.«

»Dann wird sie genau das getan haben«, sagte Holmes und bat Weller, wohl nicht zuletzt, um das Thema zu beenden, eine weitere Flasche Claret zu öffnen.

Die unerwartete Abreise von Miss Beaumont löste zu Stablefords Verwunderung kaum Reaktionen aus. Niemand fragte nach dem Grund dafür. Nur Francis' düstere Miene und Sir Richards unglücklicher Gesichtsausdruck verrieten, dass sie die Dame vermissen würden. Aber keiner von beiden nahm das Thema noch einmal auf. Dennoch waren die Gespräche am Tisch ins Stocken geraten, und es war allein Penelopes Umsicht zu verdanken, dass das Schweigen nicht überhandnahm. Auf die Frage ihres Bruders nach dem Ablauf der Hochzeit erklärte sie ihm lang und breit die sakrale Herkunft der bei den Holmes immer noch üblichen Tradition des Hochzeitsfrühstücks und endete schließlich mit einer Aufzählung der erwarteten Gäste, von denen Stableford außer den Anwesenden nur seine Schwiegereltern, den Vikar von Upper Biggins und dessen Frau, kannte.

Der Drawing Room, in dem sich die Gesellschaft nach dem Dinner versammelt hatte, leerte sich an diesem Abend schnell. Den Anfang machte die vom Nichterscheinen ihrer Freundin Lady Holmes sichtlich irritierte Lady Hurst samt Nichte. Ihnen folgte Françoise, die sich gemeinsam mit Miss Fields und Miss Garden verabschiedete, um den beiden Damen die Annehmlichkeiten der modernisierten Gemeinschaftsbäder im zweiten Stock zu zeigen. Nachdem sich bald darauf auch Harriet, Penelope und Francine entschuldigt hatten, waren die Männer unter sich. Holmes wies Weller an, Portwein, Brandy und Whisky in ausreichenden Mengen auf dem flachen Couchtisch in der Nähe des großen Panoramafensters zu platzieren.

»Ist es erlaubt zu rauchen?«, fragte Saunders.

»Ich glaube nicht«, antwortete Henry. »Meine Mutter billigt das Rauchen nur in Abwesenheit von Damen nach dem Dinner im Dining Room bei geöffneten Terrassentüren.«

»Mein lieber Bruder«, sagte Holmes mit offenkundig bemühter Freundlichkeit, »die Damen sind abwesend, nicht wahr? Und ich denke, dass die Einhaltung von einer der vier in meiner Abwesenheit entstandenen Hausregeln am Abend meiner Rückkehr ausreichend ist.«

»Sicher«, stimmte ihm Henry schnell zu. Er wirkte leicht verdutzt. »Es ist dein Haus, Bruderherz. Ich wollte nur …«

»Natürlich«, unterbrach ihn Holmes. »Hat jemand Feuer?«

Stableford reichte ihm Streichhölzer und begann seine Pfeife zu stopfen. Sie rauchten und tranken, ohne dass sich ein anregendes Gespräch entwickeln wollte. Francis und Henry verabschiedeten sich nach der zweiten Runde Portwein als Erste, gefolgt von Wainwright und Saunders, der wohl noch immer mit den Nachwirkungen der letzten Nacht zu kämpfen hatte.

In der nun kleineren Runde, die es sich auf den Sofas in Reichweite der Flaschen bequem machte, nahm die Unterhaltung Fahrt auf. Sampford schwärmte von Hatton Hall, dem Stammsitz seiner Familie, und beklagte zugleich die horrenden Kosten, die das Anwesen verschlang. Sie ließen ihn ernsthaft erwägen, sich von den Ländereien und dem Haus zu trennen.

»Aber nicht, bevor ich dort noch einmal Weihnachten gefeiert habe«, sagte er schließlich. »Das Dartmoor hat im Winter einen ganz besonderen Zauber. Was halten Sie davon, dieses Weihnachten mein Gast zu sein, Holmes? Das Haus hat Charme und …«

»Ich nehme Ihre Einladung mit Freuden an«, rief Holmes. »Schon allein, weil Hattie begeistert sein wird. Sie erzählt so oft von Hatton Hall, aber soweit ich weiß, ist sie seit dem Tod Ihrer Eltern nicht mehr dort gewesen.«

»Dann ist es abgemacht! Und wenn Sie es einrichten können, Stableford, wäre es mir eine Ehre, auch Sie mit Ihrer Gattin zum Weihnachtsfest auf Hatton Hall begrüßen zu dürfen. Gute Freunde soll man ja bekanntlich nicht trennen.«

»Nun, ich weiß nicht …«

»Sie müssen kommen! Penny wird Harriet die Orte ihrer Kindheit zeigen wollen, und Sie können uns am Kamin aus Ihren Detektivromanen vorlesen.«

»Nun, wenn Sie die Anwesenheit eines Babys nicht stört …«

»Ah!« Sampford lachte. »Ich hatte es schon vermutet und gratuliere, wenn das jetzt bereits erlaubt ist. Wie könnte die Anwesenheit eines Babys an Weihnachten stören? Dreht sich dabei nicht alles um die Geburt eines Kindes? Aber ich will nicht weiter in Sie dringen. Besprechen Sie es in Ruhe mit Ihrer Frau! Meine Einladung steht.«

Sir Richard wandte sich an Holmes: »Dann wirst du auch dieses Weihnachten nicht hier verbringen, mein Junge?«, fragte er mit schwerer Zunge. Er wirkte ehrlich enttäuscht.

»So sieht es wohl aus, Dicky.«

»Es wird deiner Mutter das Herz brechen.«

»Dazu braucht es schon etwas mehr. Und denkst du nicht, dass sie es genießen wird, auch in diesem Jahr das Fest als Familienoberhaupt in Slane House ausrichten zu können?«

»Es waren herrliche Feste, nicht wahr?«

»Früher? Ja. Und du hattest einen großen Anteil daran.« Holmes schaute in die Runde. »Als Henry und ich noch klein waren, verkleidete sich Dicky jedes Jahr als Weihnachtsmann. Er gehört praktisch zur Familie, und wenn man es genau nimmt, verdanken wir ihm sogar unsere Existenz.«

Sir Richard seufzte.

»Ist es nicht so? Schließlich hast du Mutter mit Vater bei einer Silvesterfeier in Dartmouth bekannt gemacht.«

»Lass doch diese alten Geschichten!«, bat Sir Richard und goss sich mit leicht zittriger Hand ein weiteres Glas Portwein ein.

Stableford gähnte, und auch Latimer neben ihm wirkte müde. »Noch eine letzte Runde vor dem Zubettgehen?«, fragte er.

»Wieso denn letzte Runde?«, gaben Sampford und Holmes im Chor zurück.

»Weil es schon spät ist«, antwortete Stableford und stand auf. »Wollen Sie mich begleiten, Sir Richard?«

»Nein, mein Junge. Aber vielen Dank für das Angebot.«

Stableford verabschiedete sich und verließ den Drawing Room. In der dunklen Halle wollte er sich gerade zur Treppe wenden, als er im Augenwinkel einen schwachen Lichtschein wahrnahm. Er drehte sich um. Jemand musste in der Bibliothek sein, denn das Licht strahlte durch einen schmalen Spalt unter der Tür hervor. Langsam ging er darauf zu und lauschte. Es war nichts zu hören. Er überlegte einen Moment und öffnete dann vorsichtig die Tür. Die Bibliothek war leer.

Er wollte gerade das Licht löschen, als er ein Buch auf dem Schreibtisch bemerkte, das mit Sicherheit nicht dort gelegen hatte, als sie am Nachmittag Penelopes Porträt untersucht hatten. Die Dicke des Buches machte ihn neugierig. Er schloss leise die Tür hinter sich und betrat das Zimmer. Es handelte sich um eine Ausgabe des Who's Who von 1932, und während er sich fragte, wer wohl zu nachtschlafender Zeit über wen in diesem Werk Aufschluss zu erlangen suchte, begann er darin zu blättern. Über die Namen »Hollis«, »Holman«, »Holmden« und »Holme« näherte er sich, nun nicht mehr ziellos die Seiten umschlagend, dem Eintrag seines Freundes. Da war er:

> **HOLMES, Sir Perceval Hubert Horatio,** 3rd Bt., *cr.* 1857; D.S.O. 1915, V.C. 1916; *b.* 12 Aug. 1891; *s.* of 2nd Bt. and Elizabeth, *d.* of C.P. Lewis. *Educ.*: Eton, Balliol, London Hospital. Fellow of Royal Society of Medicine. Psychiatrist; *Address*: 101 Harley St, Marylebone, London W1. *Club*: Beefsteak, Bellona, Centaur.

Der Eintrag entsprach Stablefords Erwartungen. Offiziell war Holmes ein Kriegsheld. Seine kritischen Publikationen, die seine Hinwendung zum Pazifismus widerspiegelten, fanden keine Erwähnung. Stableford schlug das Buch zu, öffnete es aber sogleich wieder, denn sein Finger hatte beim Schließen ein Lesebändchen berührt. Möglicherweise würde es die Suche des nächtlichen Bibliotheksbesuchers preisgeben. Als er die markierte Seite betrachtete, stockte ihm der Atem. Ein Teil eines Eintrags war mit dunkelroter Farbe ausgestrichen worden. Er las:

> **SAMPFORD,** 6th Earl of (*cr.* 1720),
> **Sir William Ruben Hatton,** Bt., 1695; K.P. 1911; *b.* 4 Sep. 1854; *s.* of 5th Earl and Dorothy, *d.* of C. Bingham; *m.* 1885, Mary, *d.* of Lord Saltham;

[redacted]
Collage, *Recreations*: hunting. *Club*: Bath, Devonshire. *Address*: Hatton Hall, Dartmoor, Devonshire.

Stableford knipste die Schreibtischlampe an und hielt das Blatt gegen das Licht. Langsam entzifferte er die übermalte Zeile:

one *s*. Edward, one *d*. Penelope. *Educ*.: privately, Old

Er hatte einen neuen geschmacklosen »Streich« entdeckt. Grübelnd begann er, seine Pfeife zu stopfen. Als er sie zum Brennen gebracht hatte, setzte er sich an den Schreibtisch. Das Rot war vielleicht dieselbe Farbe, mit der die Warnung an Penelopes Spiegel geschrieben worden war. Aber was bedeutete das? Waren die ausgestrichenen Worte vielleicht der Beweis dafür, dass die mittlerweile abgereiste Miss Beaumont doch nichts mit den Vorfällen zu tun gehabt hatte? Oder waren sie ganz im Gegenteil ihr pathologisches »Abschiedsgeschenk«? War es ein Zufall, dass jemand das Who's Who gerade an diesem Abend benutzt hatte und Stableford so diesen vielleicht viel älteren »Streich« nur durch das achtlose Liegenlassen des Buches entdeckt hatte? Oder hatte Miss Beaumont Slane House noch gar nicht verlassen?

Stableford schüttelte den letzten Gedanken sogleich wieder ab. Er passte in einen Detektivroman, aber nicht in die Realität, in der man von der Abwesenheit eines Handkoffers ganz selbstverständlich auf die Abreise seiner Besitzerin schließen konnte. Er schlug das Buch abermals zu und versteckte es in einer unverschlossenen Schublade des Schreibtischs. Dort war es sicher – zumindest bis zum

Morgen, an dem er entscheiden musste, ob er den anderen von seiner Entdeckung erzählen würde.

Er löschte die Lichter und verließ die Bibliothek. Doch auch diesmal führte ihn sein Weg nicht direkt zur Treppe. Die Tür zum Drawing Room stand offen. Obwohl das Zimmer im Dunkeln lag und keine Stimmen mehr zu hören waren, hatte er das Gefühl, dass es nicht gänzlich verlassen war. Er trat ein und vernahm ein Röcheln. Es kam von den Sofas her. Auf dem einen saß Sir Richard zusammengesunken und schlief. Man hatte ihn zurückgelassen. Vielleicht auf seinen eigenen Wunsch hin, vielleicht aber auch, um der Unannehmlichkeit zu entgehen, den betrunkenen Mann zu Bett bringen zu müssen. Stableford tat der alte Herr leid.

»Sir Richard?«

»Hm?«

»Darf ich Sie auf Ihr Zimmer begleiten?«

»Nein, mein Junge. Ich nehme noch einen Schlummertrunk und werde dann selbst das Licht löschen.«

»Soll ich Ihnen das Licht dazu wenigstens anmachen?«

»Oh! Nicht nötig! Gute Nacht, mein Junge.«

»Gute Nacht.«

Stableford ließ Sir Richard im Drawing Room zurück und ging vorsichtig die Treppe hinauf, denn die Wandlampen in der Halle waren mittlerweile ebenfalls gelöscht worden. Auf dem Absatz im ersten Stockwerk blieb er stehen und hoffte, dass sich seine Augen an die noch vollkommenere Dunkelheit des fensterlosen Korridors gewöhnen würden. Und tatsächlich, langsam hoben sich die nur halb in den Türnischen stehenden Ritterrüstungen, die den Gang säumten, in schwarzen Umrissen gegen ein fahles bläuliches Licht ab, das vom anderen Ende des Gangs zu kommen schien.

Es war ein unheimlicher Anblick, doch von Neugier gepackt ging Stableford dem Schein entgegen. Er passierte die Kammer und vier weitere Eingänge auf beiden Seiten, bis er schließlich vor einer schmalen Tür stand, die dem Treppenaufgang gegenüberlag. Das schwache Nachtlicht, dessen Schein er vom anderen Ende des Korridors gesehen hatte, befand sich links von ihm auf einem flachen Tischchen.

Die Tür hatte kein Schloss und weder einen Knauf noch eine Klinke. Als er sie vorsichtig aufzudrücken versuchte, gab sie völlig geräuschlos nach. Er zog seine Hand zurück, und die Tür schwang ihm entgegen. Mit dem Wissen um die Lage des Dienstbotenaufgangs ging er zurück und betrat das dritte Zimmer auf der rechten Seite. Harriet schlief, und nach einem kurzen Aufenthalt im Bad legte sich Stableford neben sie.

KAPITEL 8
Englischer Sommer

Der Nebel hatte sich gegen zehn Uhr verzogen und einem herrlichen Junisonntag voller Sonnenschein Platz gemacht. Lady Holmes war gegen elf vom Gottesdienst in Stoke St Michael zurückgekehrt und saß nun aufrecht mit einem Buch in der Hand im Schatten der Eiche. Franny und Francine spielten mit Henry und Mr Wainwright unweit von ihr Crocket, und ein großer Teil der übrigen Gesellschaft ließ es sich nicht nehmen, am Badesteg zu picknicken. Percy und Lord Sampford schwammen um die Wette zu der kleinen Boje, die das sichere Fahrwasser auf dem Dart markierte. Danach empfingen Penelope und Harriet sie mit einem Pimm's, für dessen immer frische Zubereitung Miss Fields und Miss Garden sorgten, wenn sie sich nicht gerade auf der Wiese sonnten.

»Ist das nicht ein wundervoller Tag, John?«, fragte Harriet.

John, der mit seinem Notizbuch auf dem Steg gesessen hatte und jetzt mit einem leeren Glas auf sie zukam, wirkte angespannt. »Ja, wundervoll. Wisst ihr, wo die anderen sind?«

»Françoise ist mit Mr Latimer und Dr Saunders im Wald spazieren gegangen«, antwortete Penelope. »Ihr Ziel ist der alte Weinberg am westlichen Ufer des Anwesens.«

»Er stammt noch aus der Zeit, als man den Dart den ›englischen Rhein‹ nannte«, bemerkte Percy und entfernte sich dann, um sich umzuziehen.

»Und Sir Richard?«, fragte John.

Penelope überlegte. »Er schaute eine Weile dem Crocketspiel zu, dann habe ich ihn aus den Augen verloren. Er sah übrigens schrecklich aus.«

»Er hat gestern Abend recht viel getrunken«, erklärte John.

»Dann schläft er vielleicht seinen Rausch aus?«

»Das würde ihm sicherlich guttun.«

»John?«

»Ja, Harriet?«

»Was bedrückt dich?«

John antwortete nicht.

»Es ist wohl nicht die betrübliche Wetterprognose für die Hochzeitsfeier am kommenden Mittwoch«, sagte Penelope ernst. »Hat es etwas mit den – Vorfällen zu tun?«

»Ja.« John nahm Harriet und Penelope zur Seite und erzählte ihnen von seiner Entdeckung im Who's Who.

»Und du glaubst, dass die Worte erst gestern Abend ausgestrichen wurden?«, fragte Harriet.

»Ich weiß es nicht. Aber wenn es so ist, kann es nicht Miss Beaumont gewesen sein. Und wenn sie es nicht war, stellt sich die Frage, ob sie überhaupt etwas mit den Vorfällen zu tun gehabt hat.«

Penelope runzelte die Stirn. »Und deshalb willst du deine Schäfchen zusammenhalten?«

»Ja. Denn auch wenn ich es nicht glaube, könnte es doch sein, dass sich das schwarze immer noch unter ihnen befindet.«

»Ich bin eine gute Hirtin und werde die Augen offen halten, John. Aber ich würde dich bitten, Percy vorerst nichts davon zu erzählen. Die ganze Situation ist ihm schrecklich peinlich, und er fühlt sich so schon schlecht genug.«

»Abgemacht! Du hütest die Schäfchen auf der Weide, und ich werde mit Harriet einmal schauen, wo Sir Richard abgeblieben ist.«

Gemeinsam gingen sie ins Haus. Dort herrschte ein geschäftiges Treiben. Obwohl es Sonntag war, polierten Betty und Mrs Hart die Möbel im Drawing und im Dining Room. Bis zum Fest am Mittwoch musste schließlich alles perfekt sein. Auch im Korridor des ersten Stockwerkes wurde gearbeitet. Annie, die eigentlich als Küchenhilfe angestellt war, stand auf einer kleinen Trittleiter und staubte gewissenhaft jede einzelne Waffe ab. John fragte sie, ob sie Sir Richard gesehen habe. Sie gab ihnen den Tipp, im Games Room nach ihm zu schauen; der Eingang lag unterhalb der Treppe zum ersten Stockwerk.

Die Tür stand weit offen und Dicky hemdsärmelig mit einem halb leeren Sherryglas in der Hand am Snookertisch. Sein Tweedjackett lag am Fuße der Garderobe neben der Tür. Harriet hatte sein »Talent« bereits am Tag seiner Ankunft entdeckt: Wo oder wie auch immer er seine Jacke aufzuhängen oder sein Glas abzustellen pflegte – es war nicht unwahrscheinlich, dass die Gegenstände nach kurzer Zeit auf dem Boden landeten. Sie musste schmunzeln, denn seine Ungeschicklichkeiten erinnerten sie immer wieder an ihre Tante Mildred. Der schob ihre Mutter bei Besuchen im Pfarrhaus stets das angeschlagene Porzellan unter, da sie die Untertasse grundsätzlich so abstellte, dass sie ein Stück über die Tischkante ragte und nicht selten samt der Tasse herunterfiel.

»Ich freue mich, Sie zu sehen!«, rief Dicky überschwänglich. »Spielen Sie Snooker? Ich liebe dieses Spiel, aber Percevals Vater war der Letzte in diesem Haus, der eine gute Partie zu schätzen wusste. Ehrlich gesagt denke ich, dass es kaum einen besseren Zeitvertreib für einen durch und durch englischen Burschen gibt. Meinen Sie nicht auch?«

»Ich bin halb deutsch«, antwortete John und lächelte.

»Oh!«, sagte Dicky. »Das tut mir leid.«

»Das muss es nicht. Es ist ein schönes Land.«

»Natürlich, natürlich, mein Junge. Aber nun kommen Sie! Keine Politik im Games Room, nicht wahr? Spielen Sie Snooker? Falls ja, schnappen Sie sich einen Queue und ein Glas Sherry. Auf dem Tischchen dort steht ein Dekanter. Es ist verdammt langweilig, hier alleine die Bälle umherzustoßen.«

Harriet sah zu dem Gefäß hinüber. Es war fast leer.

John lächelte immer noch. »›Snooker‹ ist mein zweiter Name.« Er ging um den Tisch herum, um sich am Wandregal einen Queue auszusuchen.

»Dem Herrn sei gedankt!« Dicky begann sofort damit, die Bälle auf dem Tisch zu platzieren.

Harriet war von Johns Antwort überrascht. Als kleines Mädchen hatte sie ihrem Vater oft beim Snookerspielen mit dem Rektor von Upper Biggins zugeschaut und kannte die Regeln. John hatte sie hingegen noch nie von diesem Spiel sprechen hören, und sie bezweifelte, dass er so gut war, wie er es Dicky gegenüber behauptet hatte. Ihre Zweifel waren berechtigt. Schon nach kurzer Zeit wurde klar, dass keiner der beiden Männer das Spiel beherrschte. John fehlte jegliche Taktik, und Dicky war vielleicht einfach nur zu betrunken, um daraus Kapital zu schlagen. Am Ende hatte er dennoch gewonnen, wenn auch nur um Haaresbreite.

»Noch eine Partie?«, fragte er fast flehentlich.

John sah auf seine Uhr. »Vielleicht später, Sir Richard. Der Lunch wird gleich serviert. Wollen Sie uns begleiten?«

»Nein, danke, mein Junge. Ich werde noch ein paar Kombinationen üben und dann nachkommen.«

Harriet und John verließen den Games Room.

»Was war denn das?«, fragte Harriet amüsiert, als sie

die Terrasse erreicht hatten. »Hast du dieses Spiel jemals zuvor gespielt?«

»Ein paarmal, in Oxford. Aber ich habe noch nie eine Partie gewonnen.«

»Obwohl ›Snooker‹ dein zweiter Name ist?«

»Ich wollte nur wissen, wie gut er wirklich spielt.«

»Besser als du jedenfalls. Und das, obwohl er sonst ziemlich ungeschickt ist.« Sie erzählte ihm von Dickys kleinen Malheuren und setzte dann hinzu: »Der Alkohol ist wohl nicht ganz unschuldig daran. Lauras Abreise scheint ihm wirklich zuzusetzen.«

»Du denkst, er trinkt deshalb?«

»Zumindest hielt er sich an den ersten zwei Tagen etwas mehr zurück, vor allem zu dieser frühen Stunde.«

»Und war er da auch geselliger?«

»Wie meinst du das?«

»Nun, er verließ den Drawing Room gestern Nacht zwar als Letzter, aber zuvor steuerte er kaum etwas zur Unterhaltung bei und wiegelte Versuche, ihn in die Gespräche einzubinden, recht barsch ab. Und heute, an diesem herrlichen Tag, zieht er es vor, allein im Games Room Kombinationen zu üben.«

»Aber er flehte dich doch förmlich an, eine Partie mit ihm zu spielen.«

»Sicher, allerdings glaubt er bestimmt auch nicht, dass du oder ich etwas mit Miss Beaumonts Abreise zu tun haben.«

»Ah, dann denkst du, er meidet die ganze Familie, weil er nicht weiß, wer von ihnen dafür verantwortlich sein könnte?«

»Dieser Gedanke kam mir in den Sinn.«

Sie beeilten sich, zurück in den Park zu gelangen, wo der Lunch zur Feier des Sommertages unter der Eiche eingenommen wurde. Danach kehrten die Familienmitglieder und Gäste zu ihren Freizeitbeschäftigungen zurück. Einige spielten Crocket, und die Stablefords wurden von Percy und Penelope zu einer Partie Clock Golf herausgefordert. Den kreisförmigen Parcours hatte Henry kurz vor dem Mittagsmahl aufgebaut. Allein Mr Wainwright ging während des Nachmittags mehrmals auf sein Zimmer, denn in seinem Bad war ein Wasserschaden entdeckt worden. Mr Sharp, der neben seinen Tätigkeiten als Footman und Chauffeur wohl auch für handwerkliche Aufgaben zuständig war, sollte ihn reparieren. Draußen allerdings wurde viel gelacht und gescherzt, und beim Tee lächelte sogar Lady Holmes, obwohl die ersten Regenwolken am Horizont erschienen waren.

»Hast du schon das Kleid anprobiert?«, fragte sie Penelope freundlich, als sie am frühen Abend mit ihr und Harriet zum Haus hinaufging.

»Nein, noch nicht. Mrs Hart hatte heute keine Zeit, aber wir treffen uns morgen früh um neun Uhr zu einer Anprobe in der Kammer. Es wäre schön, wenn du auch dabei wärst.«

»Ich komme gern, mein Kind«, sagte die alte Dame und hakte sich bei Penelope unter.

Die Zeit bis zum Dinner verbrachte Harriet lesend auf ihrem Zimmer. John kam später hinzu, und kurz nachdem die Dressing Bell geläutet hatte, gingen sie hinunter.

Auch an diesem Abend leerte sich der Drawing Room nach dem Dinner schnell. Schon bald waren Lord Sampford, Mr Latimer, Dicky, John und Harriet unter sich. Harriet fragte sich, ob es einen Grund dafür gab, dass sich die gesamte Familie so früh zurückgezogen hatte. Doch sie unterhielten sich angeregt, und schließlich holte Lord

Sampford ein Kartenspiel hervor und führte sie in die Geheimnisse des Pokerspiels ein.

Gegen halb zwölf schlug John eine letzte Runde vor. Während die Männer um den Couchtisch herum saßen und auf Dicky warteten, der die Karten mischte, trat Harriet an das Panoramafenster und blickte müde in die Dunkelheit hinaus. Es regnete, und der starke Wind, der gegen die Scheiben drückte, war wohl der Vorbote des erwarteten Sturms. Sie gähnte und fuhr kurz darauf heftig zusammen. Ein lautes Scheppern, gefolgt von einem Aufschrei, hatte sie erschreckt. Es war aus Richtung der Halle gekommen.

Sofort sprangen die Männer auf und setzten sich in Bewegung. Harriet folgte ihnen. John und Mr Latimer warteten am Fuß der Treppe auf sie. Als sie den Absatz des ersten Stocks erreicht hatten, knieten Lord Sampford und Dicky bereits über dem am Boden liegenden Butler, der stark aus einer Wunde am Kopf blutete.

»Was ist geschehen?«, fragte John.

»Er ist ohnmächtig! Wir haben ihn so gefunden«, antwortete Dicky aufgeregt. »Er muss gegen die Ritterrüstung gelaufen sein, die vor Francines Zimmertür steht. Sehen Sie!«

Tatsächlich war die Rüstung vor der zweiten Tür auf der linken Seite des Korridors umgekippt. Der Helm und das Langschwert lagen mitten im Gang und erweckten in Harriets Fantasie eine unschöne Assoziation.

»Ich hole Holmes«, sagte John.

»Es ist die vierte Tür auf der linken Seite«, bemerkte Harriet schnell.

»Gut! Und wenn jemand weiß, welches Zimmer Dr Saunders bewohnt, sollte er sich genau jetzt auf den Weg machen. Mr Wellers Verletzung sieht ziemlich ernst aus.«

»Ich übernehme das«, sagte eine Stimme, die aus der Tiefe des dunklen Gangs kam. Sie gehörte zu Henry, der in einen Morgenmantel gehüllt erschien und ohne Halt zu machen die Treppe zum zweiten Stock hinauflief.

Mr Weller begann zu stöhnen und kam kurz darauf zu Bewusstsein. Er öffnete die Augen und schluckte schwer. Langsam hob er seine rechte Hand und zeigte auf die Tür zur Kammer.

»E-«, brachte er mühsam hervor. »E-thel.«

»Ethel?« Harriet trat näher.

Mr Weller nickte fast unmerklich.

»Kennen Sie die Dame?«, fragte Lord Sampford überrascht.

Harriet erschrak über ihr albernes Kichern und versuchte, die Fassung zu bewahren. »Nun, es handelt sich um ein Gespenst«, antwortete sie endlich. »Eine tote Braut, die in Slane House umgehen soll.«

»E-thel«, stöhnte Mr Weller erneut. »Sie … sie ist in dieses Zimmer gegangen. Durch die geschlossene Tür. Sie …«

»Er ist wieder ohnmächtig geworden«, stellte Dicky fest. Er war bei der Erwähnung der Geisterbraut kreidebleich geworden, hatte sich jedoch offenbar schnell von seinem Schrecken erholt.

Harriet starrte voller Entsetzen auf die Tür zur Kammer. Sie beschlich das ungute Gefühl, in einen Albtraum geraten zu sein, aus dem es kein schnelles Erwachen geben würde.

KAPITEL 9
Tod eines Geistes

Während Saunders den am Boden liegenden Weller untersuchte, berichteten Harriet und Sampford Stableford und Holmes vom kurzen Erwachen des Butlers.

»Ethel?«, fragte Holmes ungläubig. »Seid ihr euch sicher, dass er von Ethel sprach?«

»Ja«, antwortete Sampford, und Harriet nickte zustimmend.

»Aber das ist doch lächerlich! Diese alte Spukgeschichte.«

»Es mag lächerlich erscheinen«, mischte sich Saunders ein, der immer noch neben Weller kniete. »Fakt ist allerdings, dass der Mann einen schweren Schock erlitten hat. Ich nehme an, dass er sich seine Verletzung infolge dieses psychischen Traumas zugezogen hat.«

»Sie meinen beim Sturz über die Rüstung?«, wollte Henry wissen.

»Dazu kann ich noch nichts sagen. Aber ich halte das für eher unwahrscheinlich. Vielleicht hat er die Rüstung umgerissen, als er in Panik vor jemandem – oder etwas – flüchtete. Doch wahrscheinlich hatte er sich die Wunde schon vorher zugezogen. Sie ist tief und deutet auf einen festen, ziemlich spitzen Gegenstand hin. So einen sehe ich hier nicht, und eine aufgestellte Ritterrüstung gibt zu schnell nach, um eine Wunde dieser Art zu erzeugen.«

»Können Sie denn mit Sicherheit sagen, dass die Wunde von einem Sturz verursacht wurde?«, fragte Stableford.

Saunders blickte zu ihm auf und lächelte. »Sie wittern

einen Kriminalfall? Nun, ich befürchte, da muss ich Sie enttäuschen. Ich kann einen Schlag natürlich nicht ausschließen, aber nach der guten alten Hutkrempenregel handelt es sich hier sehr wahrscheinlich um eine Sturzverletzung.«

»Was hat denn ein Hut damit zu tun?«, fragte Latimer.

»Gar nichts«, erwiderte Saunders. »Die Hutkrempe dient lediglich der Beschreibung einer gewissen Höhe am Schädel. Verletzungen unterhalb dieser gedachten Linie sind meist auf einen Sturz zurückzuführen. Darüber liegende Wunden deuten hingegen häufig auf einen Schlag hin. Das liegt ganz einfach daran, dass man sich Verletzungen in den oberen Schädelregionen nur sehr schwer bei einem Sturz zuziehen kann.«

»Sie glauben also, dass er verfolgt wurde, während seiner Flucht stürzte, sich wieder aufrappelte und dann seinen Verfolger hinter dieser Tür dort verschwinden sah, bevor er ohnmächtig wurde?«

»Ich glaube nichts dergleichen, Lord Sampford. Ich denke allerdings, dass wir den armen Mann auf sein Zimmer bringen sollten, und zwar rasch. Und er braucht einen Doktor, keinen Gerichtsmediziner. Könnten Sie das veranlassen, Mr Holmes?«

»Natürlich«, sagte Henry. »Ich werde sofort Dr Lakey anrufen.«

»Sehr gut. Würden Sie mir helfen, den Mann in sein Bett zu bringen, Holmes? Ich nehme an, Sie wissen, wo sich sein Zimmer befindet.«

»Sicher.«

Henry war mittlerweile die Treppe hinuntergegangen. Stableford hatte auf dem Schreibtisch in der Bibliothek ein Telefon gesehen und vermutete, dass er von dort nach dem Doktor telefonieren wollte. Als auch Saunders und Holmes mit Weller den Korridor verlassen hatten, blickten sich die zurückgebliebenen Gäste ratlos an.

»Und was machen wir jetzt?«, fragte Latimer. »Sollten wir nicht nachschauen, ob sich jemand hinter dieser Tür aufhält? Immerhin scheint der Butler ja jemanden hineingehen gesehen zu haben.«

»Durch die geschlossene Tür«, bemerkte Sir Richard und versuchte sich an einem Lächeln.

»Darauf würde ich nichts geben«, entgegnete Sampford ernst. »Er stand unter Schock und hat vielleicht einfach nicht mitbekommen, dass die Tür geöffnet wurde.«

»Dann wollen wir es wagen?«, fragte Latimer noch einmal und blickte erwartungsvoll in die Runde.

»Aber er könnte bewaffnet sein.« Harriet nahm Stablefords Arm.

»Er?« Sir Richard sah sie überrascht an. »Mr Weller sprach von Ethel, mein liebes Kind. Wir sollten es also mit einer Frau zu tun bekommen, wenn wir dort drinnen überhaupt jemanden finden. Seien Sie unbesorgt!«

»Ethel?« Lady Holmes war von allen unbemerkt zu ihnen getreten. »Hat sie jemand gesehen?«

»Der Butler«, antwortete Stableford. »Er scheint vor ihr geflüchtet zu sein und wollte uns wohl mitteilen, dass sie hinter dieser Tür verschwunden ist. Allerdings hat er einen Schock erlitten und sich das Ganze sicher nur eingebildet.«

Lady Holmes lächelte. »Dann halten Sie Gespenster nicht für real, Professor Stableford? Mir ging es ebenso. Aber ich habe Ethel in den letzten Monaten einige Male durch ebendiesen Korridor schweben sehen. Und warum sollte sie nicht in dieses Zimmer gehen? Es war ihres – und dort starb sie in der Nacht vor ihrer Hochzeit.«

»Sie glauben an diesen Spuk, Lady Holmes?«

»Ich glaube an das, was ich mit eigenen Augen gesehen habe. Und Ethel habe ich gesehen.«

»Sie scheinen gar keine Angst vor ihr zu haben.«

»Warum sollte ich, Lord Sampford? Sie hat mir nie etwas getan. Ich bin eine alte Frau und Ethels Welt wahrscheinlich schon näher als der Ihren. Vielleicht werde ich in nicht allzu ferner Zukunft selbst durch diesen Gang spuken.« Sie lächelte wieder.

Stableford war einmal mehr von ihrer Selbstbeherrschung beeindruckt.

»Gespenster hin oder her!«, sagte Latimer plötzlich ungehalten und machte einen Schritt auf die Tür zu. »Wir haben den Butler mit einer klaffenden Wunde vor diesem Zimmer gefunden und sind es ihm schuldig nachzuschauen, ob sich jemand darin versteckt hält.«

»Warten Sie!«, rief Lady Holmes. »Es ist nicht ratsam, die Geister der Toten zu stören. Wir sollten bis morgen früh warten und …«

»Ich fürchte, Allen hat recht, Lady Holmes«, mischte sich Sampford ein. »Wir können nicht ausschließen, dass der Butler angegriffen wurde, und sollten nicht länger warten.«

Latimer versuchte die Tür zu öffnen. Eine Weile rüttelte er hilflos an dem Knauf, dann gab er auf.

»Sie ist verschlossen«, stellte er konsterniert fest.

Lady Holmes sah ihn ungläubig an. »Verschlossen? Das kann nicht sein! Sie ist nie verschlossen.«

»Gibt es einen zweiten Schlüssel?«, fragte Stableford.

»Nein. Weller hat zwar vor ein paar Jahren Duplikate für die Zimmer im ersten und zweiten Stock anfertigen lassen, aber da die Kammer nicht bewohnt wird, haben wir für sie keinen Ersatzschlüssel machen lassen. Es gibt nur einen, und der steckt innen im Schloss.«

»Dann muss sich jemand dort eingeschlossen haben«, sagte Sir Richard. »Wir müssen die Tür aufbrechen.«

»Dicky hat recht«, rief Holmes von der Treppe her. »Es steht nun wohl außer Frage, dass Weller nicht von einem Gespenst erschreckt, sondern von einem Eindringling attackiert wurde, der sich anschließend in der Kammer verschanzt hat. Kommen Sie, Stableford! Durch die Aussparung für das Einsteckschloss ist das Türblatt geschwächt, und es gibt keinen zusätzlichen Fallriegel auf der anderen Seite. Mit vereinten Kräften sollten wir das Schloss sprengen können.«

Sie warfen sich gemeinsam gegen die Tür. Nach mehreren vergeblichen Versuchen lösten Latimer und Sampford sie ab. Schließlich versuchten es Sir Richard und der inzwischen zurückgekehrte Henry. Aber die Tür hielt ihren Schultern stand. Stableford war von der Eigendynamik, die diese Aufgabe entwickelt hatte, fasziniert. Die Männer feuerten sich gegenseitig an und begannen die Versuche der anderen sogar scherzhaft zu kommentieren. Er war sich sicher, dass sie allesamt den möglichen Angreifer hinter der Tür vergessen hatten.

Plötzlich erschien Francis im Pyjama auf dem Treppenabsatz. Das dumpfe Dröhnen musste ihn geweckt haben. Stableford erkannte ihn zunächst kaum, denn er trug keinen Bart mehr. Sein Vater weihte ihn kurz in die Geschehnisse ein, und der kräftige junge Mann vollendete schließlich voller Eifer allein, was die anderen beabsichtigt hatten. Mit einem lauten Krachen brach der Schlosskasten aus dem Holz, und Francis stürzte mit der Tür in das stockdunkle Zimmer. Er rappelte sich wie ein zu Boden gegangener Boxer auf, und Holmes und Stableford traten, die Hände ebenfalls zu Fäusten geballt, an seine Seite. Sampford, Latimer, Henry und Sir Richard folgten ihnen stumm.

»Männer!« Lady Holmes, die auf der Schwelle stehen geblieben war, schaltete das Licht an. »Warum denken sie nie an das Naheliegendste?«

Das erleuchtete Zimmer war bis auf die kampfeslustigen Herren leer. Stableford blickte sich um. Das Erste, was ihm auffiel, war das Fehlen des Brautkleids, das Lady Holmes auf dem Bett zurückgelassen hatte. Der Schrank stand immer noch offen, und das einzige Fenster war geschlossen.

Stableford wandte sich zu Harriet um, die neben Lady Holmes im Türrahmen stand. Dann hörte er, wie Latimer, der sich am weitesten in das Zimmer vorgewagt hatte, scharf die Luft einzog. Mit zwei Schritten war er an seiner Seite, ebenso wie Holmes. Latimer kniete neben einer Frauengestalt, die bäuchlings zwischen dem Bett und dem Schrank auf dem Boden lag. Ihr Kopf war von einem Schleier bedeckt, und sie trug Lady Holmes' Brautkleid.

»Schnell, helfen Sie mir!«, sagte Latimer geistesgegenwärtig.

Gemeinsam hoben sie die Frau auf das Bett. Während Holmes begann, den Schleier zu entfernen, musste Stableford an Ethel, die Geisterbraut, denken, und ihn beschlich eine Angst vor dem Übernatürlichen, die ihn selbst überraschte.

»Henry?«

»Ja, Bruder?«

»Hol Dr Saunders, so schnell du kannst!«

»Dann müsste mir jemand Mrs Stableford abnehmen«, antwortete Henry. »Sie ist beim Anblick der verschleierten Dame ohnmächtig geworden. Ich konnte sie gerade noch auffangen.«

Stablefords Herz setzte für einen Moment aus. Er riss sich zusammen und trug Harriet zu einem kleinen gepolsterten Lehnstuhl am Fenster. Dann öffnete er den Riegel und schob das Fenster auf. Harriet kam schnell wieder zu sich.

»Ist es …«

»Nein«, flüsterte Stableford. »Es ist Laura Beaumont.«

»Und ist sie …«

»Ich nehme es an, aber ich weiß es nicht. Du solltest lieber auf unser Zimmer gehen, Harriet.«

»Nein. Ich bleibe. Lass mich einfach hier sitzen! Ich könnte es jetzt nicht ertragen, allein zu sein.«

»Wie du meinst.« Stableford verließ den Raum, um ein Glas Wasser und ein Plaid für Harriet zu holen.

Als er zurückkehrte, hatte Saunders seine erste Untersuchung offenbar bereits abgeschlossen. Müde erhob er sich von der Bettkante und blickte in die Runde der Männer, die in einem Halbkreis um das Bett herum standen.

»Sie ist tot«, sagte er sachlich. »Und ich würde vorschlagen, dass wir die Polizei verständigen.«

»Die Polizei?«, fragte Lady Holmes von der Tür her.

Sir Richard neben ihr sah aus, als würde er mit den Tränen kämpfen.

»Ja, Lady Holmes«, bekräftigte Saunders.

»Dann war es kein natürlicher Tod?«

»Das kann man in der Tat ausschließen.«

»Wissen Sie denn, woran sie gestorben ist?«, wollte Sampford wissen.

»Nun, eine genaue Untersuchung sollte wenigstens bei Tageslicht erfolgen, aber ich würde mich in diesem Fall schon jetzt darauf festlegen, dass sie erdrosselt wurde. Das horizontal verlaufende Strangulationsmal ist selbst bei dieser Beleuchtung gut zu erkennen.«

»Erdrosselt? Aber von wem?«, fragte Latimer irritiert.

»Das kann ich Ihnen beim besten Willen nicht sagen.«

»Natürlich nicht! Das habe ich auch nicht gemeint. Ich wollte vielmehr auf die Unmöglichkeit Ihrer These hinaus.«

»Reden Sie weiter!«, bat Stableford.

»Wir nehmen doch an, dass der Butler vor dieser Dame hier flüchtete, weil er sie für ein Gespenst hielt, nicht wahr?«

»Ja«, stimmte ihm Sampford zu.

»Und wir müssen ebenfalls davon ausgehen, dass sie schließlich in diesem Zimmer verschwand. Der Butler hat uns das mitgeteilt.«

Sampford nickte.

»Aber wenn sie die Tür, die wir eben aufgebrochen haben, von innen selbst verschlossen hat und sich doch augenscheinlich keine weitere Person im Zimmer befand – wer sollte sie dann erdrosselt haben?«

»Vielleicht flüchteten ja beide vor einer dritten Person?«, schlug Sampford vor. »Der Butler wurde im Korridor ohnmächtig, und der Täter folgte Miss Beaumont in dieses Zimmer und erdrosselte sie.«

»Aber die Tür war verschlossen«, bemerkte Holmes. »Das Ganze erinnert mich an Ihre Detektivromane, Stableford.«

»Es klingt in der Tat wie die Geschichte eines unmöglichen Mordes in einem verschlossenen Raum«, gab Stableford zu. »Allerdings könnte die dritte Person, die Sie, Sampford, ins Spiel gebracht haben, die Tür nach der Tat auch von außen verschlossen haben, um den Mord so lange wie möglich unentdeckt zu lassen.«

»So muss es gewesen sein.« Henry wirkte erleichtert. »Im Schloss steckt kein Schlüssel. Sehen Sie selbst! Dort liegt der herausgebrochene Schlosskasten.«

»Dann könnte der Täter noch im Haus sein«, rief Holmes. »Wir sollten sofort alle zusammentrommeln und …«

»Warten Sie!«, unterbrach ihn Saunders und zeigte auf den Leichnam. »Sie hält den Schlüssel in der Hand.«

Stableford, der während der gesamten Unterhaltung Harriet nicht von der Seite gewichen war, trat nun an das Bett und betrachtete fasziniert die rechte Hand der Toten. Sie war zu einer Faust um den Schlüssel geballt, und die Reite steckte wie ein Ring auf dem Zeigefinger.

»Und wenn schon!«, sagte Holmes aufgebracht. »Sie wird sich wohl kaum selbst erdrosselt haben.«

»Das ist unwahrscheinlich«, stimmte Saunders ihm zu.

»Also muss der Mörder doch irgendwie aus dem verschlossenen Zimmer entkommen sein. Sollten wir dann nicht das Haus systematisch nach ihm durchsuchen?«, regte Holmes an. »Die Tat ist doch eben erst verübt worden, und die Spur könnte noch warm sein.«

»Das bezweifle ich«, sagte Saunders ruhig. »Es gibt da nämlich eine Kleinigkeit, die Sie wissen sollten.«

»Es war doch Selbstmord?«

»Nein, Holmes! Miss Beaumont wurde ermordet, allerdings vor über vierundzwanzig Stunden.«

»Unmöglich!«, rief Latimer.

»Und doch eine medizinische Tatsache. Die Leichenstarre ist bereits voll ausgeprägt und scheint sich an manchen Stellen sogar schon wieder zu lösen. Der Mord wurde gestern Nachmittag oder am frühen Abend verübt.«

»Aber Mr Weller …«, begann Sampford.

»Hat womöglich wirklich ein Gespenst gesehen«, unterbrach ihn Lady Holmes. »Vielleicht war es Ethel, vielleicht aber auch der Geist von Laura, der uns auf dieses schreckliche Verbrechen aufmerksam machen wollte.«

»Es ist gut, Mutter«, sagte Holmes. »Das Ganze ist mysteriös genug. Wir sollten die Lösung dieses Rätsels im Diesseits suchen. Ich schlage vor, dass wir Lauras Leichnam auf ihr Zimmer bringen und uns dann im Drawing Room treffen, um das weitere Vorgehen zu besprechen.«

Für kurze Zeit fiel Stableford in einen tranceähnlichen Zustand. Immer wieder blickte er abwechselnd zur Tür und zu der Hand der Toten, die den Schlüssel hielt. Erst als Holmes und Saunders den Leichnam vom Bett hoben, erwachte er und rieb sich ungläubig die Augen. Holmes hatte recht: Die Flucht eines Mörders aus einem verschlossenen Raum war tatsächlich ein häufig verwendetes Motiv in Detektivromanen, ein Kunstgriff, um den Leser zu irritieren und auf eine falsche Fährte zu locken. Konnte es sein, dass sich Laura Beaumonts Mörder dieses literarische Motiv ganz bewusst zu eigen gemacht hatte? War das Problem der verschlossenen Tür nur ein Taschenspielertrick, um Verwirrung zu stiften und seine Fährte zu verwischen?

KAPITEL 10
Erste Theorien

Harriet und John erschienen als Letzte im Drawing Room. Henry mixte Getränke, und Dicky saß auf einem der Sofas und starrte vor sich hin. Er wirkte verloren. Percy stand mit Lord Sampford, Mr Latimer und Dr Saunders in der Nische des Panoramafensters. Harriet konnte nicht hören, worüber sie sprachen, aber ihre Gesichter waren ernst. Die Eindringlichkeit, mit der Percy auf seine Gäste einredete, ließ sie vermuten, dass es etwas mit Penelope und vielleicht sogar mit den Vorfällen der letzten Tage zu tun hatte.

Sie wunderte sich noch immer, dass ihre Freundin nicht im Korridor erschienen war. John hatte zwar auch Percy wecken müssen, aber spätestens vom Aufbrechen der Tür hätte Penelope wach werden müssen. Das Gleiche galt natürlich auch für die restlichen Bewohner des ersten Stockwerks. Die umgestürzte Rüstung stand vor Francines Zimmer, in dem Mr Wainwright einquartiert war. Wie konnte er den Lärm und Mr Wellers Aufschrei so dicht vor seiner Tür verschlafen haben? Auch Françoises Schlaf musste sehr tief sein. Ihr Zimmer lag zwar am anderen Ende des Korridors, aber Harriet konnte sich kaum vorstellen, dass das laute Treiben auf dem Gang dort nicht zu hören gewesen war. Doch die anderen waren ihr in diesem Moment eigentlich egal.

»Weißt du, warum Penelope vorhin nicht zu uns gekommen ist?«

»Sie hat ein Schlafmittel genommen«, antwortete John, der dicht neben ihr stand. »Holmes sagte es mir, als ich ihn zu uns auf den Korridor bat. Die Ereignisse der letzten Tage waren wohl etwas viel für sie.«

»Und jetzt auch noch ein Mord! Ich bin froh, dass ihr wenigstens der Anblick der toten Laura in dem Brautkleid erspart geblieben ist.«

John nickte verständnisvoll. Nachdem Henry die Gläser verteilt hatte, räusperte sich Percy.

»Nun gut«, sagte er und blickte in die Runde. »Meine Mutter und Franny sind zu Bett gegangen. Ich habe Lord Sampford, Mr Latimer und Dr Saunders gerade davon in Kenntnis gesetzt, dass ich gedenke, die örtliche Polizei nicht umgehend über den Mordfall zu informieren.« Er wandte sich an Henry: »Für dich und Onkel Dicky ist es sicherlich eine Neuigkeit, dass Stableford und ich in gewisser Weise über Vollmachten verfügen, die es uns erlauben, die Untersuchungen zu dieser verabscheuungswürdigen Tat zunächst selbst durchzuführen.«

»Dann arbeitest du mit Scotland Yard zusammen, mein Junge?«, fragte Dicky überrascht.

»Nicht direkt, aber wir gehören einem ähnlichen Verein an. Mehr kann ich dir dazu im Moment nicht sagen.«

»Aber wir haben eine Leiche im Haus! Meinst du nicht, die Polizei …«

»Später, Henry. Du wirst es mir sicher nicht verdenken, dass ich einen Mord in meinem Haus sehr persönlich nehme. Und so leid es mir tut, dies sagen zu müssen: Es handelt sich, wenn Saunders recht hat, nicht um die Tat eines Außenstehenden. Ich befürchte, es ist eine Familienangelegenheit oder ein Verbrechen unter Freunden, und genau aus diesem Grund möchte ich die Untersuchung zunächst ohne die Polizei durchführen.«

»Du glaubst, dass einer von uns … Das ist eine unerhörte Behauptung!«, rief Henry empört.

»Die im Zusammenhang mit einer unerhörten Tat steht, Bruderherz! Aber denke doch einmal selbst darüber nach! Der Mord geschah Saunders zufolge am gestrigen Nachmittag oder frühen Abend. Den Nachmittag können wir ausschließen, da wir«, Percy schaute zu Harriet und John herüber, »Laura gegen sechs Uhr gesehen haben. Und da war sie noch ziemlich lebendig.« Er lächelte grimmig. »Es muss also am frühen Abend passiert sein. Das Haus war zu diesem Zeitpunkt voller Menschen, und die Tat wurde im ersten Stock verübt. Ich kann mir kaum vorstellen, dass sich ein Fremder zu dieser Zeit so weit in ein derart belebtes Haus wagt, um einen Mord zu begehen.«

»Und weil du es dir nicht vorstellen kannst, Bruderherz, machst du es zu einer Familienangelegenheit und lässt die Polizei außen vor?«

»Ja.«

»Also gut, es ist dein Haus. Ich werde mich fügen, aber wenn deine Ermittlungen bis übermorgen früh zu keinem Ergebnis geführt haben, werde ich selbst die Polizei informieren.«

»Abgemacht!«

»Und wie wollen Sie beginnen?«, fragte Lord Sampford, der den Schlagabtausch der beiden Brüder sichtlich amüsiert verfolgt hatte.

»Mit den üblichen Befragungen. Wir müssen herausbekommen, wer Laura zuletzt gesehen hat – und ich meine nicht ihren Mörder. Möglicherweise waren wir das sogar.« Wieder sah Percy zu Harriet und John herüber. »Bisher sind wir davon ausgegangen, dass sie Slane House am frühen Abend zu Fuß in Richtung Stoke verlassen hat. Jetzt wissen wir allerdings, dass sie irgendetwas oder irgendwer davon abgehalten hat. Irgendjemand in diesem Haus muss einen tiefen Groll gegen sie gehegt haben.«

»Irgendetwas, irgendwer, irgendjemand – ist das alles nicht ein wenig zu unbestimmt?«, fragte Dicky vorsichtig.

Percy seufzte. »Was denken Sie, Stableford?«

»Etwas, was Sie wahrscheinlich nicht hören wollen.«

»Nur raus damit!«

»Nun, ich frage mich, ob der Mord an Miss Beaumont ein Versehen war.«

»Ein Versehen?« Mr Latimer sah John erstaunt an. »Jemand hat sie erdrosselt. Wie könnte das aus Versehen geschehen?«

»Oh, ich meinte nicht die Tat an sich, sondern das Opfer«, erklärte John. »Immerhin trug sie einen Schleier, und wenn sich der Täter ihr von hinten näherte …«

»Grundgütiger!«, rief Percy, der auf einen Schlag bleich geworden war. »Dann meinen Sie, dass der Mörder Laura für Penelope hielt?«

»Es ist eine Möglichkeit. Denken Sie an die Vorfälle mit dem Bild und dem Kleid! Die Attacken wurden im Laufe der letzten Tage immer aggressiver, und der Groll, von dem Sie sprachen, fand vielleicht in dem vermeintlichen Angriff auf sie seinen Höhepunkt.«

»Welche Vorfälle?«, fragte Henry.

John nickte Percy zu, und dieser erzählte in knappen Worten von den verstörenden Ereignissen.

Dann wandte er sich wieder an John: »Sie denken also, dass Laura noch einmal in die Kammer zurückgekehrt ist, um das Brautkleid meiner Mutter anzuprobieren?«

»Es ist nur eine Theorie, Holmes. Aber wenn mich nicht alles täuscht, kam Miss Beaumont hierher, um …«

»Mich umzustimmen. So war es wohl. Und ich war mir sicher, dass sie hinter den Attacken auf Penelope gesteckt hat. Aber ihr Tod deutet nun auf einen anderen Täter, nicht wahr?«

»So sieht es aus«, sagte John. »Vielleicht geht sie noch einmal in die Kammer, zieht sich das Kleid an und träumt davon, Sie doch irgendwie umstimmen zu können. Möglicherweise hat sie die Tür nicht ganz geschlossen. Der Täter kommt den Korridor entlang, schaut neugierig in den Raum und hält Miss Beaumont für Penelope. Die Verwechslung ist nachvollziehbar. Immerhin ähnelte Penelope Miss Beaumont – und sie ist neben Ethel die einzige Braut im Haus.«

»Das ist nicht witzig«, zischte Harriet.

»Du hast recht. Es tut mir leid. Wo war ich stehen geblieben?«

»Bei der Verwechslung«, sagte Lord Sampford.

»Richtig. Miss Beaumont und Penelope sind in etwa gleich groß und von gleicher Statur. Der Täter tritt ein, schließt leise die Tür hinter sich und schleicht sich von hinten an sein Opfer heran. Sie trägt den Schleier, also kann er ihr Gesicht nicht erkennen. Er erdrosselt sie und bemerkt seinen Fehler wahrscheinlich erst, als er Penelope später beim Dinner sieht.«

»Nein«, widersprach Harriet.

»Nein? Dann glaubst du, dass er seinen Irrtum schon früher bemerkt hat?«

»Nein, John. Ich glaube, dass deine Rekonstruktion des Tathergangs aufgrund eines wichtigen Details falsch ist.«

»Und worum handelt es sich bei diesem Detail?«

»Um das Kleid selbst. Wie Sie sich sicher alle denken können, habe ich nur eine schwache Erinnerung an den Fund der Leiche. Aber ich meine, dass das Kleid vollständig geschlossen war. Können Sie das bestätigen, Dr Saunders?«

Er nickte. »Bis zum letzten Knopf.«

»Dann muss Laura ihren Mörder gekannt haben«, schlussfolgerte Harriet.

»Aber weshalb?«, fragte Percy.

»Weil man das Kleid nicht selbst schließen kann. Es hat am Rücken eine Knopfleiste, die bis zum Kragen reicht. Jemand muss ihr dabei geholfen haben, und wenn es der Mörder war, folgt daraus, dass er sehr wohl wusste, wer sein Opfer war.«

»Bravo!«, rief Lord Sampford. »Eine brillante Beobachtung!«

»In der Tat«, gab John zu. »Allerdings spekulieren wir hier über einen möglicherweise ziemlich langen Zeitraum. Jemand kann ihr beim Ankleiden geholfen und das Zimmer verlassen haben, bevor sie vom Täter entdeckt wurde. Die Wahrheit ist, dass wir nur durch die Befragung aller Bewohner Licht in dieses Dunkel bringen können.«

»Aber da ist noch etwas«, gab Percy zu bedenken. »Haben Sie bemerkt, dass sich niemand von uns bisher an das Rätsel des verschlossenen Raumes herangewagt hat?«

»Das stimmt«, entgegnete John. »Doch sagten Sie vorhin nicht selbst, dass die Suche nach dem Mörder Vorrang haben sollte? Ich bin da ganz Ihrer Meinung. Diese Art von hochartifiziellen Rätseln gehört in Kriminalromane und verstellt eher den Blick auf das eigentliche Problem, als dass sie zur Lösung desselben beitragen hilft.«

»Dann werde ich meine Aussage von vorhin revidieren«, sagte Percy mürrisch. »Ich behaupte, dass wir den Täter durch die Lösung dieses Rätsels entlarven können. Die Art und Weise, wie er dabei vorgegangen ist, wird ihn verraten.«

Dr Saunders blickte auf seine Uhr. »Solange Sie uns am Ende nicht wie Poe einen Orang-Utan präsentieren, bin ich einverstanden.«

Das Geräusch der Türklingel ließ Harriet zusammenfahren.

»Das wird Dr Lakey sein«, sagte Henry. »Ich werde ihn direkt zu Weller führen und anschließend Fran über den Tod ihrer Schwester informieren. Gehe ich recht in der Annahme, dass ich Lakey nichts von Lauras Ableben erzählen soll?«

Percy nickte, und Henry verließ den Drawing Room.

Harriets Gedanken drehten sich im Kreis. Sie glaubte nicht an Johns Verwechslungstheorie und stellte sich immer wieder dieselben Fragen: Warum musste Laura sterben? Und warum hatte sich der Täter nicht damit zufriedengegeben, dass sie am nächsten Morgen abreisen würde. Hatte er keine Kenntnis davon gehabt, oder hatte er sie genau deshalb umgebracht? Musste er ihre Abreise mit allen Mitteln verhindern, weil sie etwas mitnehmen wollte, was für ihn von Bedeutung war oder ihm sogar gefährlich werden konnte?

Plötzlich fiel ihr der verschwundene Handkoffer ein, von dem Mr Weller Percy beim Dinner berichtet hatte. Hatte ihn der Mörder an sich genommen? Sie gähnte. Es war zu spät, um sich diesem Problem mit Logik zu nähern. Vielleicht hatte Percy ja recht, und die Lösung des Rätsels um den verschlossenen Raum würde den Mörder ganz von selbst entlarven.

KAPITEL 11
Der verschlossene Raum

Harriet schlief noch fest, als Stableford gegen halb sieben Uhr morgens auf den Korridor hinaustrat. Sein erstes Ziel war der Treppenabsatz. Lange betrachtete er den großen schmetterlingsförmigen Blutfleck, der von Wellers Kopfwunde stammte. Dann wandte er sich um, prägte sich die Lage der am Boden liegenden Ritterrüstung ein und ging langsam in die Richtung, aus der der Butler vor seinem Zusammenbruch gekommen sein musste. Akribisch untersuchte er die Dielen und den Läufer, denn er vermutete, dass Saunders' Theorie stimmte und sich Weller die Wunde schon vorher zugezogen hatte. Er hoffte, dass ihn eine Blutspur zum Ort des ersten Sturzes führen würde.

Doch diese Hoffnung wurde zunächst enttäuscht. Er fand nicht einen Tropfen und wollte seine Suche schon beenden, als er am anderen Ende des Korridors einen dunklen Fleck auf dem Läufer entdeckte – vor der Tür zur Dienstbotentreppe und direkt neben dem kleinen Tischchen, auf dem das Nachtlicht stand. Als er ihn erreicht hatte, war er sich sicher, die Stelle von Wellers erstem Sturz gefunden zu haben. Der Butler musste sich den Kopf an dem Möbel aufgeschlagen haben, denn auch an der Tischkante klebte Blut.

Stableford war ratlos. Seine Entdeckung passte nicht zu dem Bild, das er sich vom Ablauf der Geschehnisse gemacht hatte. Der Blutfleck hier war fast ebenso groß wie der am Treppenabsatz. Weller konnte sich also unmöglich sofort nach seinem ersten Sturz wieder aufgerappelt haben und weitergerannt sein. Die fehlende Blutspur zwischen den beiden Lachen unterstützte diese Theorie. Wahrscheinlich hatte die Blutung nach einer Weile fast aufgehört, Weller war den Korridor entlanggelaufen und dann erneut gestürzt, wodurch die Blutung wieder eingesetzt hatte. Wenn der Butler aber eine gewisse Zeit, vielleicht sogar ohnmächtig, neben dem Tischchen gelegen hatte, war das Verfolgungsszenario fragwürdig. War er also gar nicht vor etwas oder jemandem geflohen? Hatte er nur infolge des ersten Sturzes die Orientierung verloren und war dann benommen gegen die Rüstung gelaufen? Aber wie passte dieser Ablauf mit seinem Gerede von Ethel und seinem Verweis auf die Kammer zusammen? Da war es wieder – das Rätsel des verschlossenen Raumes.

Es ist Zeit, sich diesem Problem zu stellen, dachte Stableford und machte sich auf den Weg.

Bei Tageslicht hatte das Zimmer seinen Schrecken verloren. Innerhalb seiner vier Wände befanden sich ein altes Bett, ein Schrank, ein Sessel am Fenster gegenüber der Tür, ein zusammengeklappter Spieltisch und ein Standspiegel, aus dem Stableford ein nicht mehr ganz so schlanker Mann etwa Mitte vierzig mit freundlichen braunen Augen ansah. Er schaute sich genauer um, doch weil er nicht wusste, wonach er suchen sollte, und auf nichts auch nur ansatzweise Rätselhaftes stieß, erlahmte sein Interesse schnell. Schon wollte er die Kammer wieder verlassen, als er am Kopfende des Bettes ein weißes Stückchen Stoff entdeckte. Er hob es auf und entfaltete es vorsichtig. Es war ein recht schlichtes Taschentuch, in das in einer Ecke zwei Buchstaben eingestickt waren.

»F.H.«, las er laut und musste betrübt feststellen, dass dieses Monogramm gleich zu drei Personen in Slane House passte. Er hatte das Tuch gerade eingesteckt, als Holmes in der Tür erschien.

»Stableford! Ich wusste, dass ich Sie hier treffen würde. Wollen wir das Geheimnis der verschlossenen Kammer gemeinsam untersuchen?«

»Das klingt wie der Titel eines in Ägypten spielenden Abenteuerfilms, aber sicher doch! Bevor wir das tun, habe ich allerdings auch noch ein Rätsel für Sie.« Stableford erzählte Holmes von seiner Entdeckung im Korridor und seinen Deduktionen daraus. Schließlich endete er mit derselben Frage, die er sich selbst gestellt hatte: Was hatte Weller mit seiner Geste und der Erwähnung Ethels gemeint?

»Aber ist das nicht klar?«, fragte Holmes verwundert. »Sie hatten doch die Idee, dass Laura die Tür zur Kammer nicht geschlossen hatte, als sie das Brautkleid anprobierte. Ich vermute, dass Weller sie am Samstag in dem Kleid gesehen hatte. Und in seinem benommenen Zustand brachte er Sonntagnacht dann Fiktion und Wirklichkeit durcheinander. Er verwechselte die Tage, und aus Laura im Brautkleid wurde Ethel, die Geisterbraut. Das Zimmer stimmte, nur war die Tür nun geschlossen, und so glaubte er in seinem Delirium, dass unser Hausgespenst durch sie hindurchgegangen war.«

»Dann halten Sie Mr Weller für den Mörder?«

»Weil er Laura beobachtet hatte? Mitnichten, mein Freund. Er ist der Butler und häufig auf den Korridoren unterwegs. Ich denke, dass er nicht der Einzige war, der Laura gesehen hat.«

»Wie geht es ihm eigentlich?«

»Besser. Ich habe Lakey gerade eben verabschiedet. Er war die ganze Nacht bei ihm und versicherte mir, dass er mit einer leichten Gehirnerschütterung und einer markanten Narbe auf der Stirn davonkommen wird.«

»Das ist eine gute Nachricht! Und Narben können durchaus attraktiv sein.«

Holmes lachte. »Ich gebe zu, dass Ihnen die Ihre über der rechten Braue gut steht. Sie verleiht Ihnen zweifellos etwas Mephistophelisches. Aber jetzt wollen wir die Kammer untersuchen! Ich bin gespannt, ob sie alle Voraussetzungen für einen hermetisch abgeschlossenen Raum erfüllt und wir in der Lage sein werden, die Kategorie zu ermitteln, in die dieser Mord fällt.«

»Kategorie? Wovon reden Sie, Holmes?«

»Kommen Sie, Stableford! Sie kennen doch bestimmt Dr Fells Vortrag im siebzehnten Kapitel von ›The Hollow Man‹.«

»John Dickson Carrs Detektivroman?«

»Genau!« Holmes zog ein Buch aus seiner Jackentasche und reichte es Stableford. »Es lag neben Penelopes Bett. Und da mir klar war, dass ich heute Nacht kein Auge zubekommen würde, habe ich es mit auf mein Zimmer genommen. Sie wissen ja, dass ich mir eigentlich nichts aus diesem Genre mache, aber es ist ein außergewöhnliches Werk und könnte uns bei den Ermittlungen helfen.«

»Und es gehört Penelope?«

»Das nehme ich an. Vielleicht hat sie es sich aber auch hier von jemandem geliehen. Fran und Franny lieben Detektivromane, und selbst meine Mutter liest sie von Zeit zu Zeit, wenn auch heimlich.«

»Aber wie kommen Sie darauf, den Mord an Laura Beaumont ausgerechnet mithilfe eines Detektivromans lösen zu wollen?«, fragte Stableford konsterniert und gab Holmes das Buch zurück.

»Weil wir uns, geradeheraus gesagt, in einem Detektivroman befinden.«

»Ein Zitat?«

»Ganz recht! Und aus ebenjenem Kapitel. Mir ist natürlich bewusst, dass man diesen Schluss in unserem Fall überdenken müsste, aber ich glaube dennoch, dass Carrs Ausführungen für uns von Bedeutung sein könnten, denn Dr Fells Vortrag liefert mögliche Lösungen für scheinbar unmögliche Morde in verschlossenen Räumen.«

Stableford überlegte. »Nun gut«, sagte er schließlich. »Ich hätte nie gedacht, dass ich eines Tages einen wirklichen Kriminalfall anhand eines Romans zu lösen versuchen würde, aber ich gebe zu, dass die Umstände von Laura Beaumonts Tod tatsächlich sehr viel besser in einen Detektivroman als in einen Polizeibericht passen.«

»Ausgezeichnet!«, rief Holmes. »Lassen Sie uns also zunächst feststellen, ob sich die Kammer als hermetisch abgeschlossener Raum qualifiziert!«

»Und wie machen wir das?«

»Indem wir nacheinander alle möglichen Ausgänge untersuchen. Wollen wir mit der Tür beginnen?«

Stableford nickte.

»Wir wissen, dass sie verschlossen war, und obwohl der Schlüssel nicht von innen im Schloss steckte, können wir ausschließen, dass man die Tür von außen abgesperrt hatte.«

»Weil die Tote den Schlüssel in der Hand hielt.«

»Und weil es für dieses Zimmer kein Duplikat gibt. Ich denke, dass wir der Tür damit genügend Aufmerksamkeit geschenkt haben.«

»Warten Sie! Wissen wir denn wirklich, dass sie verschlossen war?«

»Aber wir mussten sie aufbrechen!«

»Wir haben sie aufgebrochen, Holmes. Ob wir es mussten, wäre zu beweisen. Wenn ich mich richtig erinnere, hatte nur Latimer probiert, sie zu öffnen.«

»Dann glauben Sie, dass er uns belogen hat?«

»Nicht unbedingt. Die Tür könnte auch geklemmt

haben. Ein Blick auf das Schloss würde uns Klarheit verschaffen.«

»Der Schlüssel und das gesprengte Schloss befinden sich im Safe in der Bibliothek. Ich bin kein Experte auf diesem Gebiet, aber der Riegel ragte deutlich aus dem Kasten heraus. Wenn Weller wieder auf den Beinen ist, soll er sich das Schloss einmal anschauen. Er hat eine Begabung für alles Mechanische und würde eine versuchte Manipulation sicher sofort erkennen.«

»Gut. Gehen wir zunächst also davon aus, dass die Tür von innen verschlossen war und Miss Beaumonts Mörder das Zimmer nicht durch sie verlassen haben kann.«

»Dann kommen wir nun zum Fenster!« Holmes ging darauf zu.

Stableford seufzte und folgte ihm.

»Der Riegel ist geöffnet«, stellte Holmes fest.

»Aber er war fest verschlossen, als wir das Zimmer gestern Nacht betraten. Das kann ich bezeugen, Holmes, denn ich habe ihn selbst geöffnet, um Harriet nach ihrem Ohnmachtsanfall etwas frische Luft zu verschaffen.«

»Somit können wir festhalten, dass der Mörder auch nicht durch das Fenster entkommen konnte?«

»Sie kennen die Spielregeln besser als ich, aber ich würde Ihre Frage mit Ja beantworten.«

»Bleibt also nur noch der Kamin als möglicher Ausweg, nicht wahr?«

»Ist das Ihr Ernst?«

»Natürlich!«

Sie untersuchten den Abzug. Sein Durchmesser war größer, als Stableford erwartet hatte, aber die Rußschicht war, soweit sie hinaufsehen konnten, vollkommen unversehrt. Die beiden Männer schlossen daraufhin auch diese Fluchtmöglichkeit aus.

»Und was machen wir jetzt?«, fragte Stableford. »Klopfen wir die Wände nach geheimen Türen oder Priesterlöchern ab?«

»Das ist nicht notwendig«, antwortete Holmes ernst. Der Anflug von Sarkasmus in Stablefords Bemerkung schien ihm entgangen zu sein. »In Slane House gibt es keine versteckten Gänge. Wir haben nicht einmal eine Tapetentür. Nachdem wir nun also festgestellt haben, dass dieser Mord in einem hermetisch abgeschlossenen Raum begangen wurde, können wir Dr Fells Klassifikation zurate ziehen.«

»Ich bin ganz Ohr, mein lieber Holmes!«

»Vereinfacht gesagt unterteilt er die Morde in zwei Kategorien. In der ersten befindet sich der Mörder zum Zeitpunkt der Tat gar nicht in dem abgeschlossenen Raum. In der zweiten ist er anwesend und findet dennoch einen Weg hinaus.«

»Dann können wir die erste Kategorie doch eigentlich überspringen. Saunders hat festgestellt, dass Miss Beaumont erdrosselt wurde. Also muss sich der Mörder zum Tatzeitpunkt mit ihr in diesem Zimmer aufgehalten haben.«

»Sie schließen demnach einen Unfall, der wie ein Mord aussieht, oder einen Mord durch eine mechanische Vorrichtung, die sich bereits im Zimmer befand, einfach so aus?«

»Ich fürchte, ja.«

»Und wie ist es mit einem Selbstmord, der wie ein Mord aussehen soll?«

»Um einen Unschuldigen – im Zweifel Sie – an den Galgen zu bringen? Ich gebe zu, dass ich Miss Beaumont nach ihrem verstörenden Auftritt am Samstagnachmittag eine solche Tat durchaus zugetraut hätte. Aber um ihren Hals lag keine zugezogene Schlinge, und sie kann sie nach ihrem Tod schlecht selbst entfernt haben. «

»Da stimme ich Ihnen zu. Der Schleier war nicht verknotet, und die durch Luftmangel eintretende Ohnmacht hätte sie vor dem Tod bewahrt, wenn sie einfach nur die Enden zugezogen hätte.«

»So ist es, Holmes! Laura Beaumont hat keinen Selbstmord begangen. Sie wurde umgebracht.«

»Sie sind ein Spielverderber, Stableford, aber wahrscheinlich haben Sie wie immer recht. Kommen wir also zu den Unterpunkten der zweiten Kategorie: Der Mörder hält sich während der Tat im hermetisch abgeschlossenen Raum auf und findet trotzdem einen Weg hinaus.« Holmes zog erneut das Buch aus seiner Tasche und blätterte darin. »Da ist es, Kapitel siebzehn! Die erste Möglichkeit geht von einer Manipulation mit dem Schlüssel aus.«

»Sie meinen mit einer Zange oder einer Pinzette und einem Stück Schnur? Ich habe etwas Ähnliches einmal in der Verfilmung eines Romans von S.S. Van Dine gesehen.«

»Aber es ist unwahrscheinlich, nicht wahr?«

»Es ist ausgeschlossen! Wie sollte denn der Schlüssel nach der Manipulation in die Hand der Toten gelangt sein?«

»Nun gut: Als Möglichkeit Nummer zwei wird das einfache Entfernen der Türangeln genannt.«

»Ich verstehe. Der Mörder schraubt die Beschläge der Angeln ab, verriegelt die Tür, legt den Schlüssel in die Hand der Toten, zwängt sich durch die Öffnung auf der Seite der Angeln und verschraubt die Beschläge dann wieder fest im Rahmen, richtig?«

»So könnte es gehen.«

»Es gibt nur ein Problem, Holmes. Für diesen Trick

müssen sich die Angeln auf der Außenseite der Tür befinden, und in unserem Fall sind sie innen.«

»Dann bleibt nur noch eine Möglichkeit«, sagte Holmes, »denn die aufgeführten Manipulationen an Schub- und Fallriegeln sind ebenfalls ausgeschlossen, da es an der Kammertür weder die eine noch die andere Vorrichtung dieser Art gibt.«

»Und wie lautet Dr Fells letzte Möglichkeit?«

»Er beschreibt sie schlicht und ergreifend als Illusion. Der Mörder hat die Tür nach der Tat von außen abgeschlossen. Er macht die anderen auf ein mögliches Verbrechen hinter der verschlossenen Tür aufmerksam, ist als Erster zur Stelle und schlägt die Türfüllung über dem Schloss ein. Dann greift er hindurch, ›findet‹ den Schlüssel innen im Schloss und öffnet die Tür.« Holmes wurde bleich und ließ das Buch sinken. »Das ist es, nicht wahr?«

»Aber die Türfüllung wurde nicht eingeschlagen«, entgegnete Stableford.

»Natürlich nicht. Und dennoch könnte es sein, dass ich soeben den Plan des Mörders beschrieben habe. Vielleicht wollte er einfach die herrschende Verwirrung nutzen und den Schlüssel innen ins Schloss stecken, während alle anderen ins Zimmer stürmen. Dass der ganze Schlosskasten beim Aufbrechen der Tür herausgeschleudert wird, konnte er ja nicht ahnen, und … Mein Gott, Stableford! Er war geistesgegenwärtig genug, seinem Opfer den Schlüssel in die Hand zu drücken. Latimer ist unser Mann, nicht wahr?«

»Weil er behauptet hat, dass die Tür zugesperrt sei, auf ihre Öffnung drängte und als Erster neben der Leiche kniete?«

»Ja.«

»Nein, mein lieber Holmes! Ich gebe zu, dass sein Verhalten vor dem Hintergrund eines fiktiven Vortrags über unmögliche Morde tatsächlich verdächtig erscheint. Aber selbst wenn Sie dieses Buch als eine Art Vademecum für unsere Ermittlungen betrachten, glaube ich kaum, dass Latimer den Schlüssel in die Hand der Toten gelegt haben kann. Ihre Finger umklammerten ihn fest, und Saunders sprach von einer voll ausgeprägten Leichenstarre. Haben Sie ihr den Schlüssel eigentlich selbst abgenommen?«

»Nein, Saunders gab ihn mir zur sicheren Verwahrung.«

»Dann sollten wir ihn fragen, ob sich die Finger zu diesem Zeitpunkt bereits leicht öffnen ließen.«

»Aber wenn Sie Dr Fells ›Illusion‹ und damit Latimer als Täter ausschließen, wer oder was bleibt dann noch übrig? Oder können Sie einen weiteren Unterpunkt aus dem Hut zaubern, den Carrs Detektiv nicht berücksichtigt hat? Falls jetzt die Zeit für einen Ihrer berühmten Zaubertricks gekommen ist, mit denen Sie so oft die Oberflächlichkeit meiner gängigen Denk- und Beobachtungsmuster entlarven, hätte ich die Shillingmünze aus unserem ersten Abenteuer in Cornwall parat. Wie Sie wissen, trage ich sie seitdem immer bei mir.« Holmes klopfte auf seine Westentasche.

Stableford musste lachen. »Lassen Sie die Münze stecken, Holmes! In diesem Fall geschah der Zaubertrick gestern Nacht, und wir waren beide anwesend. Es war eine mehr als gelungene Illusion, und ich habe nicht vor, Sie mit einem meiner im Vergleich dazu lächerlichen Taschenspielertricks zu langweilen. Im Übrigen liegt es mir fern, Latimer oder sonst irgendjemanden als Täter auszuschließen. Ich halte lediglich Ihre Herangehensweise für problematisch und glaube, dass sich das Rätsel um den verschlossenen Raum von selbst lösen wird, wenn wir dem Motiv für den Mord auf die Spur gekommen sind.«

KAPITEL 12
Lady Holmes

Harriet stand am Fenster, als John kurz nach halb neun Uhr in ihr Zimmer zurückkehrte. Er trat zu ihr und küsste sie.

»Der Sturm ist da«, sagte sie leise. »Und du siehst müde aus. Wo warst du?«

»In der Kammer, mit Holmes.«

»Hast du etwas von Mr Weller gehört?«

»Es geht ihm besser. Er hat eine Gehirnerschütterung, aber er wird bald wieder auf den Beinen sein.«

»Das ist zur Abwechslung mal eine gute Nachricht. Und wie geht es jetzt weiter?«

»Nun, Holmes will dafür sorgen, dass sich alle Bewohner des Hauses bis neun Uhr im Morning Room versammeln. Er wird denen, die es noch nicht mitbekommen haben, die Geschehnisse von gestern Nacht schildern und dann noch einmal alle davon in Kenntnis setzen, dass er den Mordfall zunächst ohne die Polizei untersuchen will.«

»Also bleibt er bei seinem Plan?«

»Ja.«

»Und er baut auf deine Hilfe?«

»Davon gehe ich aus.«

»Und wie stehst du dazu?«

»Ich würde anders handeln, Harriet. Aber er hat mir immerhin versprochen, dass er sich für sein Vorhaben Rückendeckung geben lassen wird.«

»Mit einer Carte blanche vom Inlandsgeheimdienst?«

John nickte.

»Ist diese Vollmacht denn nicht an bestimmte Zwecke gebunden?«

»Oh doch! Sie verschafft dem Inhaber einen unbeschränkten Handlungsspielraum bei der Spionageabwehr. Holmes ist sich natürlich bewusst, dass er diese Vollmacht missbraucht, aber er ist in einer unangenehmen Situation. Es ist nahezu ausgeschlossen, dass der Mord an Miss Beaumont von einem Außenstehenden verübt wurde. Folglich muss der Täter, lässt man die Angestellten einmal außer Acht, ein Familienmitglied oder eine Person aus dem engsten Freundeskreis sein. Ich vermute, dass er ihm die Chance geben will, sich zu stellen, bevor er in die Fänge der Justiz gerät.«

Harriet seufzte. »Ich habe Angst.«

»Vor dem vermeintlichen Täter unter uns?«

»Nein, du Dummkopf! Vor den Konsequenzen, die euer Detektivspielen am Rande der Legalität für dich haben könnte. Wir bekommen ein Baby, John!«

»Ich weiß. Aber Holmes ist mein bester Freund, und ich kann ihn jetzt nicht im Stich lassen.« John sah auf die Uhr. »Ich werde mich kurz frisch machen, und dann sollten wir hinuntergehen.«

Als sie leicht verspätet den Morning Room betraten, sprach Percy bereits über seinen Plan, die Dienste der Polizei zunächst nicht in Anspruch zu nehmen. Bis auf die Angestellten waren alle Bewohner von Slane House erschienen. Sie saßen am großen Tisch in der Mitte des Raumes, und die Stimmung war gedrückt. Dicky und Franny waren die Einzigen, denen man die Trauer um Laura wirklich ansehen konnte. Der alte Herr schien über Nacht noch älter und der junge Mann mit den verweinten Augen noch jünger geworden zu sein, was allerdings nicht zuletzt an dem fehlenden Henriquatre-Bart lag, den er sich erst am Abend zuvor abrasiert haben musste. Harriet tat er unendlich leid, denn er hatte sich zu diesem Schritt wohl nur entschlossen, um Laura zu gefallen. Sie hatte ihn immer wieder wegen des künstlich aussehenden Bartes aufgezogen, und er war offensichtlich in sie verliebt gewesen.

Françoise wirkte gefasst und ihre Tochter nahezu teilnahmslos. Beide blickten während Percys Ansprache ohne Unterlass durch die französischen Fenster auf den Garten hinaus, und Harriet fragte sich, ob sie dies vielleicht nur taten, um jedweden Augenkontakt mit den anderen Anwesenden zu vermeiden.

»Stableford?«

Harriet horchte auf.

»Ja?«, sagte John.

»Ich möchte Sie bitten, mir bei den Befragungen zur Seite zu stehen.«

»Selbstverständlich.«

»Ich danke Ihnen.« Percy blickte in die Runde. »Ihr seid alle Zeugen, dass mir Professor Stableford auf meinen ausdrücklichen Wunsch hin hilft. Ich allein trage die Verantwortung, falls die örtliche Polizei oder – so wie die Dinge stehen – Scotland Yard später rechtliche Schritte gegen meine Entscheidung erwägt.«

»Dein Vorgehen ist verstörend, Perceval!« Lady Holmes erhob sich vom Kopfende des Tisches. »Aber du bist der dritte Baronet of Durbar, und ich werde mich deinem Wunsch nicht nur fügen, sondern auch mit gutem Beispiel vorangehen. Kommen Sie, Professor Stableford! Wollen wir uns für meine Befragung in den Drawing Room zurückziehen?«

»Ausgezeichnet! Darf ich dir meine Hand reichen, Mutter?«

»Natürlich nicht! Du bleibst hier, Perceval. Oder glaubst du wirklich, dass ich mich vor dir ›grillen‹ lasse? So heißt das doch in Ihren Groschenromanen, nicht wahr, Professor?«

John lachte. »Gegrillt wird meines Wissens eher in amerikanischen Kriminalromanen, Lady Holmes. Ich bevorzuge die Konversation und habe die Erfahrung gemacht, dass die Schuldigen an einem bestimmten Punkt des Gesprächs schon allein deshalb mit der Wahrheit herausrücken, weil das Lügen viel anstrengender und komplizierter ist. Wären Sie damit einverstanden, dass uns meine Frau begleitet?«

»Als Anstandsdame? Natürlich. Kommen Sie, mein Kind! Sie können meine Hand halten, falls ich unter den Fragen Ihres Mannes zusammenbreche.«

Die drei hatten gerade die Durchgangstür zum Drawing Room erreicht, als Penelope zu ihnen trat.

»John?«

»Ja?«

»Kann ich als Nächste aussagen?«

»Du?«, fragte Harriet überrascht.

»Ja. Ich bin doch genauso verdächtig wie alle anderen hier. Vielleicht sogar noch ein wenig mehr, nachdem sich herausgestellt hat, dass sich Laura als meine Rivalin verstand.« Penelope blickte sich zu Percy um und fuhr flüsternd fort: »Außerdem glaube ich, dass meine baldige Befragung Percys Entscheidung für die anderen erträglicher machen würde.«

»Einverstanden«, sagte John.

»Dann erwarte ich euch in meinem Zimmer.«

John nickte und betrat mit Harriet und Lady Holmes den Drawing Room. Die Damen nahmen auf einem der Sofas Platz. Harriet war wie betäubt. Die Vorstellung, ihre

Freundin als Verdächtige behandeln zu müssen, war ihr zuwider. Doch es war vor allem Penelopes sorgenvoller Blick in Richtung Percy gewesen, der sie zutiefst beunruhigte. Seine Intensität passte nicht zu Penelopes Behauptung, nur ein Vorbild für die anderen sein zu wollen. Konnte es sein, dass sie Percy selbst verdächtigte? Immerhin war die Situation zwischen ihm und Laura in der Kammer fast eskaliert. Waren die beiden vielleicht noch einmal aufeinandergetroffen? Harriet schloss die Augen und versuchte voller Scham, den schrecklichen Gedanken abzuschütteln.

»Ist alles in Ordnung, Harriet?«

»Es geht schon wieder. Wollen wir beginnen?«

»Nun gut.« John setzte sich in einen nahe stehenden Sessel. »Sind Sie bereit, Lady Holmes?«

»Ich bin es, wenn Sie es sind.«

»Dann würde ich Sie bitten, uns zu erzählen, was Sie am Samstag taten, nachdem Sie Penelope und uns Ihr Brautkleid in der Kammer gezeigt hatten.«

»Sie meinen, nach Lauras unverzeihlichem Ausfall?«

»Ja.«

»Ich machte mich auf die Suche nach Weller, fand ihn in der Küche und unterrichtete ihn davon, dass Miss Beaumont am nächsten Morgen abreisen würde. Dann ging ich in die Bibliothek und telefonierte mit meiner Freundin, Lady Hurst. Ich bat sie darum, ihre Nichte als Tischdame für Dicky mitzubringen. Danach ruhte ich mich eine Weile auf meinem Zimmer aus.«

»Und Ihr Zimmer befindet sich wo genau?«

»Direkt neben der Kammer.«

»Haben Sie während Ihres Aufenthalts dort etwas gehört?«

»Es gingen diverse Leute den Korridor entlang. Henry

und Françoise erkannte ich an ihren Schritten. Aber es waren noch andere Personen auf dem Gang unterwegs.«

»Aus der Kammer kamen keine Geräusche?«

»Nein. Doch das ist auch nicht verwunderlich. Die Wände sind dick, und die Durchgangstür, die es zwischen den beiden Zimmern einmal gab, wurde nach Ethels erstem Auftauchen von Percevals Großvater persönlich zugemauert.«

»Die Geschichte der Geisterbraut scheint uns zu verfolgen. Haben Sie Ethel wirklich gesehen, Lady Holmes?«

»Ja. Zwei Mal, um genau zu sein. Zuerst vor etwa sechs Wochen und dann noch einmal vor weniger als vierzehn Tagen. Es war immer mitten in der Nacht. Ich habe keinen sehr tiefen Schlaf und bin für mein Alter noch recht gut auf den Beinen. In beiden Nächten hörte ich Schritte auf dem Korridor und war schnell an der Tür. Ich blickte hinaus ...«

»Und was sahen Sie dort genau?«

»Eine kleine Gestalt in einem weißen Brautkleid. Sie schwebte über dem Boden.«

»Konnten Sie sehen, wohin?«

»Nein. Sie kam auf mich zu, und ich schloss in beiden Fällen die Tür, so schnell ich konnte. Ich bin kein besonders ängstlicher Mensch, Professor, aber ich wollte es dennoch vermeiden, die Aufmerksamkeit der Geisterdame auf mich zu ziehen.«

»Das ist verständlich. Kommen wir nun auf den Samstag zurück.«

»Wie Sie meinen. Nachdem ich mich ausgeruht hatte, erreichte mich die Nachricht von Lord Sampfords Ankunft. Sie glich für mich einer Hiobsbotschaft, denn aufgrund seiner nicht angekündigten Entourage war meine gerade eben noch gerettete Tischordnung auf einen Schlag hinfällig geworden. Ich machte mich mit Weller an einen Rettungsversuch und kapitulierte kurz vor dem Erklingen der Dinner Bell.«

»Und diese Kapitulation mündete in Ihrem Fernbleiben.«

»Ja. Es mag Ihnen lächerlich erscheinen, aber ich lege großen Wert auf Etikette. Eine asymmetrische Tischordnung ist wie eine Patience, die nicht aufgeht. Man braucht in beiden Fällen Geduld und eine Strategie, aber am Ende kommt es immer aufs Glück an. An diesem Tag war es nicht auf meiner Seite.«

»Also verbrachten Sie den Abend auf Ihrem Zimmer?«

»Ja. Und ich habe in dieser Zeit nichts gehört, falls Sie mich das als Nächstes fragen wollten.«

»Nicht einmal Schritte auf dem Korridor?«

»Nein.«

»Haben Sie Miss Beaumont nach der unerfreulichen Episode in der Kammer noch einmal gesehen?«

»Nein.«

»Lady Holmes, ich weiß, es ist schwierig, aber ist Ihnen in den letzten Tagen irgendetwas aufgefallen, was vielleicht auch nur entfernt im Zusammenhang mit Miss Beaumonts Ermordung stehen könnte?«

»Sie meinen Streitigkeiten oder dergleichen?«

»Gab es denn solche? Verstehen Sie mich bitte nicht falsch! Ich möchte nicht, dass Sie den Verdacht auf bestimmte Familienmitglieder oder Hausfreunde lenken. Es geht mir lediglich darum, die Wahrheit über Miss Beaumonts Tod zu erfahren.«

»Die Wahrheit?« Lady Holmes sah John eindringlich an. »Sie sind in einem schwierigen Alter, Professor. Franny und Francine sind jung, sie fühlen die Wahrheit. Ich bin alt und kenne sie. Sie hingegen behaupten nur, sie zu kennen, und sind doch in Idealen und gesellschaftlichen Wertvorstellungen gefangen.«

»Aber Sie würden mir zustimmen, dass die Wahrheit das höchste Gut ist?«

»Das höchste Gut ist die Familie, Professor. Sie steht über allem, auch über der Wahrheit, und ihr ist mit Begriffen wie ›Schuld‹ oder ›Gerechtigkeit‹ nicht beizukommen. Lauras Tod ist fraglos tragisch. Doch erwarten Sie nicht von mir, dass ich Ihnen von belanglosen Streitereien erzähle, die Sie dann in einen Zusammenhang mit ihrer Ermordung bringen können.«

»Aber gehörte Miss Beaumont nicht im weitesten Sinne zur Familie? Immerhin war sie die Schwägerin Ihres Sohnes.«

»Das ist richtig, doch Familie ist mehr als ein Verwandtschaftsgrad. Sie gleicht einer Festung, auf der jeder seine Aufgabe hat. Man muss seinen Platz finden und sich zuweilen auch unterordnen. Laura hat das nie verstanden. Sie verließ die Heimstatt unserer Familie am Samstag kurz vor ihrem Tod für immer. Ihre verbalen Attacken gegen meinen Sohn und seine zukünftige Frau waren unverzeihlich.«

»Und Ihre Entscheidung, mir nichts über gewisse Zwischenfälle zu erzählen, ist endgültig?«

»Ja. Nehmen Sie das bitte nicht persönlich! Ich mag Sie beide und bin glücklich, dass Perceval in Ihnen einen treuen Freund gefunden zu haben scheint. Sie sind übrigens seit Hannibal der erste, den er mir vorgestellt hat.«

»Hannibal?«, fragte John überrascht.

Lady Holmes lächelte. »Perceval war damals sechs und Hannibal unsichtbar. Sind wir fertig?«

»Ich denke schon. Nur eines noch.« John zog ein weißes Taschentuch aus seiner Jackentasche und reichte es Lady Holmes. »Ich fand das hier auf dem Korridor. Wissen Sie, wem es gehört?«

»Ist das eine Falle?«, fragte sie. »Es könnte meiner Enkelin oder meiner Schwiegertochter gehören. Darf ich es behalten?«

John zögerte einen Moment und stimmte dann zu. Lady Holmes stand auf und ging zur Tür. Auf der Schwelle drehte sie sich noch einmal um und winkte ihnen mit dem Taschentuch wie zum Abschied zu.

Als sie den Drawing Room verlassen hatte, sagte Harriet: »Ich habe Gänsehaut.«

»Verständlich. Ihre Präsenz ist einschüchternd, und es steht wohl außer Frage, dass sie für ihre Familie alles tun würde.«

»Auch morden?«

»Vielleicht. Aber wenn ich mich nicht täusche, hat sie einfach nur Angst. Sie muss Zeugin einer Szene gewesen sein, die den Mord an Miss Beaumont für sie nachvollziehbar macht. Das Problem ist nur, dass wir wohl keinen zweiten Zeugen für diesen Zwischenfall finden werden.«

»Weshalb?«

»Weil Lady Holmes eine intelligente Frau ist. Sie hätte es nie gewagt, uns so vorzuführen, wenn sie sich nicht sicher wäre, dass sie allein von diesem Vorfall Kenntnis hat. Es ist ihr scheinbar vollkommen egal, dass wir nun wissen, dass sie etwas weiß.«

»Trotzdem war es unvorsichtig von ihr, nicht wahr? Denn ihr Lobgesang auf die Familie legt doch nahe, dass es sich bei der Person, die sie deckt, um ein Mitglied handelt.«

»Das stimmt. Aber wie sehr sie diese Szene auch beeindruckt haben mag, ein Streit führt nicht zwangsläufig zu einem Mord.« John erhob sich. »Ich könnte einen Kaffee vertragen. Wollen wir kurz im Morning Room vorbeischauen, bevor wir Penelope aufsuchen?«

KAPITEL 13
Penelope und Percy

Penelope saß in einem Sessel am Fenster, als Harriet und John wenig später ihr Zimmer betraten. Harriet sah sofort, dass sie geweint hatte.

»Bitte entschuldigt meinen desolaten Zustand!«, sagte Penelope leise und lächelte bemüht.

»Wo ist denn Holmes?«, fragte John verwundert.

»In der Bibliothek. Er telefoniert mit Harriets Vater und dem Pfarrer von Stoke, um den Trauungstermin am Mittwoch abzusagen.«

»Du Arme!«, entfuhr es Harriet, und sofort ärgerte sie sich ob dieser unnötigen Bemerkung über sich selbst.

»Es ist die einzig richtige Entscheidung«, stellte John fest.

»Sicher, nur …«

»Ja?«

»Ich befürchte …« Penelope zögerte.

»Was befürchtest du? Du bist unter Freunden. Was besorgt dich, Penelope?«

»Ich befürchte, dass Percy mich verdächtigt.«

»Des Mordes an Miss Beaumont?«, fragte John schockiert.

Harriet atmete laut aus. Sie musste an Penelopes Blick im Morning Room denken, den sie ganz anders gedeutet hatte.

»Hat er das gesagt?«, wollte John nach einer kurzen Gesprächspause wissen.

»Natürlich nicht! Aber er verhält sich mir gegenüber seit heute Morgen so merkwürdig distanziert.«

»Er steht unter einem gewaltigen Druck, Penelope. Und wahrscheinlich ist ihm die Situation gerade dir gegenüber hochgradig unangenehm.«

»Ich wünschte, du hättest recht! Aber als er heute Morgen von Dr Saunders' Annahme bezüglich des möglichen Todeszeitraums sprach, wurde mir mit einen Schlag bewusst, dass ich die Hauptverdächtige bin. Laura war nicht hier, um mit ihrer Schwester zu streiten oder Percy das Leben schwer zu machen. Sie war hier, um mich auszustechen, und damit eine ernsthafte Bedrohung für mich. Dazu kommt, dass ich für Samstagabend kein Alibi habe.«

»Aber du brauchst kein Alibi«, sagte Harriet bestimmt.

»Es würde aber auch nicht schaden, eines zu haben«, warf John vorsichtig ein. »Zwei Frauen im Kampf um einen Mann …«

»Das ist doch lächerlich, John! Percy hatte keinerlei Gefühle für Laura.«

»Sicher nicht, Harriet. Doch das wissen nur wir. Der Coroner könnte das anders sehen. Käme es zu einer Voruntersuchung, würde er das Rivalinnen-Motiv garantiert vor der Jury zur Sprache bringen. Andererseits könnte er genauso gut Holmes verdächtigen. Miss Beaumont gefährdete die anstehende Hochzeit, und man könnte ihm wohl unterstellen, dass er ein großes Interesse daran hatte, sich ihrer zu entledigen.«

»Das stimmt«, sagte Percy, der unbemerkt ins Zimmer getreten war und jetzt die Tür hinter sich schloss. »Allerdings nicht auf diese grausige Weise, mein lieber Stableford. Habe ich etwas verpasst?«

»Nein, wir wollten gerade damit beginnen, Penelope zu befragen. Aber jetzt, wo Sie hier sind, würde ich vorschlagen, dass wir euch gemeinsam ›grillen‹.«

Percy wirkte verunsichert. »Bist du denn damit einverstanden, Hattie?«

»Natürlich, du Esel! In guten wie in schlechten Zeiten.«

»Prächtig! Und ich dachte schon, du würdest vielleicht mich verdächtigen.« Percy lachte und nahm auf der Armlehne des Sessels Platz, in dem Penelope saß.

Harriet war sich sicher, dass seine Erleichterung nicht vollends gespielt war.

»Na, dann schießen Sie los, Stableford!«

»Gerne. Wenn ich mich richtig erinnere, trennten sich unsere Wege in der Kammer, als Penelope Sie bat, sie auf ihr Zimmer zu begleiten.«

»Ganz genau«, sagte Percy. »Hattie zog sich um, und ich saß auf ihrem Bett und beichtete ihr von meiner kurzen Liaison mit Laura.«

»Dieses Detail solltet ihr in euer beider Interesse unerwähnt lassen, falls es zu einer gerichtlichen Untersuchung kommt«, bemerkte John ernst. »Es bietet zu viel Raum für Spekulationen.«

»Dann glauben Sie nicht, dass wir den Fall bis morgen Vormittag gelöst haben?«

John sah Percy überrascht an. »Haben Sie denn eine Spur?«

»Nein. Sie sind doch der Meisterdetektiv!«

»Ich bin Ihr Trauzeuge, Holmes. Erwarten Sie also keine Wunder von mir! Ich verspreche Ihnen jedoch, mein Bestes zu tun. In Anbetracht der wenigen Stunden, die uns noch bleiben, sollten wir mit der Befragung fortfahren. Was geschah also, nachdem Sie Penelope von sich und Miss Beaumont erzählt hatten?«

»Wir trennten uns.« Penelope schmunzelte kurz. »Percy verabschiedete sich, und ich blieb auf meinem Zimmer.

Kurz vor dem Erklingen der Dinner Bell ging ich dann hinunter.«

»Dann hast du nichts von der Ankunft deines Bruders mitbekommen?«, fragte Harriet überrascht.

»Nein.«

»Und auf dem Weg nach unten hast du auch nicht an Holmes' Tür geklopft?«, wollte John wissen.

»Nein. Ich nahm an, dass er schon längst im Drawing Room sei.«

»Und was taten Sie, Holmes?«

»Ich ging auf mein Zimmer und ruhte mich ein wenig aus. Irgendwann hörte ich Schritte auf dem Korridor. Ich vernahm keine Stimmen, aber ich vermute, es war Weller, der Sampford auf sein Zimmer führte. Als die Dressing Bell schlug, begann ich mich umzuziehen und verließ mein Zimmer kurz nachdem die Dinner Bell ertönte.«

»Und ich nehme an, dass keiner von euch beiden Laura Beaumont an diesem Tag noch einmal gesehen hat.«

»Nein«, bestätigte Penelope.

Holmes zögerte. »Nun, ich habe sie nicht wirklich gesehen«, sagte er schließlich, »aber als ich aus meinem Zimmer kam, hörte ich Schritte auf der Treppe. Ich schaute hin und machte am Zwischenabsatz zum zweiten Stockwerk gerade noch so ein weibliches Beinpaar aus. Die Dame ging nach oben. In diesem Moment dachte ich nicht darüber nach, doch es könnte Laura gewesen sein, denn die beiden Begleiterinnen von Sampford und Latimer waren bereits im Drawing Room, als ich dort eintraf.«

»Es könnte aber auch Francine gewesen sein«, warf Penelope ein. »Sie kam erst nach dir hinunter. Daran erinnere ich mich.«

»Wo befinden sich denn die Zimmer von Miss Beaumont

und Francine? Könntet ihr mich bitte über die Belegung der Räume im ersten und zweiten Stock aufklären?«

»Natürlich«, sagte Penelope. »Hier im ersten Stock gibt es zehn Zimmer. Vom Treppenabsatz aus gesehen rechts führt die erste Tür, wie du weißt, in die unbewohnte Kammer. Es folgt das Zimmer von Lady Holmes, dann das meines Bruders, mein eigenes und schließlich das von Françoise. Das erste Zimmer auf der linken Seite steht ebenfalls leer. Es handelt sich um Francines Büro und ist, wenn ich Lady Holmes richtig verstanden habe, für Dean Pennicott reserviert, der gemeinsam mit Harriets Vater die Trauung vornehmen sollte. Hinter der zweiten Tür befindet sich Francines Schlafzimmer, in dem momentan Mr Wainwright untergebracht ist. Das nächste kennst du, denn es ist eures. Es folgen noch Percys und Henrys Räume.«

»Dann schlafen Henry und Françoise getrennt?«

»Ja.«

»Und im zweiten Stockwerk?«

»Ist der Grundriss identisch. Allerdings gibt es dort nur acht bewohnbare Zimmer, denn in den letzten Räumen zu beiden Seiten befinden sich die Bäder, da der zweite Stock nicht nachträglich modernisiert wurde.«

»Und weißt du auch, wer dort in welchem Zimmer residiert?«

»Ja, denn ich hörte, wie sich Mr Weller und Betty über die Unterbringung von Edwards Anhang unterhielten. Im ersten Zimmer auf der rechten Seite ist Francine vorübergehend einquartiert worden. Miss Fields und Miss Garden teilen sich den anschließenden Raum. Dahinter liegen die Zimmer von Dicky und Laura.« Penelope schluckte schwer. »Befindet sich ihre Leiche dort?«

»Ja«, sagte Percy fast tonlos.

»Und auf der anderen Seite?«, fragte John nach einer kurzen Pause.

»Wohnt Franny. Sein Nachbar ist Allen – Mr Latimer –, gefolgt von Dr Saunders.«

»Und wer wohnt im letzten Zimmer auf der linken Seite des Korridors?«

»Niemand. Es war für deine Eltern reserviert, Harriet. Hast du ihnen schon absagen können, Percy?«

»Ja.«

»Und die Zimmer der Angestellten?«, wollte John wissen.

»Befinden sich ein Stockwerk höher unter dem Dach«, antwortete Percy. »Über die exakte Belegung kann ich Ihnen allerdings keine Auskunft geben.«

»Das ist auch nicht nötig. Ich nehme an, dass die Dienstbotentreppe von ganz oben bis hinunter ins Souterrain führt.«

»So ist es.«

»Und jedes Stockwerk ist von diesem Aufgang aus durch eine Pendeltür erreichbar?«

Percy nickte.

»Gut. Dann habe ich nur noch eine Frage: Wie kam es, dass ihr beide gestern Nacht nichts von dem Lärm auf dem Korridor mitbekommen habt?«

»Ich war wahrscheinlich im Bad«, erklärte Percy. »Und Hattie hatte ein Schlafmittel genommen. Aber das hatte ich Ihnen doch bereits gestern Nacht erzählt, nicht wahr?«

»Oh, Percy!«

»Entschuldige bitte meine Indiskretion!«

»Aber woher wussten Sie, dass Penelope ein Schlafmittel eingenommen hatte?«, fragte John unbeirrt weiter. »Sie waren doch auf Ihrem Zimmer, als ich Sie auf den Korridor bat.«

»Richtig, aber ich war bei Hattie, als sie das aufgelöste Schlafpulver trank, und ging erst, nachdem sie eingeschlafen war.«

»Das erklärt es«, sagte John zufrieden.

Penelope schaute ihn verwirrt an. »Das erklärt was?«

»Warum Holmes so gefasst war, als wir die Tote im Brautkleid entdeckten. Harriet fiel in Ohnmacht, weil sie die verschleierte Gestalt für dich hielt, aber Holmes wusste, dass du es nicht sein konntest. Ich wollte diesen Punkt nur klären, weil sein besonnenes Handeln auch anderen in der Kammer aufgefallen sein könnte.«

»Ich verstehe«, sagte Percy. »Sie denken wieder an die Möglichkeit einer gerichtlichen Voruntersuchung?«

»Ja. Man würde sich sicher wundern, warum Sie nicht in Panik gerieten, als Sie die Leiche im Brautkleid sahen. Aber Ihre Geschichte erklärt diesen Umstand bestens. Nun müssen Sie mir nur noch verraten, wie Sie in den Besitz des Detektivromans gekommen sind. Wann nahmen Sie das Buch von Penelopes Nachttisch?«

»Nach unserer Lagebesprechung im Drawing Room. Ich wollte noch einmal nach Hattie sehen, denn Ihre Verwechslungstheorie hatte mich zugegebenermaßen verunsichert. Als ich mich davon überzeugt hatte, dass es ihr gut ging, nahm ich das Buch mit auf mein Zimmer.«

John nickte Percy zu.

»Dann haben wir uns gut geschlagen?«, fragte der.

»Nun, aus der Perspektive eines Coroners wird der Mord an Miss Beaumont wohl trotz Ihrer Erklärungen sehr schnell zum Mord an Ihrer Ex-Geliebten. Es kam kurz vor der Tat zu einem Eklat zwischen Ihnen – vor Zeugen –, das Opfer trug ein Brautkleid, das für Ihre Verlobte bestimmt war, und weder Sie noch Penelope verfügen über ein lückenloses Alibi für den Todeszeitraum, den der wohl berühmteste Gerichtsmediziner des Landes festgesetzt hat. Ich befürchte, dass wir vor diesem Hintergrund kaum eine andere Wahl haben, als den Fall bis morgen Vormittag aufzuklären.«

»Verdammt!«, schimpfte Percy. »Haben Sie denn etwas Nützliches von meiner Mutter erfahren können?«

»Nein. Und ich verwende diese einfache Negation, um nicht ›im Gegenteil‹ sagen zu müssen. Ihre Mutter hat einen Verdacht, aber sie weigerte sich, uns davon zu erzählen. Stattdessen hielt sie uns einen glühenden Vortrag über die Familie, die über allem steht und mit allen Mitteln geschützt werden muss.«

»Mein Gott!«, sagte Percy ernst. »Sie leistet Hattie und mir damit den sprichwörtlichen Bärendienst, nicht wahr?«

»So sieht es aus. Vielleicht können Sie es noch einmal bei ihr versuchen?«

»Natürlich.«

»Und was machen wir jetzt?«, fragte Penelope.

»Als Trauzeuge und Freund empfehle ich, dass ihr euch zunächst einmal aussprecht. Ich habe das Gefühl, dass euer Vertrauensverhältnis durch die Ereignisse von gestern Nacht völlig grundlos gelitten hat.« Percy wollte etwas erwidern, aber John hob seine Hand. »Redet miteinander! In der Zwischenzeit werden Harriet und ich das Gespräch mit Henry und seiner Frau suchen. Es scheint mir ratsam zu sein, dass Sie dabei nicht anwesend sind, Holmes. Bei den späteren Befragungen hätte ich euch natürlich gerne an meiner Seite.« Er sah zu Harriet und ging zur Tür.

Sie folgte ihm. »Du bist ein guter Freund und ein pflichtbewusster Trauzeuge«, sagte sie, als sie den Korridor entlang zur Treppe gingen.

»Ich tue mein Bestes. In diesem Fall ist es allerdings eine Überlebensfrage für die beiden. Wenn sie sich nicht zusammenreißen, bieten sie selbst für die albernsten Anschuldigungen eine viel zu große Angriffsfläche. Der unerfahrenste Coroner könnte einen von ihnen nach wenigen Fragen wegen Mordverdachts verhaften lassen.«

»Dann glaubst du selbst nicht daran, dass wir den Täter in den nächsten vierundzwanzig Stunden finden werden?«

»Ich habe meine Zweifel. Ginge es nur um das Rätsel um den verschlossenen Raum, auf dessen Lösung Holmes seine Hoffnung setzt, um den Mörder zu entlarven, würde ich die Herausforderung annehmen. Es ist ein logisches Problem und dementsprechend mit Logik zu bewältigen. Ich befürchte jedoch, dass reine Logik nicht ausreichen wird, um den Mord an Miss Beaumont aufzuklären. Wäre der Täter völlig logisch vorgegangen, hätte er sich mit Sicherheit einen anderen Ort und einen anderen Zeitpunkt für sein Vorhaben ausgesucht.«

»Weil er jetzt mit allen anderen gemeinsam in der Falle sitzt?«

»Ja.«

»Dann glaubst du an ein Verbrechen aus Leidenschaft?«

John blieb am Treppenabsatz stehen. »Ich halte es für möglich. Zumindest glaube ich nicht an eine lange im Voraus geplante Tat.«

Harriet staunte. »Ich bin sicher keine Expertin, aber muss ein unmöglich erscheinendes Verbrechen in einem verschlossenen Raum nicht akribisch vorbereitet werden?«

»Fängst du jetzt auch noch an? Der Mord wurde begangen, Harriet, er muss also möglich gewesen sein. Die Addition eines unmöglich wirkenden Elementes hat vor allem einen Effekt: Sie lässt auf einen Schlag alle Anwesenden als Verdächtige erscheinen.«

»Das stimmt«, gab Harriet zu. »Aufgrund der angenommenen Unmöglichkeit wird alles möglich – und fraglich. Sogar Alibis verlieren an Bedeutung, wenn die Tat selbst unerklärlich ist. Meinst du, der Täter hatte genau das im Sinn, als er das Rätsel um den Mord herum erschuf?«

»Vielleicht. Aber das ›Rätsel‹ kann auch durch einen bloßen Zufall entstanden sein. Ich würde diese Möglichkeit zumindest nicht ganz ausschließen wollen.«

Harriet schwieg, und sie gingen die Treppe hinunter. Das kurze Gespräch hatte sie auf eine seltsame Weise beruhigt. Lag es vielleicht daran, dass das Übernatürliche in Johns Überlegungen keine Rolle spielte?

KAPITEL 14
Holmes und Hattons

Die Stablefords mussten nicht lange nach Françoise und Henry suchen. Als sie die Halle erreichten, hörten sie aufgebrachte Stimmen aus dem Drawing Room.

»Er redet viel und denkt wenig«, schimpfte Françoise. »Das haben wohl alle Männer der Familie Holmes gemeinsam.«

»Fran!«

»Habe ich denn nicht recht? Wie kommt Perceval dazu, die Polizei nicht zu verständigen? Man könnte glauben, er hätte etwas zu verbergen. Und du nimmst das wie immer hin. Ganz der kleine Bruder, der jede Entscheidung einfach akzeptiert.«

»Aber …«

»Und dann noch diese Impertinenz, uns einen Möchtegerndetektiv aus London vorzusetzen, dem wir Rede und Antwort stehen sollen! Ich kann es kaum erwarten, ihm meine Meinung über dieses Affentheater ins Gesicht zu sagen.«

»Würde es Ihnen denn jetzt passen?«, fragte Stableford, der mit Harriet an der offenen Tür zum Drawing Room stehen geblieben war.

Françoise fuhr herum und errötete.

»Bitte verzeihen Sie die Wortwahl meiner Frau!«, sagte Henry mit einem eisigen Unterton. »Der Tod ihrer Schwester hat sie schwer getroffen, und die Frauen der Beaumont-Familie sind für ihre spitzen Zungen berüchtigt.«

»Ich kann Ihre Skepsis vollkommen nachvollziehen, Mrs Holmes«, sagte Stableford. »Dennoch hoffe ich, dass

Sie einer Befragung zustimmen, denn sie dient einzig und allein der Aufklärung des scheußlichen Verbrechens an Ihrer Schwester.«

»Nun gut, dann stellen Sie Ihre Fragen! Ist es meinem Mann gestattet, anwesend zu sein?«

»Natürlich«, entgegnete Stableford schnell. »Und wenn es Ihnen nichts ausmacht«, fuhr er an Henry gewandt fort, »würde ich Sie gleich in meine Befragung mit einbeziehen.«

»Sicher. Ich habe vor meiner Frau nichts zu verbergen.«

»Ausgezeichnet. Aber wollen wir uns nicht setzen?«

Die vier nahmen in den Sesseln am Couchtisch Platz, und Stableford stellte sofort seine erste Frage. »Aus unseren bisherigen Gesprächen wissen wir, dass weder Ihr Bruder noch Ihre Mutter Miss Beaumont zur Hochzeit eingeladen haben. Hat einer von Ihnen die Einladung ausgesprochen?«

»Nein«, antwortete Françoise bestimmt, und Henry schüttelte den Kopf.

»Haben Sie das anstehende Fest vielleicht in einem Brief oder einem Telefonat mit ihr erwähnt?«

»Gewiss nicht! Henry pflegte keinen Kontakt zu meiner Schwester, und auch mein Verhältnis zu ihr war alles andere als innig. Wir schrieben uns lediglich Weihnachtskarten und Geburtstagsglückwünsche.«

»Ich verstehe. Dann würde ich gleich zum nächsten Punkt kommen wollen. Könnten Sie mir in knappen Worten beschreiben, wie Sie den Samstagnachmittag und den frühen Abend verbrachten?«

»Nun«, begann Henry nachdenklich, »nachdem wir den Tee im Garten eingenommen hatten, war ich fast zwei Stunden mit Charles und Dr Saunders im Haus unterwegs. Wir bewunderten die Blasrohrsammlung meines

Vaters und sprachen über die Jagdmethoden der Naturvölker.«

»Und was taten Sie dann?«

»Ich ging auf mein Zimmer und las mich in einen neuen Fall ein. Es geht um eine Erbschaftsangelegenheit, bei der ich einen Mandanten berate. Als ich die Dressing Bell hörte, zog ich mich um und klopfte wenig später an Frans Tür, um sie zum Dinner abzuholen.«

»Und was taten Sie, Mrs Holmes?«

»Ich begleitete Francine und Mutter bis zum Haus und besuchte dann Mrs Bates in der Küche, um mit ihr über eine neue Diät zu sprechen, von der ich in einem Magazin gelesen hatte. Anschließend ging ich auf mein Zimmer, schrieb einen Brief und ruhte mich aus.«

»Bis Sie Ihr Gatte zum Dinner abholte?«

»Ja.«

»Dann hat also niemand von Ihnen Miss Beaumont noch einmal gesehen?«

»Nein«, sagten Henry und seine Frau fast gleichzeitig.

»Haben Sie denn etwas von den Vorkommnissen mitbekommen, unter denen Miss Hatton seit ihrer Ankunft leiden musste?«

»Nein. Henry hat es mir heute Morgen erzählt. Er war genauso empört darüber wie ich.«

»Und haben Sie einen Verdacht, wer für diese ›Streiche‹ verantwortlich sein könnte?«

»Eine Angestellte, nehme ich an.«

»Fran!«

»Ich gebe zu, dass ich keinen Grund für diese Vermutung habe, aber ich halte es für ausgeschlossen, dass es ein Familienmitglied oder einer unserer Gäste gewesen sein könnte.«

»Auch nicht Ihre Schwester?«

»Laura? Nein. Sie war zwar eine geborene Intrigantin, und ich hätte ihr einiges zugetraut, aber sie war kein physischer Typ, wenn Sie verstehen, was ich meine.«

Stableford war von diesen klaren Worten beeindruckt. »Ich denke schon«, sagte er nachdenklich und wechselte dann das Thema. »Meine nächste Frage wird Sie sicherlich überraschen: Ist einem von Ihnen schon einmal Ethel erschienen?«

Françoise lachte. »Nein. Dir vielleicht, Henry?«

»Was soll denn dieser Blödsinn? Natürlich nicht! Hat Ihnen meine Mutter von ihren Begegnungen mit Ethel erzählt?«

»Das hat sie tatsächlich.«

»Dann sollten Sie das schnell wieder vergessen! Was auch immer sie gesehen hat, es war sicher kein Gespenst. Ich lebe seit über vierzig Jahren in diesem Haus und bin noch nie Zeuge von etwas Übernatürlichem geworden. Aber jetzt muss ich Sie bitten, mich zu entschuldigen. Ich habe einen Termin mit einem Klienten in Totnes.« Er erhob sich, deutete eine Verbeugung an und verließ den Drawing Room.

»Mr Stableford?«, begann Françoise, nachdem er gegangen war.

»Ja?«

»Ich denke, es ist besser, wenn ich es Ihnen selbst sage: Es gab einen großen Streit zwischen mir und meiner Schwester.«

»In den letzten Tagen?«

Françoise nickte. »Am Donnerstag, um genau zu sein.«

»Und worum ging es, wenn ich das fragen darf?«

»Um ihr Verhalten gegenüber meinem Sohn, Francis. Sie genoss seine Aufmerksamkeit und bestärkte ihn in seinen albernen Gefühlen für sie.«

»Er war in sie verliebt?«

»Verliebt? Sie war seine Tante und hätte vom Alter her seine Mutter sein können. Franny sieht zwar aus wie ein Mann, aber er ist noch ein Kind. Sie machte ihm schöne Augen, und er verfiel ihr innerhalb weniger Tage. Es war natürlich nur ein Strohfeuer, aber mir war sofort klar, dass sie sich nur auf ihn eingelassen hatte, um mich zu verletzen.«

»Und deshalb stellten Sie Ihre Schwester zur Rede?«

»Ja. Es war eine hässliche und obendrein laute Szene hier im Drawing Room. Wir waren allein, doch ich nehme an, dass sie nicht unbemerkt blieb. Falls Sie also jemand auf meinen Streit mit Laura aufmerksam machen sollte, wissen Sie nun immerhin, worum es ging, und verstehen vielleicht, warum es mir gerade schwerfällt, um sie zu trauern.« Françoise schluckte. »Ich habe sie für ihren Umgang mit Franny gehasst, aber dieses Ende habe ich ihr nicht gewünscht.«

»Das glaube ich Ihnen, und ich danke Ihnen für Ihre Offenheit. Haben Sie Ihrem Mann eigentlich von dem Streit erzählt?«

»Henry? Nein. Ich habe meine Schwester immer als mein Problem verstanden und versucht, sie von meiner Familie fernzuhalten. Ihr plötzliches Auftauchen hier hat mich ebenso überrascht wie alle anderen.«

»Überraschte Sie auch ihr Aussehen?«

»Und wie! Ich habe sie kaum wiedererkannt. Laura liebte eigentlich das Extravagante, war auffällig geschminkt und trug immer die neuesten Modekreationen. Ehrlich gesagt wusste ich nie, woher sie das Geld dafür hatte. Als sie letzte Woche hier auftauchte, sah sie hingegen wie eine Kopie von Penelope aus, die ja eher einen ländlichen Stil bevorzugt. Sie hatten sogar die gleiche Frisur, was dazu führte, dass ich Laura am Abend ihrer Ankunft mit Penelope verwechselte, als wir uns zufällig in der nur schwach beleuchteten Halle trafen.«

»Haben Sie sie auf diese Veränderung angesprochen?«

»Nein.«

»Nun gut. Dann sind wir, denke ich, fertig, Mrs Holmes. Sie tragen übrigens einen sehr schönen Ring an Ihrer rechten Hand. Ist das ein Saphir?«

»Ja, Henry schenkte ihn mir auf unserer Hochzeitsreise in Kenia.«

»Darf ich ihn mir einmal genauer ansehen?«

»Gern«, sagte Françoise. Kurz darauf verabschiedete sie sich.

»Und, Sherlock?«, fragte Harriet, als sie den Raum verlassen hatte. »Glaubst du, dass ihr Saphirring die merkwürdigen Spuren auf Penelopes Porträt hinterlassen hat?«

»Es ist möglich. Der Stein ragt weit genug über die Fassung hinaus. Interessanter fand ich jedoch ihre Bemerkungen über ihren Sohn.«

»Du denkst, dass Franny Laura ermordet hat?«

»Nein, Harriet. Francis interessiert mich momentan eher als ein möglicher Katalysator für die Tat.«

»Bitte?«

»Prescott, mein Kollege aus dem Nachbarcollege, erzählte mir kürzlich etwas: In der Chemie wird ein Stoff als Katalysator bezeichnet, wenn er eine Reaktion herbeiführt, selbst aber dabei unverändert bleibt.«

»Und Franny war demnach der Katalysator im Streit zwischen seiner Mutter und Laura?«

»Das mit Sicherheit. Die Frage ist, ob er auch als Katalysator für den Mord infrage kommt. Findest du es nicht merkwürdig, dass uns Mrs Holmes nichts über den Ausgang ihres Streits mit Miss Beaumont erzählt hat?«

»Dann hältst du es für möglich, dass sie ihre eigene Schwester getötet hat?«, fragte Harriet ungläubig.

»Durchaus. Ich würde einen stark ausgeprägten Mutterinstinkt als Motiv zumindest nicht kategorisch ausschließen wollen.«

Harriet wirkte schockiert. »Ist dir denn sonst noch etwas aufgefallen, was uns bei der Aufklärung des Mordes weiterhelfen könnte?«, fragte sie nach einer kurzen Pause.

»Nicht direkt«, antwortete Stableford. »Aber die Kostprobe der ›spitzen Zunge‹ der Beaumonts, von der der gute Henry sprach, hat mich auf eine Idee gebracht. Und ich vermute, dass er den wichtigen Termin in Totnes erfunden hat, um uns loszuwerden.«

»Du hast ein gutes Gedächtnis, Sherlock!« Harriet lächelte. »Es ist mir auch aufgefallen, dass dieser Termin im Widerspruch zu seiner Gewohnheit steht, Klienten nur dienstags und donnerstags in seiner Praxis zu empfangen.«

»Darf ich stören?«, ertönte plötzlich eine Stimme.

Stableford drehte sich um. In der Tür zur Halle stand Holmes.

»Ich wollte Sie nur davon in Kenntnis setzen, dass mein Bruder gerade das Haus verlassen hat. Ich möchte ihm nicht unterstellen, dass er auf der Flucht ist, aber er wirkte sehr in Eile.«

»Die Chancen, dass er zurückkehrt, stehen nicht schlecht, Holmes. Und wir hatten bereits die Möglichkeit, mit ihm und seiner Gattin zu sprechen.«

»Dann trifft es sich ja vielleicht gut, dass Hattie gerade mit ihrem Bruder und seiner Entourage im Morning Room plaudert. Wollen wir nicht dazustoßen, damit Sie in dieser Runde Ihre Fragen stellen können?«

Stableford stimmte dem Vorschlag zu und erhob sich mit Harriet, um Holmes durch die Durchgangstür zum Morning Room zu folgen.

»Wenn man vom Teufel spricht«, rief Sampford gut gelaunt, als sie eintraten. »Kommen Sie, setzen Sie sich zu uns! Penny hat uns gerade von Ihrem gemeinsamen Abenteuer auf dieser winzigen Insel im Atlantik erzählt. Wie hieß sie doch gleich?«

»Ker«, sagte Penelope.

»Richtig. Darf ich Ihnen einen Madeira anbieten? Ich weiß, es ist noch früh, aber die besonderen Umstände scheinen mir ein Glas vor elf Uhr zu rechtfertigen.«

Harriet lehnte dankend ab, doch die beiden Männer akzeptierten. Als ihnen Miss Fields die gefüllten Gläser gereicht hatte, erhob Sampford das seine.

»Auf dass der Mörder schnell zur Strecke gebracht wird!«, sagte er ernst, und sie tranken.

»Gehe ich eigentlich recht in der Annahme, dass niemand von Ihnen Miss Beaumont gekannt hat?«, fragte Stableford, nachdem er sein Glas auf dem Tisch abgestellt hatte.

»Natürlich«, erwiderte Latimer überrascht. »Woher auch?«

»Nun, vielleicht aus London?«

»Warten Sie, Stableford!«, unterbrach ihn Sampford. »Haben Sie vor, uns in dieser Runde zu befragen?«

»Wenn es Ihnen nichts ausmacht.«

»Ganz und gar nicht! Habt ihr etwas dagegen?« Sampford schaute seine Begleiter an.

Während Miss Fields und Miss Garden spontan verneinten, wirkte Latimer skeptisch.

»Allen?«

»Ich weiß nicht, ob ich dazu bereit bin, Edward.

Immerhin geht es hier um einen Mord, und ich bin mir nicht sicher, ob ich eure legere Herangehensweise teilen kann.«

»Nun komm schon! Es geht doch lediglich um Routinefragen, nicht wahr, Stableford?«

»Nun, das kommt ganz darauf an, was Sie darunter verstehen – und wie sich die Befragung entwickelt. Generell haben Sie natürlich recht. Es geht zunächst um die Feststellung von Alibis, um den Kreis der Verdächtigen zu minimieren. Aber Mr Latimers Bedenken sind nicht unbegründet, denn meine Fragen können durchaus in Regionen vorstoßen, die man im Allgemeinen als Privatsphäre bezeichnet.«

Miss Garden begann zu kichern.

»Vielleicht möchten mir die Damen zunächst auf meine Fragen antworten?«, schlug Stableford vor. »Mr Latimer hätte so noch etwas Zeit, um über seine endgültige Entscheidung nachzudenken.«

Die beiden Frauen sahen sich an.

»Willst du beginnen, Rose?«

»Wenn du darauf bestehst.«

»Prächtig!« Stableford wandte sich Miss Garden zu, die sich eine rote Locke aus ihrem puppenhaften Gesicht strich. »Wann trafen Sie am Samstagabend in Slane House ein?«

»Etwa gegen sieben Uhr. Der Butler öffnete uns die Tür und bat uns in den Drawing Room. Kurz darauf erschien Lady Holmes und begrüßte uns offiziell. Das Ganze dauerte nur ein paar Minuten, denn Lady Holmes wirkte … Ich weiß nicht, wie ich es ausdrücken soll …«

»Sie stand etwas neben sich«, mischte sich Miss Fields ein.

»Genau! Sie hatte wohl damit gerechnet, dass Edward

allein anreisen würde, und entschuldigte sich recht bald, um mit der Hausdame über unsere Unterbringung zu sprechen.«

»Und was geschah dann?«

»Der Butler führte Edward auf sein Zimmer. Wir warteten im Drawing Room, bis Mrs Hart erschien und Violet, Allen und mich hinauf in den zweiten Stock führte.«

»Sie teilen sich ein Zimmer mit Miss Fields?«

»So ist es. Allens Zimmer liegt direkt gegenüber.«

»Und ist Ihnen auf dem Weg nach oben jemand begegnet?«

»Habt ihr jemanden bemerkt?«, fragte Miss Garden.

Miss Fields und Latimer verneinten.

»Ich auch nicht«, fuhr Miss Garden fort. »Das Gleiche gilt übrigens für unseren Weg nach unten. Allen holte uns ab, und wir trafen Edward in der Halle.«

»Gut. Haben Sie auf dem Weg zu Ihrem Zimmer jemanden auf der Treppe oder im Korridor des ersten Stockwerks getroffen, Lord Sampford?«, fragte Stableford.

»Nein. Auf meinem Weg hinunter in die Halle öffnete jedoch jemand die Tür links von der, die meinem Zimmer gegenüberliegt. Ich hatte sie fast erreicht, als sie recht bestimmt wieder zugezogen wurde. Wissen Sie, wer dort wohnt?«

»Mr Wainwright«, antwortete Stableford. »Dann verstehe ich es richtig, dass Sie Ihr Zimmer in der Zwischenzeit nicht verlassen haben?«

»Ja. Allen kann das übrigens bezeugen, denn er traf mich dort an, als er mich um eine Klinge für seinen Sicherheitsrasierer bat. Wir plauderten eine ganze Weile miteinander.«

»Und konnten Sie ihm mit einer Klinge aushelfen?«

»Nein. Ich verwende seit eh und je ein Rasiermesser.«

Stableford versuchte, sein Erstaunen zu überspielen. »Darf ich Sie fragen, ob Ihnen unterwegs jemand begegnet ist, Mr Latimer?«

»Sicher. Ich traf tatsächlich jemanden auf der Treppe und war heilfroh darüber, denn schließlich wusste ich nicht, in welchem Zimmer Edward untergebracht worden war. Es war die junge Miss Holmes.«

»Francine Holmes?«

Latimer nickte. »Sie war so freundlich, mir die Lage des Zimmers zu beschreiben, und ging dann weiter die Treppe hinauf.«

»Wirkte sie irgendwie angespannt oder aufgeregt?«

»Nein. Aber sie scheint mir auch nicht der Typ zu sein, der seine Gefühlsregungen offen zur Schau stellt.«

»Das mag sein.« Stableford blickte in die Runde. »Auch wenn Sie alle Miss Beaumont nicht kannten, können wir – denke ich – festhalten, dass sie niemand von Ihnen an diesem Abend gesehen hat.«

»So ist es«, bemerkte Sampford. »Allen und ich waren ja noch lange mit Ihnen im Drawing Room.«

»Und wie sieht es mit Ihnen aus? Wenn ich mich recht erinnere, verließen Sie, Miss Fields, den Drawing Room bald nach dem Dinner gemeinsam mit Miss Garden und Mrs Holmes.«

»Richtig. Mrs Holmes zeigte uns die Bäder im zweiten Stockwerk.«

»Und auch auf diesem Weg begegnete Ihnen niemand?«

»Nein.«

»Dann bleibt mir nur noch, Ihnen für Ihre Mithilfe zu danken.«

»Das war es schon?«, fragte Sampford ungläubig. »Nun, mir soll es recht sein. Ich schlage vor, dass wir uns einmal den Games Room anschauen. Der junge Holmes erzählte mir gestern, dass sich dort ein ganz passabler Snookertisch befindet.«

»Und Dicky wahrscheinlich auch«, ergänzte Holmes. »Zumindest war er dort, als ich mit Penelope die Treppe herunterkam.«

»Meinen Sie, wir könnten uns mit einer Partie die Zeit vertreiben, Holmes? Ich möchte nicht pietätlos erscheinen, doch in Anbetracht des Sturms, der dort draußen tobt …«

»Versuchen Sie Ihr Glück!«, erwiderte Holmes freundlich. »Aber werden Sie misstrauisch, wenn Dicky mit Ihnen um Geld spielen will! Er und mein Vater lieferten sich oft nächtelange Duelle. Dicky wirkt zwar etwas linkisch, aber er ist ein Virtuose mit dem Queue.« Er begleitete die vier zur Tür und schloss sie hinter ihnen.

»Penelope?«, fragte Stableford, als Holmes gerade wieder Platz genommen hatte.

»Ja?«

»Es stimmt doch, dass dein Bruder und Mr Latimer zusammen in Oxford studierten, nicht wahr?«

»Ja. Sie teilten sich sogar ein Zimmer.«

»Und ihr Verhältnis ist – sagen wir – inniger, als man es erwarten würde?«

Penelope nickte.

»Warum versuchte sich dann Mr Latimer eine Rasierklinge von deinem Bruder zu leihen? Er müsste doch wissen, dass er ›seit eh und je‹ ein Rasiermesser benutzt.«

»Ich habe keine Ahnung. Aber du verdächtigst doch nicht wirklich Allen, etwas mit dem Mord an Laura zu tun zu haben?«

»Ich finde es nur merkwürdig. Und ich frage mich, ob er oder dein Bruder Miss Beaumont nicht vielleicht doch gekannt haben könnten.«

»Du denkst an Lauras Bemerkung in der Kammer, nicht wahr?«, fragte Penelope ernst.

»Genau. Sie drohte dir mit der Enthüllung eines ›schändlichen‹ Familiengeheimnisses. Liegt es nicht nahe, dass sie damit auf die Beziehung zwischen deinem Bruder und Mr Latimer anspielte?«

»Das mag sein. Aber worauf willst du hinaus?«

»Nun, nehmen wir für den Moment einmal an, dass sich Miss Beaumont und Mr Latimer kannten und sie darüber hinaus von seinem ›Geheimnis‹ wusste.«

»Ja?«

»Es ist Samstagabend, und er ist auf dem Weg zu deinem Bruder. Auf der Treppe trifft er Francine, und sie weist ihm den Weg. Im ersten Stockwerk blickt er zufällig durch die leicht geöffnete Tür der Kammer. Er ist überrascht, Miss Beaumont zu sehen, denn er weiß nichts von ihrer Verbindung zur Familie Holmes. Er tritt ein und begrüßt sie. Vielleicht hilft er ihr sogar beim Schließen der Knöpfe des Brautkleides. Doch dann lässt sie die Katze aus dem Sack. Sie eröffnet ihm, dass sie sein und Edwards Geheimnis lüften wird, um dem Ruf der Familie Hatton und damit auch Penelopes zu schaden. Er verfällt in Panik und …«

»Erspare uns den Rest!«, bat Harriet. »Ich denke, wir haben alle verstanden, worauf du hinauswillst.«

»Und?«

Penelope sah Stableford mit großen Augen an. »Ich kann es mir nicht vorstellen.«

»Es klingt unvorstellbar, Hattie«, stimmte Holmes ihr zu. »Aber es passt zu einer Reihe von Beobachtungen, auf die ich mit Stableford bereits zu sprechen kam. Vielleicht war es wirklich Latimer, der seine Tat mit einer Illusion in der Kammer zu vertuschen versuchte.«

»Wovon redest du, Percy?«

»Von Dr Fells Vortrag in deinem Detektivroman.«

»Wie bitte?«

»Ich meine das Buch, das auf deinem Nachttisch lag.«

»Oh! Es gehört mir nicht – und ich habe auch noch nicht darin zu lesen begonnen.«

»Wer hat es dir denn gegeben?«, fragte Stableford, der froh über den Themenwechsel war und sich über seine eigenen haltlosen Spekulationen ärgerte.

»Franny. Aber was hat denn dieses Buch mit Allen zu tun?«

»Gar nichts«, sagte Stableford bestimmt. »Holmes' Erwähnung dieses Detektivromans zeigt lediglich, dass er mit allen Mitteln für sein Rätsel um den Mord in einem verschlossenen Raum kämpft.«

Es klopfte an der Tür, und Mrs Hart trat ein.

»Gladys!«, rief Holmes. »Du bist ja ganz blass. Hast du gerade erst von dem schrecklichen Vorfall in der Nacht gehört?«

»Nein. Henry erzählte es mir heute Morgen. Ich wollte einen Einbruch melden.«

»Einen Einbruch?«

»Ja. Jemand hat sich gewaltsam Zugang zu Mr Wellers Pantry verschafft. Die Tür wurde aufgebrochen.«

»Und das Silber gestohlen?«, fragte Holmes.

»Das ist ja das Merkwürdige, Perceval. Es fehlt nichts. Ich habe die Schränke und Vitrinen mit Betty gesichtet, und wir konnten keinen Verlust feststellen.«

»Sonderbar«, sagte Stableford. »Wie haben Sie den Einbruch denn bemerkt?«

»Oh, Betty und ich wollten nur sehen, ob die Tür zur Pantry abgeschlossen ist, da wir für heute Abend das Silber benötigen und Mr Weller unpässlich ist.«

»Und was befindet sich außer dem Tafelsilber in diesem Raum?«

»Nun ...«, begann Mrs Hart, als die Türklingel ertönte. »Bitte entschuldigen Sie mich!«

Stableford stand auf und folgte ihr in die Halle hinaus. Als sie die schwere Eingangstür geöffnet hatte, traten zwei völlig durchnässte Gestalten ein. Es waren Francine und Francis. Sie hatte ein blaues Auge, und ihr Bruder sah aus wie der Tod.

KAPITEL 15
Francine und Francis

»Zum Glück haben Sie uns gehört, Mrs Hart!«, sagte Francine und reichte der Hausdame ihren tropfenden Regenmantel.

Ihr Bruder war indessen wortlos zum Dry Room gegangen und darin verschwunden.

»Sie müssen ihn entschuldigen! Es geht ihm heute nicht gut. Aber wieso ist die Tür denn überhaupt um diese Zeit verschlossen?«

»Das weiß ich nicht, Miss Francine. Soll ich Ihnen und Mr Francis Tee auf die Zimmer bringen lassen?«

»Ja, bitte!«

»Miss Holmes?« Stableford trat in die Mitte der Halle.

»Mr Stableford! Ich hatte Sie gar nicht bemerkt.«

»Ich wollte nur wissen, ob Sie etwas später Zeit für meine Fragen hätten.«

»Später? Warum denn nicht gleich? Dann hätten wir es hinter uns.«

Francis schloss gerade die Tür des Dry Room hinter sich.

»Franny? Mr Stableford möchte uns gerne seine Fragen stellen.«

»Muss das sein?«

»Ja. Ich hätte dich gerne an meiner Seite. Mrs Hart, bitte lassen Sie den Tee und eine kleine Karaffe Brandy im Drawing Room servieren!«

»Wie Sie wünschen, Miss Francine.«

Die drei gingen in den Drawing Room. Sie hatten gerade in den Sesseln Platz genommen, als die Parlour Maid mit einem großen Tablett in der Tür erschien.

»Stell es einfach auf den Tisch, Betty!«, sagte Francine bestimmt. »Und schließ bitte die Tür hinter dir!« Sie schenkte den Brandy ein und reichte ihrem Bruder und Stableford gut gefüllte Gläser. Dann nahm sie ihr eigenes, leerte es in einem Zug und schüttelte sich. »Das habe ich gebraucht«, sagte sie zu Stableford, der aus Höflichkeit an seinem Brandy genippt hatte. Sie nahm ihre Brille ab und holte aus der Tasche ihrer Tweedjacke ein Tuch hervor.

Während sie damit sorgfältig die leicht beschlagenen Gläser zu trocknen begann, erkannte Stableford das gleiche eingestickte Monogramm wie auf dem Taschentuch, das er in der Kammer gefunden hatte. Lady Holmes hatte also die Wahrheit gesagt. Aber war das Tuch wirklich relevant für diesen Fall? Er glaubte nicht recht daran, denn es mochte schon länger dort gelegen haben. Die Kammer wurde sicher nicht täglich gereinigt.

»Wollen wir beginnen?«, fragte Francine, als sie die Brille wieder aufgesetzt hatte. »Ich muss gestehen, dass ich keinerlei Erfahrungen mit Verhören habe und bisher davon überzeugt war, dass es Amateurdetektive nur in Büchern gibt.«

»Das stimmt auch.«

»Wie bitte?«

»Ich bin der Trauzeuge Ihres Onkels, und dies ist kein Verhör, Miss Holmes. Zunächst wüsste ich gerne, ob Miss Beaumont durch einen von Ihnen von der anstehenden Hochzeit zwischen Ihrem Onkel und Lady Penelope erfahren haben könnte.«

»Ich befürchte, dass tatsächlich ich für ihr Erscheinen verantwortlich bin«, antwortete Francine ernst. »Wir schrieben uns gelegentlich, und ich hatte ihr in einem meiner Briefe von diesem Ereignis berichtet.«

»Mit dem Wissen Ihrer Familie?«

»Nein! Meine Mutter ahnt nichts von unserem Briefkontakt. Sie und Tante Laura kamen nicht besonders gut miteinander aus, und sie hätte das gewiss nicht goutiert.«

»Aber Sie verstanden sich?«

»Ja. Tante Laura war amüsant und behandelte mich – im Gegensatz zu meiner Familie – wie eine Erwachsene. Wir trafen uns gelegentlich in London, und ich genoss ihre lockere Art.«

»Ich verstehe.« Stableford wandte sich an Francis: »Hatten Sie auch Kontakt zu Miss Beaumont?«

»Nein. Ich hatte sie wohl ein paar Mal als Kind gesehen, aber ich kann mich kaum daran erinnern. Ihre Besuche brachen dann irgendwann einfach ab.«

»Doch Sie kamen in der letzten Woche gut mit ihr aus?«

»Ja. Sie war ganz anders, als meine Mutter sie beschrieben hatte. Ich …«

»Sie waren ihr zugetan, nicht wahr?«

»Ja.«

»Und Miss Beaumont teilte Ihre Gefühle?«

»Muss das sein?«, mischte sich Francine ein. »Ich sehe keinen Grund dafür, dass Sie Franny derart persönliche Fragen stellen.«

»Es geht um einen Mord, Miss Holmes«, antwortete Stableford ruhig. »Und zur Aufklärung dieses Verbrechens sind auch persönliche Fragen notwendig.«

»Ich wüsste nicht, was die Beziehung zwischen Tante Laura und Franny mit dem Mord an ihr zu tun haben sollte! Diese Frage ist genauso wenig zielführend wie die, warum er sich gestern Nacht den Bart abgenommen hat.«

Stableford sah zu Francis. »Gibt es denn dafür einen Grund?«

»Ich … Ich kann nicht!« Der junge Mann sprang auf und lief aus dem Drawing Room.

»War das nötig?«, fragte Francine vorwurfsvoll.

»Ich bin mir keiner Schuld bewusst«, erwiderte Stableford.

Sie sah ihn nachdenklich an. »Dann hat es Ihnen niemand erzählt?«

»Was meinen Sie?«

»Dass sich Franny in sich zurückzieht, sobald er in eine Situation gerät, mit der er nicht umgehen kann.«

»Ist er ...«, setzte Stableford an.

»Nein!«, unterbrach ihn Francine aufgebracht. »Wagen Sie es nicht, ihn als geistig zurückgeblieben zu bezeichnen!«

»Das wollte ich gar nicht.«

»Gut. Denn Franny ist ganz normal. Vielleicht etwas zu jung für sein Alter, aber vollkommen entwickelt. Er hat eben nur Schwierigkeiten, seinen Ort in der Welt zu finden. Deshalb ist er noch hier und verbringt seine Zeit mit Angeln und Jagen. Er lebt das Leben eines Heranwachsenden.«

»Dann hat er Slane House noch nie verlassen?«

»Nun, unser Vater bestand darauf, dass er in seine Fußstapfen treten und Jura studieren solle. Es war eine Katastrophe. Ich holte ihn nach drei Tagen aus Oxford ab. Er war verängstigt wie ein kleiner Junge.«

»Und deshalb kümmern Sie sich auch um das Anwesen.«

»Wer hat Ihnen das erzählt?«

»Meine Frau.«

»Es stimmt. Aber der Grund dafür liegt wohl eher in der Unfähigkeit meines Vaters, das Geld zusammenzuhalten. Ich habe ein Talent für Zahlen.«

»Und Sie lieben diese Tätigkeit, nicht wahr?«, stellte Stableford fest.

Francine sah ihn mit großen Augen an. »Mein Gott! Sie denken doch wohl nicht, dass ich …«

»Dass Sie was?«

»Mein Vater erzählte mir heute Morgen, Sie würden vermuten, Tante Laura wäre einer Verwechslung zum Opfer gefallen. Glauben Sie womöglich, dass ich sie umgebracht habe, weil ich sie für Penelope hielt?«

»Aber warum sollten Sie Lady Penelope umbringen wollen?«

»Um den Status quo zu wahren! Sie ist immer noch jung genug, um Kinder zu bekommen. Wenn sie und Onkel Percy einen männlichen Nachkommen hätten, müssten wir Slane House wohl verlassen.«

»Ah«, machte Stableford. »Sie haben tatsächlich einen äußerst analytischen Geist, Miss Holmes. Ein männlicher Nachkomme würde Francis' Chancen auf den Titel zunichtemachen. Bliebe Ihr Onkel hingegen Junggeselle, würde Ihr Bruder früher oder später ein Baronet of Durbar werden, und Sie könnten die Geschäfte des Hauses einfach weiterführen. Wäre das nicht in Ihrem Interesse?«

»Sie haben keine Ahnung! Ich mag auf Sie bieder und provinziell wirken, aber ich hasse das Leben auf dem Lande. Die Felder und Auen von Devon sind für Lebewesen geschaffen, die Eier legen und Milch geben. Ich war nie dazu bestimmt, nützlich zu sein.«

»Dann bleiben Sie um Ihres Bruders willen?«

»Ja. Solange mich Franny braucht, werde ich bleiben. Ich hoffe, dass er eines Tages den Schritt hinaus in die Welt wagen wird. Aber er ist so eng mit dem Haus und den Ländereien verbunden, dass das wohl noch einige Zeit dauern wird.«

Stableford sah Francine nachdenklich an. Sie mochte nicht an dem Haus oder ihrer Tätigkeit als Verwalterin hängen, doch die Wahrung des Status quo war für sie von großer emotionaler Bedeutung. Er gab Francis Halt.

»Reagiert Ihr Bruder empfindlich auf Veränderungen in seiner Umgebung?«, fragte er vorsichtig.

»Sie wollen wissen, ob er gewalttätig werden kann? Nein! Und falls Sie denken, dass er für mein blaues Auge verantwortlich ist, liegen Sie vollkommen falsch. Der Regen hat nur den Puder abgewaschen, den ich heute Morgen aufgelegt hatte.«

»Und darf ich fragen, wie Sie zu dieser Verletzung gekommen sind?«

»Sicher. Ich war heute schon sehr früh wach. Es war noch dunkel, als ich mich über die Dienstbotentreppe zu meinem Büro im ersten Stockwerk begab.«

»Über die Dienstbotentreppe?«

»Ja. Ich habe die Angewohnheit, vor dem Zubettgehen eine Tasse Kakao zu trinken. Heute Morgen stellte ich das Tablett mit dem Geschirr auf das kleine Tischchen neben der Schwingtür. Im Korridor des ersten Stockwerks steht an der gleichen Stelle ein ähnlicher Tisch mit einem Nachtlicht darauf.«

»Ich verstehe. Sie wählten also den kürzesten Weg hinab und gingen zu Ihrem Büro. Es ist das erste Zimmer auf der linken Seite, nicht wahr?«

»Wenn man den Korridor von der Dienstbotentreppe aus betritt, ist es das letzte Zimmer auf der rechten Seite.«

»Natürlich. Aber bitte fahren Sie fort!«

»Nun, ich ging den Korridor im Dunkeln entlang und stolperte über eine am Boden liegende Ritterrüstung. Ich weiß nicht genau, was mich am Auge traf, aber es schmerzte ziemlich. Als ich mich wenig später im Spiegel betrachtete …«

»Bemerkten Sie den Bluterguss. Natürlich. Allerdings

ist es mir ein Rätsel, wie Sie den Lärm, der letzte Nacht durch die umstürzende Rüstung verursacht wurde, verschlafen konnten.«

»Das ist leicht erklärt, Mr Stableford. Ich benutze Ohrenstöpsel und habe mich so daran gewöhnt, dass ich ohne sie nicht mehr schlafen kann.«

»Und Sie tragen sie, weil ...«

»Weil Francis fürchterlich schnarcht. Unsere Zimmer liegen nebeneinander. In meinem wohnt momentan Mr Wainwright, und Sie sind mit Ihrer Frau in Frannys Zimmer untergebracht.«

»Nun gut. Dann würde ich gerne auf den Samstag zu sprechen kommen. Wissen Sie noch, wann Sie Miss Beaumont an diesem Tag das letzte Mal gesehen haben?«

»Während der Tea Time im Garten.«

»Und nicht noch einmal später? Sagen wir zwischen sechs und acht Uhr?«

»Nein.«

»Waren Sie denn zu dieser Zeit überhaupt im Haus unterwegs?«

»Nein. Ich war in meinem Büro und schrieb mehrere Briefe.«

»Das ist merkwürdig.«

»Weshalb?«

»Weil Sie Mr Latimer in diesem Zeitraum auf der Treppe zwischen dem ersten und dem zweiten Stockwerk getroffen haben will.«

Francine schien zu überlegen. »Das stimmt«, sagte sie endlich. »Ich war tatsächlich die ganze Zeit über in meinem Büro, verließ es allerdings gegen sieben oder etwas später, um mich für das Dinner umzuziehen. Mr Latimer kam mir entgegen. Wir kannten uns zu diesem Zeitpunkt noch nicht und stellten uns kurz vor. Dann fragte er mich, ob ich wüsste, in welchem Zimmer Lord Sampford untergebracht ist, und ich wies ihm den Weg.«

»Wirkte er nervös?«

»Nervös? Nein. Aber ein wenig unsicher.«

»Und haben Sie sonst noch jemanden auf dem Weg in Ihr Zimmer getroffen?«

»Nein.«

»Dann habe ich nur noch eine letzte Frage, Miss Holmes: Ist Ihnen Ethel schon einmal begegnet?«

Francine lachte. Es war ein sympathisches helles Lachen, das für einen Moment ihre mädchenhafte Seite zum Vorschein brachte.

»Ist das Ihr Ernst, Mr Stableford?«

»Nun, Ihre Großmutter hat sie zwei Mal gesehen, und sie scheint mir nicht der Typ zu sein, der seine Zeit mit Séancen und Tischrücken verbringt.«

»Das stimmt. Und ich muss zugeben, dass mich ihre Schilderungen der Begegnungen mit Ethel sehr gewundert haben. Aber ich muss Sie leider enttäuschen. Ethel ist mir noch nie erschienen, und wenn es nach mir geht, darf das gerne so bleiben. Ich mache mir nichts aus Gespenstern.«

»Ich habe sie gesehen«, sagte eine Stimme hinter Stableford.

Er drehte sich um. Es war Francis, der in der Tür zur Halle stand.

»Sie meinen Ethel?«

»Ja.«

»Und wann war das?«

»Vor ungefähr zwei Wochen. Es war genau so, wie es Großmutter beschrieben hat, Francine. Ich hatte mir gegen halb eins ein Glas Milch aus der Küche geholt und war gerade durch die Schwingtür getreten, als ich Ethel in ihrem Brautkleid am anderen Ende des Korridors stehen sah.«

»Und was geschah dann«, fragte Francine.

»Sie verharrte an ihrem Platz, und ich trat schnell in Mutters Zimmer, um der unheimlichen Situation zu entkommen.«

»Hat dich Mutter bemerkt?«

»Nein. Sie schlief tief und fest. Ich setzte mich in den Sessel neben ihrem Bett und schlief irgendwann selbst ein. Als ich erwachte, dämmerte es bereits. Mr Stableford?«

»Ja?«

»Bitte entschuldigen Sie meine lächerliche Flucht von vorhin! Ich bin selbstverständlich bereit, Ihre Fragen zu beantworten. Es stimmt, dass ich in Laura verliebt war. Und den Bart nahm ich mir letzte Nacht ab, weil sie mich seit Tagen damit aufgezogen hatte, dass ich wie eine alberne Kopie meines Vaters aussehen würde.«

»Das stimmt«, mischte sich Francine ein. Sie wirkte erleichtert über die Rückkehr ihres Bruders. »Laura meinte, er sehe aus wie ein falscher Theaterbart, weil er so gar nicht zu Frannys jugendlicher Erscheinung passe.«

»Nun, ich denke, in diesem Punkt hatte sie recht«, bemerkte Stableford. »Wann haben Sie Miss Beaumont denn das letzte Mal gesehen?«

»Am Samstagabend, auf dem Korridor vor ihrem Zimmer. Es muss gegen Viertel vor sieben Uhr gewesen sein.«

»Sprachen Sie mit ihr?«

»Nein, aber Charles – Mr Wainwright. Ich beobachtete die Szene, als ich die Treppe hinaufkam, und wunderte mich noch, was er im zweiten Stock machte.«

»Haben Sie etwas von dem mitbekommen, worüber die beiden redeten?«

Francis schüttelte den Kopf. »Sie sprachen leise, und

ihr Gespräch wirkte irgendwie vertraulich. Ich wollte nicht stören und ging in mein Zimmer, um mich für das Dinner umzuziehen. Kurz vor acht Uhr klopfte ich an Lauras Tür. Ich wollte sie in den Drawing Room begleiten, doch sie öffnete nicht.«

»Haben Sie nur geklopft oder auch versucht, die Tür zu öffnen?«

Francis zögerte einen Moment. »Ich öffnete die Tür und trat ein«, sagte er schließlich. »Laura war nicht da.«

»Dann hätten wir es für den Moment«, bemerkte Stableford freundlich. Er bedankte sich bei den Geschwistern noch einmal für ihre Kooperation und begleitete sie zur Tür. Er wollte allein sein.

Das Gespräch hatte wider Erwarten einige Aufschlüsse und Denkanregungen gebracht. Stableford goss sich eine Tasse des mittlerweile lauwarmen Tees ein und begann seine Pfeife zu stopfen. Als sie brennend zwischen seinen Zähnen steckte, versuchte er die neuen Eindrücke zu ordnen. Da war zum einen Francis, dessen Unreife ihn zu einem unberechenbaren Faktor in diesem Fall machte. Hatte er Miss Beaumont vielleicht durch Zufall in der Kammer entdeckt, dort von ihrer bevorstehenden Abreise erfahren und diese als Zurückweisung interpretiert? Hatte er sie dann in einem Moment der fassungslosen Enttäuschung erdrosselt?

Stableford schüttelte den Kopf. Francis mochte noch keine voll entwickelte Persönlichkeit haben, aber war er allein deshalb gefährlicher als jeder andere in diesem Haus? Gewiss nicht! Viel interessanter schien er in seiner Funktion als Katalysator zu sein. Françoises ausgeprägter Mutterinstinkt und Francines angenommene Beschützerrolle speisten sich aus seiner Hilfsbedürftigkeit. Aber konnte die dadurch freigesetzte Energie einer der beiden

Frauen ausgereicht haben, um einen Mord zu begehen? Starb Laura Beaumont, weil Françoise ihren Sohn vor einer hoffnungslosen Liebe beschützen wollte? Oder weil Francine den Status quo auf Slane House bewahren wollte und ihre Tante in der Kammer für Penelope gehalten hatte?

Stableford musste sich eingestehen, dass er beide Erklärungen kaum für möglich hielt. Enttäuscht nahm er die erloschene Pfeife aus seinem Mundwinkel. Er hatte seine vermeintlich neuen Denkansätze zerdacht. Sie waren verbrannt wie der Tabak, der sich im Pfeifenkopf in Asche verwandelt hatte. Immerhin hatten zwei Erkenntnisse Bestand: Um Viertel vor sieben war Miss Beaumont noch am Leben gewesen, und Mr Wainwright war vielleicht der Letzte, der vor ihrem Tod mit ihr gesprochen hatte.

»Hier stecken Sie!«

Stableford blickte auf und sah Holmes in der Tür zum Morning Room stehen.

»Saunders gewährt uns eine Audienz. Er ließ uns durch Betty ausrichten, dass er uns in Lauras Zimmer erwartet. Und wenn wir uns gut benehmen, dürfen wir auch mit Weller sprechen. Er ist bei Bewusstsein und hat einer Befragung zugestimmt.«

»Ausgezeichnet! Dann wollen wir die beiden nicht warten lassen.«

KAPITEL 16

Mr Weller und Dr Saunders

Harriet und Penelope hatten darauf bestanden, die beiden Männer zu begleiten. Gemeinsam mit John warteten sie in der Halle auf Percy, der das Schloss und den Schlüssel für die Kammertür aus dem Safe in der Bibliothek holte. Kurze Zeit später standen sie vor Lauras Zimmer im zweiten Stock. Ohne anzuklopfen öffnete Percy die Tür und trat als Erster ein.

»Grundgütiger!«, entfuhr es ihm.

Er hatte so plötzlich Halt gemacht, dass John, der dicht hinter ihm gegangen war, mit ihm zusammenstieß.

»Bemerkenswert, nicht wahr?«, sagte Dr Saunders, der in einem Sessel am Fenster saß. »Ich war ähnlich schockiert wie Sie, als ich hier nach dem Rechten schauen wollte.«

»Aber hatten Sie die …«

»Doch, doch! Ich hatte die Tür gestern Nacht abgeschlossen, nachdem wir den Leichnam hierhergebracht hatten. Und sie war auch eben verschlossen.« Dr Saunders stand auf und zeigte Percy den Schlüssel in seiner Hand.

»Dann muss sich jemand mit dem Duplikat Einlass verschafft haben«, stellte John nüchtern fest. »Wir sollten nachher Mr Weller fragen, wo die Zweitschlüssel für die Zimmer aufbewahrt werden.«

Harriet hatte beim Eintreten instinktiv nach Penelopes Hand gegriffen. Die Szene, die sich ihnen bot, wirkte rührend und unheimlich zugleich. Irgendjemand hatte Lauras Zimmer in eine Art Kapelle verwandelt. Auf dem Nachttisch stand ein dreiarmiger Leuchter, dessen Kerzen schon weit heruntergebrannt waren. Die Vorhänge waren zugezogen, und auf einem kleinen runden Tisch nahe am Fenster stand eine silberne Vase mit frisch geschnittenen Rosen, Kornblumen und Margeriten. Lauras Leiche war ebenfalls hergerichtet worden. Man hatte ihr die Hände gefaltet und auf die Brust gelegt.

»Weshalb liegt ein Handtuch über ihrem Gesicht?«, fragte Penelope unsicher.

»Weil ihr Anblick nichts für schwache Nerven ist. Ich hatte nach dem Hausmädchen geklingelt und wollte vermeiden, dass sie einen Blick darauf erhascht. Soll ich das Tuch entfernen?«

Penelope nickte, und Dr Saunders enthüllte das Gesicht der Toten.

»Mein Gott!«, sagte Percy fast tonlos, und Penelope wandte sich ab.

Tatsächlich war der Anblick auch für Harriet kaum zu ertragen. Der heimliche Besucher hatte versucht, Laura zu schminken. Ihre Wangen leuchteten, und ihr Mund war über die Lippen hinaus mit roter Farbe angemalt worden. Das Ergebnis wirkte wie eine albtraumhafte Fratze, auch wenn der schlicht geflochtene Margeritenkranz auf ihrer Stirn die Vermutung nahelegte, dass die Intention des Schöpfers eine andere gewesen war.

»Decken Sie sie wieder zu!«, sagte Percy mit heiserer Stimme, und Dr Saunders legte bereitwillig das Tuch über das Gesicht.

»Weiß jemand, woher der Kerzenleuchter stammen könnte?«, fragte John.

»Er steht sonst auf der Anrichte im Dining Room«, antwortete Penelope. »Und er brannte dort auch gestern Abend.«

»Dann können uns die heruntergebrannten Kerzen also

keinen Hinweis auf den Zeitpunkt geben, zu dem das Zimmer so dekoriert wurde.«

»Nein. Aber es muss schon gedämmert haben. Die Blumen sind frisch und stammen aus dem Garten. Ich glaube nicht, dass sie im Dunkeln gepflückt wurden.«

»Da gebe ich dir recht, Penelope. Haben Sie die Leiche noch einmal untersucht, Saunders?«

»Ehrlich gesagt, nein. Ich sehe auch keine Notwendigkeit dafür. Meine Diagnose steht: Miss Beaumont wurde erdrosselt, und ihr Tod trat in den frühen Abendstunden des Samstags ein. Der Fall lässt aus gerichtsmedizinischer Sicht keine Fragen offen.«

»Ich hätte dennoch eine«, sagte Percy.

»Dann fragen Sie!«

»Sie nahmen der Toten doch den Kammerschlüssel aus der Hand.«

»Natürlich, hier in diesem Zimmer. Und Sie standen neben mir.«

»War es schwierig?«

»Sie meinen wegen der Leichenstarre?«

»Ja.«

»Das war es in der Tat. Die Reite steckte auf dem Zeigefinger, und die restlichen Finger hielten den Halm fest umschlungen.«

»Aber es sah nicht schwierig aus.«

»Ich weiß nicht, worauf Sie hinauswollen, Holmes, aber ich kann Ihnen versichern, dass ein Laie einige Zeit brauchen würde, um einen Gegenstand aus einer Faust zu befreien, die sich im Zustand der Leichenstarre befindet. Ich habe Erfahrung darin und verfüge über eine gewisse Technik, die Ihnen den Eindruck vermittelt haben mag, es wäre ein Kinderspiel.«

»Ich verstehe.« Percy wirkte nachdenklich.

»Wollen wir dann vielleicht Mr Weller einen Besuch abstatten?«, fragte John in das kurze Schweigen hinein. »Ich glaube nämlich nicht, dass wir hier einen Hinweis auf den Urheber dieser theatralischen Inszenierung finden werden.«

»Wie Sie meinen«, entgegnete Dr Saunders.

Harriet blickte sich noch einmal im Zimmer um und stutzte. »John?«

»Ja, Harriet?«

»Dort!« Sie zeigte auf eine Ansammlung von Margeritenblüten am Kopfende des Bettes.

John ging hinüber und kniete sich nieder. »Manche sind verflochten, aber die meisten einzeln. Wahrscheinlich ein Überbleibsel des geheimnisvollen Kranzbinders. Aber was ist das?« Er griff unter das Bett und holte einen kleinen Handkoffer hervor, den er sogleich öffnete.

Der Koffer war gepackt. Obenauf lag ein Morgenmantel, darunter ein Pyjama, Unterwäsche und ein leichtes Tweedkostüm. Neben einem Beutel mit Parfumflacons und Cremetiegeln fand John eine Tasche mit diversen Artikeln, die auf Lauras Arbeit in einem Schönheitssalon hinwiesen. Er durchsuchte sie gründlich und griff dann nach einer Schmuckschatulle, die er geöffnet Penelope reichte.

»Ist deine Brosche darunter?«

»Nein.«

»Dann sind wir hier fertig. Miss Beaumont hatte also tatsächlich die Absicht, Slane House zu verlassen. Es bleibt die Frage, wer sie daran gehindert hat.« John nahm die Schatulle aus Penelopes Hand entgegen, schloss den Koffer und schob ihn wieder unter das Bett. »Wollen wir gehen?«

Harriet sah ihn überrascht an. Er wirkte wie elektrisiert.

Sie war sich sicher, dass er im Koffer etwas Wichtiges entdeckt hatte, aber sie spürte auch, dass er jetzt nicht darüber sprechen wollte.

Sie verließen das Zimmer, und Dr Saunders schloss die Tür ab. Dann führte er die Gruppe über die Hintertreppe in den Dienstbotentrakt im dritten Stock. Dort klopfte er an eine Tür und öffnete sie nach kurzem Warten. Mr Weller saß aufrecht im Bett, als sie eintraten.

»Kommen Sie nur herein!«, sagte er freundlich und gab Mrs Hart, die ebenfalls anwesend war, eine leere Tasse zurück. »Gladys war so liebenswürdig, mir einen Tee zu bringen.«

»Wie geht es Ihnen?«, fragte Percy.

»Besser, Sir.« Mr Weller tippte sich leicht an seinen bandagierten Kopf. »Mein Schädel schmerzt, aber das ist bei einer Gehirnerschütterung wohl nicht zu vermeiden.«

»Ich schaue später noch einmal nach Ihnen«, sagte Mrs Hart und verließ das Zimmer.

John räusperte sich. »Können Sie sich an die Geschehnisse von gestern Nacht erinnern?«

»Nun, Sir, eigentlich nur an das, was mir Dr Saunders und Gladys erzählt haben. Ansonsten tappe ich im Dunkeln. Es ist, als ob jemand mit einer Laterne vorangehen muss. Trifft ihr Strahl auf eine schlafende Erinnerung, dann erwacht sie. Aber es sind nur einzelne Augenblicke, Bruchstücke, wenn Sie so wollen, Sir.«

»Wissen Sie denn, wie Sie auf den Korridor im ersten Stock gekommen sind?«

»Nein, Sir. Aber wenn ich aus einer Gewohnheit schließen darf, dann lag der Grund wohl darin, dass ich auf dem kleinen Tischchen neben der Schwingtür nach Geschirr gesehen habe. Die Familie ist so freundlich, benutzte Tassen und Gläser dort abzustellen.«

»Und während Sie dort nachschauten, wurden Sie von etwas überrascht?«

»Von Ethel, Sir. So hat man es mir zumindest erzählt.«

»Sie selbst haben also keine Erinnerung an die Begegnung mit dem Hausgespenst?«

»Nein, Sir. Allerdings habe ich eine Szene im Kopf, die ich nicht zuordnen kann. Ich sah eine kleine Gestalt in einem weißen Kleid durch eine geschlossene Zimmertür schweben.«

»Glauben Sie denn an die Geschichte von einem herumspukenden Geist auf diesem Stockwerk?«

»Nun, Sir, es ist ein altes Haus, und ein Gespenst passt sicher trefflich zu Lady Holmes' Vorliebe für die viktorianische Ära. Aber ich halte es mehr mit den Naturwissenschaften, wenn Sie verstehen, was meine.«

»Das tue ich, Mr Weller, und es geht mir ebenso. Ich nehme an, dass man Ihnen auch von Miss Beaumont berichtet hat.«

»Ja, Sir. Es ist eine Tragödie. Und so kurz vor dem anstehenden Fest!«

»Wann haben Sie Miss Beaumont denn zum letzten Mal gesehen?«

»Am frühen Samstagabend, Sir. Es muss kurz nach sieben Uhr gewesen sein. Sie sprach mit Mrs Hart und bat sie, ihren Schrankkoffer zu packen und an ihre Adresse in London schicken zu lassen.«

»Und wo fand dieses Gespräch statt?«

»In der Küche, Sir. Ich konnte nicht umhin, es mit anzuhören, da ich in der Pantry gerade zusätzliche Gedecke für das Dinner zusammenstellte.«

»Natürlich. Was außer dem Tafelsilber befindet sich eigentlich noch in der Pantry, Mr Weller?«

»Nun, Sir, die Warenbücher der Lieferanten und das Indexheft für den Weinkeller.«

»Auch Schlüssel?«

»Schlüssel, Sir?«

»Ja. Lady Holmes erzählte uns, dass es Duplikate für alle Zimmer des Hauses gibt. Werden diese Ersatzschlüssel dort aufbewahrt?«

»Das werden sie in der Tat, Sir. Allerdings ist Ihre Information nicht ganz zutreffend. Von dem Schlüssel zur sogenannten Kammer im ersten Stock existiert kein Duplikat, und Miss Holmes bewahrt den Ersatzschlüssel für ihr Büro im Safe in der Bibliothek auf.«

»Aber alle anderen Duplikate befinden sich in der Pantry?«

»Ja, Sir. Es handelt sich um ein dickes Schlüsselbund, das in einer Schublade hinter den Besteckkästen liegt. Darf ich fragen, warum dies für Sie von Interesse ist, Sir?«

Percy schaute ihn überrascht an. »Dann hat Ihnen Mrs Hart nichts von dem Einbruch in die Pantry erzählt?«

»Nein, Sir! Ist denn etwas gestohlen worden?«

»Es hat nicht den Anschein, aber wahrscheinlich können nur Sie diese Frage wirklich adäquat beantworten. Wenn es Ihnen wieder besser geht, versteht sich!«

»Sicher, Sir. Vielen Dank!«

»Wir wollen Sie auch gar nicht länger stören, Weller. Ich würde Sie jedoch noch bitten, einen kurzen Blick auf dieses Schloss zu werfen.« Percy reichte es ihm, und Mr Weller betrachtete es sorgfältig von allen Seiten.

»Es ist das Schloss aus der Kammertür«, sagte er leise.

»Ganz genau. Können Sie trotz seines Zustandes erkennen, ob es verriegelt war, als es aus der Türfüllung herausgebrochen wurde?«

»Es sieht sehr danach aus, Sir. Der Riegel steht heraus

und scheint arretiert zu sein. Aber diese Stellung könnte auch durch die Sprengung der Mechanik beim Aufbrechen der Tür entstanden sein. Haben Sie den Schlüssel, Sir?«

Percy sah zu John hinüber, der ihm aufmunternd zunickte. »Hier ist er.«

Mr Weller nahm den Schlüssel entgegen und betrachtete ihn lange. Dann schloss er die Augen.

»Weller? Weller!«

»Oh. Entschuldigen Sie, Sir! Mir ist auf einmal etwas schwindelig.«

»Er braucht Ruhe«, sagte Dr Saunders.

»Natürlich.«

»Hätten Sie etwas dagegen, mir das Schloss und den Schlüssel hierzulassen, Sir?«, fragte Mr Weller, als er sich gefasst hatte. »Dann könnte ich mir die Mechanik später genauer anschauen.«

»Wenn Sie das tun würden. Ich komme einfach vor dem Dinner noch einmal zu Ihnen herauf und hole mir Ihre Expertenmeinung ab.«

»Vielen Dank, Sir!«

Sie verließen den Raum und gingen wieder hinunter.

Auf dem Treppenabsatz im ersten Stock blieb Dr Saunders plötzlich stehen. »Wollen Sie mich denn gar nicht befragen?«

Harriet hatte das Gefühl, dass er fast ein wenig beleidigt war.

Percy sah ihn verwundert an. »Sie? Haben Sie denn etwas zu gestehen?«

»Nein, aber der Vollständigkeit halber sollten Sie doch wissen, dass ich Miss Beaumont zuletzt während der Tea Time lebend gesehen habe.«

»Bevor Ihnen Henry und Charles die Blasrohre zeigten?«

»Ja.«

»Wie lange dauerte denn dieser Besichtigungstermin?«, fragte John eher beiläufig.

»Nun, etwa zwei Stunden, würde ich sagen. Mr Wainwright ist eine wahre Koryphäe der armorum scientia, und es war ein wirklich kurzweiliger Ausflug. Können Sie sich vorstellen, dass der alte Knabe die meisten dieser Waffen auch zu handhaben weiß?«

John wirkte erstaunt. »Mr Wainwright?«

»Oh ja!«, mischte sich Percy ein. »Wenn mein Vater nicht mit Dicky Snooker spielte, maß er sich mit Charles im Fechten, Bogenschießen, Axt- und Speerwerfen. Die ganze Familie, also auch Dicky und Charles, mussten an diesen Wettbewerben teilnehmen. Selbst seine Enkel blieben nicht verschont. Franny ist ein Meister in der Kunst des Axtwerfens, aber Charles war wohl der Beste von allen. Ich möchte behaupten, dass er noch heute in der Lage ist, jedes Ziel mit einer der afrikanischen Lanzen aus dem Morning Room auf fünfundzwanzig Yards zu treffen.«

»Das ist unheimlich«, sagte Harriet.

»Du kannst beruhigt sein! Charles ist der friedliebendste Mensch, den ich kenne. Er sammelt chinesisches Porzellan und verbringt die meiste Zeit lesend in seinem Ohrensessel.«

»Was liest er denn?«, wollte John wissen.

»Poe und E.T.A. Hoffmann, soweit ich weiß.«

»Du verstehst es, uns zu beruhigen, Percy«, stellte Penelope fest. »Ich würde mich gerne ein wenig ausruhen. Leistest du mir Gesellschaft, Harriet?«

»Natürlich.«

»Und wie ist es mit Ihnen, meine Herren?«, fragte Percy.

»Was halten Sie von einem Sherry, um die Zeit bis zum Lunch zu überbrücken?«

»Ich passe, Holmes.« Dr Saunders versuchte, ein Gähnen zu unterdrücken. »Ich habe letzte Nacht kein Auge zugetan und möchte mich ebenfalls etwas ausruhen.«

»Und Sie, Stableford?«

»Ich würde trotz des Wetters gerne ein Stück spazieren gehen. Wollen Sie mich begleiten?«

»Wie Sie meinen. Dann sehen wir uns alle später beim Lunch.«

Percy und John gingen die Treppe hinunter. Harriet blickte ihnen nach und folgte dann Penelope den Korridor entlang. Aus dem Games Room im Erdgeschoss drang gedämpftes Lachen empor.

KAPITEL 17
Ein erstes Resümee

»Ich hätte einen Sherry im Drawing Room bevorzugt«, sagte Holmes, als sie um die Ecke des Hauses bogen und in Richtung Slane Point gingen.

Sie trugen geölte Ponchos, die sie im Dry Room gefunden hatten. Der Sturm hatte etwas nachgelassen, doch der Regen war geblieben und peitschte ihnen ins Gesicht.

»Haben Sie schon eine Idee, wie Lauras Mörder aus der verschlossenen Kammer entkommen konnte?«

»Nein, Holmes. Und ich denke auch gar nicht darüber nach.«

»Aber wie wollen Sie ihm dann auf die Spur kommen?«

»Durch die Suche nach Motiven und Gelegenheiten für die Tat. Das ist der klassische Weg. Das Problem ist nur, dass praktisch jeder hier eine Gelegenheit hatte und ich bisher noch nicht auf ein Motiv getroffen bin, das mich vollkommen überzeugt.«

»Halten Sie es denn immer noch für möglich, dass Laura aufgrund einer Verwechslung sterben musste?«

»Für möglich, ja, aber nicht für sehr wahrscheinlich. Dennoch sollten wir diese Theorie nicht leichtfertig über Bord werfen.«

»Weil Sie wenig Alternativen haben?«

»Autsch! Doch ich befürchte, da ist etwas dran. Es gibt zu viele zu vage Verbindungen zwischen Miss Beaumont und den Bewohnern des Hauses.«

»Dann sollten Sie vielleicht Ihre Herangehensweise ändern. Alles beginnt und endet doch in der verschlossenen Kammer.«

»Sie sind ja wie besessen von diesem Thema, Holmes! Ich habe das Gefühl, dass unsere Ermittlungen in Parallelwelten verlaufen. Sie versuchen hinter den Trick mit der Tür zu kommen und glauben so, den Täter entlarven zu können.«

»Und Sie tun so, als ob dieses Problem gar nicht existieren würde. Ich finde das äußerst irritierend.«

»Vielleicht haben Sie recht, und wir sollten die Welten wieder zusammenführen. Sie verlassen das Denkmuster eines klassischen Locked Room Mystery und ich das eines typischen Whodunit.«

»Ausgezeichnet! Dann lassen Sie mal hören, was Sie bisher herausgefunden haben! Ich tappe nämlich weiterhin völlig im Dunkeln.«

»Nun gut. Wenn wir Ihre Sichtung der Beine auf der Treppe einmal als zu vage beiseitelassen, können wir uns, denke ich, darauf einigen, dass der wahrscheinlichste Zeitpunkt für den Mord an Miss Beaumont zwischen Viertel nach sieben und halb neun Uhr liegt.«

»Weil sie gegen sieben Uhr mit Mrs Hart in der Küche sprach?«

»Ja. Und weil Francis sie gegen Viertel vor sieben im Gespräch mit Wainwright vor ihrem Zimmer gesehen hat.«

»Mit Charles?«

»Ja. Wir werden ihn später dazu befragen.«

»Und warum endet Ihr angenommenes Zeitfenster um halb neun Uhr?

»Weil sich um diese Zeit alle Bewohner des Hauses bis auf Ihre Mutter im Drawing Room oder in der Küche befanden und Saunders ja recht deutlich machte, dass die Leichenstarre den frühen Abend als Todeszeitpunkt nahelegt.«

»Ich verstehe. Und außer Franny und Charles hat sie niemand in den oberen Stockwerken gesehen?«

»Nein. Meine Befragungen haben bisher sehr wenig Merkwürdiges ans Licht gebracht. Ihre Mutter deutete einen Streit an, und Ihre Schwägerin gestand einen solchen. Sie stritt sich mit Miss Beaumont wegen Francis und warf ihr wohl vor, ihm schöne Augen gemacht zu haben.«

»Das sieht Fran ähnlich! Sie behandelt Franny wie einen kleinen Jungen.«

»Ist das denn so abwegig?«

»Was meinen Sie, Stableford?«

»Nun, Francine hat ebenfalls angedeutet, dass ihr Bruder durchaus auf einen gewissen Schutz angewiesen ist.«

»Dann ist es wirklich so ernst? Ich hatte gehört, dass er sein Studium in Oxford nicht antreten konnte, schloss aber daraus, dass er einfach noch nicht bereit dafür ist.«

»Ich kenne ihn nicht gut genug, um mir ein Urteil zu erlauben, Holmes. Aber aus den Gesprächen mit seiner Mutter und seiner Schwester wurde deutlich, dass sie sich um ihn sorgen.«

Holmes wirkte nachdenklich und ein wenig betrübt. »Und was haben Ihre Nachforschungen sonst noch ergeben?«, fragte er nach einer kurzen Gesprächspause.

»Nur Nebensächlichkeiten, befürchte ich. Latimer und Francine begegneten sich irgendwann zwischen sieben und halb acht Uhr auf der Treppe. Das klingt an sich nicht erwähnenswert, wäre da nicht der merkwürdige Umstand, dass Francine dieses Aufeinandertreffen erst auf meine Nachfrage hin zugab und Latimer auf dem Weg zu Sampford war, worüber er ebenfalls zunächst kein Wort verloren hatte.«

»Sie denken doch nicht, dass einer der beiden etwas mit dem Mord an Laura zu tun haben könnte?«

»Weil es sich um Ihre Nichte und in gewisser Weise um die Familie Ihres zukünftigen Schwagers handelt?«

»Nein, weil es mich schockieren würde, Stableford!«

»Ich rekapituliere lediglich die Ergebnisse meiner Befragungen, Holmes. Sie sollten wissen, dass ich nicht dazu neige, vorschnell Verdächtigungen auszusprechen.«

»Sie haben recht. Und es tut mir leid. Das Ganze ist für meinen Geschmack nur einfach zu nah an meinen Freunden und Verwandten.«

»Das verstehe ich. Es bleibt mir noch, Ihnen von Francines blauem Auge zu berichten. Sie werden es nicht bemerkt haben, denn sie hatte es mit reichlich Puder abgedeckt.«

»Hat sie Ihnen erzählt, wie sie dazu gekommen ist?«

»Oh ja! Heute Morgen auf dem Weg in ihr Büro im noch dunklen Korridor beim Sturz über die Ritterrüstung.«

»Und glauben Sie ihr?«

»Ich habe keinen Grund, es nicht zu tun. Das gilt übrigens auch für Sampfords Beobachtung: Als er sich am Samstag auf den Weg zum Dinner machte, wurde Wainwrights Zimmertür geöffnet und kurz darauf wieder geschlossen.«

»Und was folgern Sie daraus?«

»Gar nichts. Es ist nur deshalb interessant, weil Wainwrights Zimmer in der Nähe der Kammer liegt.«

»Und das war es?«

»Das war es. Ich sagte Ihnen ja, dass meine Ausbeute bisher eher dürftig ist. Natürlich muss man immer davon ausgehen, dass einem Wesentliches mehr oder weniger absichtlich verschwiegen wird, aber aus dem bisher Gehörten lässt sich tatsächlich nur sehr wenig schließen.«

»Wenn man in dem von Saunders angenommenen Zeitfenster bleibt.«

»Das ist richtig. Wenn man es allerdings nach hinten erweitert, dann ...« Stableford brach ab.

»Dann?«

»Hatte Ihre Mutter wohl die beste Gelegenheit für die Tat.«

»Weil sie nicht zum Dinner erschienen war?«

»Und weil sie das Opfer gut kannte. Sie ließ mir gegenüber keinen Zweifel daran, dass sie Miss Beaumont nach ihrem Auftritt in der Kammer für immer aus den Familienannalen tilgen würde. Abgesehen davon hatte sie sicher die Möglichkeit, sich Miss Beaumont zu nähern, ohne dass diese Verdacht geschöpft hätte.«

»Sie denken an die Knöpfe?«

Stableford nickte. Sie hatten in der Zwischenzeit ein Wäldchen durchquert und blieben nun am Rand eines leichten Abhangs stehen. Stableford beobachtete einen Kormoran, der dicht über dem Wasser dahinglitt.

»Das ist Slane Point.« Holmes wies auf die Spitze der kleinen Landzunge unter ihnen. »Dort drüben liegt Sharpham House, und hinter den Bäumen zu Ihrer Rechten befindet sich unser kleiner Weinberg. Wollen Sie ihn besichtigen?«

»Ein andermal, mein Freund! Ich habe das Gefühl, dass mein Poncho mittlerweile innen genauso nass ist wie außen. Außerdem würde ich jetzt gerne auf Ihren Sherry zurückkommen wollen.«

»Wie Sie meinen.«

Sie gingen zurück.

»Ist Ihre Auswahl an möglichen Motiven für den Mord denn auch so übersichtlich?«, fragte Holmes nach einer Weile.

»Ja, leider. Übersichtlich und vage zugleich. Ich hätte einen krankhaften Mutterinstinkt bei Françoise, eine enttäuschte Liebe bei Francis und die Angst vor pikanten Enthüllungen bei Sampford und Latimer anzubieten, wenn Miss Beaumont tatsächlich das intendierte Opfer war. Und falls meine Theorie der Verwechslung mit Penelope zutreffen sollte, könnte ich mir eine diffuse Zukunftsangst bei Henry, Fragen der Erbfolge bei Francis und einen aggressiven Beschützerinstinkt bei seiner Schwester vorstellen. Die Wahrheit ist nur, dass ich keines dieser Motive als wirklich stichhaltig bezeichnen würde.«

»Die Wahrheit ist auch, dass Sie zwei Motive unterschlagen haben.«

»Den Kampf zweier Rivalinnen und den Bräutigam, der seine Liaison mit dem Opfer vertuschen will? Das stimmt. Aber ich will meine sowieso schon schwerfälligen Gedankengänge nicht auch noch durch unnötige Spekulationen belasten. Sie sehen ja selbst, wo wir stehen.«

»Am Anfang.«

»Allerdings.«

»Dann sollten wir das als Chance begreifen und von vorne beginnen! Der Ausgangspunkt unserer Ermittlungen ist doch eigentlich der Mord in der Kammer.«

»Genau genommen: die Leiche«, korrigierte Stableford und lächelte.

»Die Leiche mit dem Schlüssel in der Hand.«

»Wenn Sie so wollen. Aber was folgt daraus?«

»Ich glaube, dass ihn der Mörder kurz nach der Tat in Lauras Hand gelegt hat, um uns in die Irre zu führen und die Untersuchung zu verzögern.«

Stableford runzelte die Stirn. »Aber es ist doch niemand geflohen. Welchen Sinn sollte eine Verzögerung haben, wenn man nicht Zeit für eine Flucht gewinnen wollte?«

»Dann glauben Sie an einen Zufall oder gar an ein Missgeschick? Spricht das nicht gegen Ihre eigene Idee, dass unser Rätsel des verschlossenen Raumes einem Zaubertrick gleicht? Stableford? Haben Sie gehört, was ich gesagt habe?«

»Hm. Bitte entschuldigen Sie, aber Sie haben mich da gerade auf eine Idee gebracht.«

»Über die Sie natürlich jetzt noch nicht sprechen können.«

»In der Tat. Ich muss sie erst einmal überdenken.«

»Wie Sie meinen. Ich freue mich dann auf die Auflösung im letzten Kapitel.«

»Nehmen Sie es mir nicht übel, Holmes! So sind nun einmal die Regeln.«

»Die Sie doch auch ständig brechen!«

»Was tue ich denn?«

»Nun, es geht eher darum, was Sie nicht tun. Ihnen wird doch aufgefallen sein, dass wir bisher kaum Golf gespielt haben.«

»Bei diesem Wetter?«

»Warum nicht? Einige Ihrer Leser könnten Ihnen das übel nehmen, meinen Sie nicht?«

»Ich könnte ja nachträglich noch eine Runde Golf einbauen, falls ich unser Abenteuer irgendwann einmal niederschreibe.«

»Das ist doch nicht dasselbe!«

»Dann tut es mir leid.«

»Also gut, das sollte als Entschuldigung reichen. Was sagen Sie eigentlich zu Wellers merkwürdigem Verhalten, als er das Schloss in den Händen hielt?«

»Es ist Ihnen auch aufgefallen?«

»Ja. Sein plötzlicher Schwächeanfall schien irgendwie inszeniert zu sein. Ich hatte das Gefühl, dass er sich an etwas erinnerte, uns davon aber nichts sagen wollte.«

»Das Gefühl hatte ich auch, und wir können nur hoffen, dass die nächste Regel in unserem Fall ebenfalls gebrochen wird, mein lieber Holmes.«

»Wie meinen Sie das?«

»Nun, in jedem typischen Whodunit wäre Mr Weller wohl das nächste Opfer – der Mann, der zu viel weiß und damit die Aufmerksamkeit des Mörders auf sich zieht, wenn Sie verstehen, was ich meine.«

Sie hatten mittlerweile das Haus erreicht und klingelten an der Eingangstür. Weller öffnete ihnen.

»Wie schön, Sie aufrecht zu sehen!«, sagte Holmes überschwänglich und klopfte ihm auf die Schulter.

»Danke, Sir«, erwiderte der Butler leicht verunsichert. »Der Lunch ist bereits serviert.«

KAPITEL 18
Downstairs

»Miss Beaumont bat mich, ihren Schrankkoffer zu packen und ihn nach London schicken zu lassen«, sagte die Hausdame freundlich und goss Stableford eine Tasse Tee ein.

Er und Holmes hatten sich spontan gegen den Lunch entschieden und waren Weller in den Küchentrakt gefolgt. Während Holmes und der Butler die Spuren des Einbruchs in der Pantry untersuchten, saß Stableford mit Mrs Hart, Mrs Bates, der Köchin, und Annie am großen Esstisch der Dienerschaft. Er nutzte die Gelegenheit, um die drei Frauen zu befragen.

»Und haben Sie eine Idee, wann Miss Beaumont in die Küche kam?«

»Es muss kurz nach sieben Uhr gewesen sein.«

»Ich weiß es ganz genau, Sir«, mischte sich Annie ein. »Denn ich hatte kurz zuvor auf die Wanduhr dort drüben geschaut. Es war sieben Minuten nach sieben, als sie hier unten erschien. Sie wirkte leicht erregt und erzählte Mrs Hart, dass sie Slane House sofort verlassen müsse.«

»Sofort?«

»Ja«, bestätigte Mrs Hart. »Sie hatte wohl auch schon ein Zimmer für die Nacht reserviert. Zumindest erwähnte sie, dass sie nach Stoke telefoniert hatte und man sie gegen acht Uhr im Hunter's Moon Inn erwarten würde.«

»Wie lange wäre man denn zu Fuß von hier bis zu diesem Gasthaus unterwegs?«

»Nicht länger als zwanzig Minuten, Sir. Sie wäre sicher noch bei Tageslicht dort eingetroffen.«

»Und nannte sie Ihnen auch einen Grund für ihre Abreise?«

Mrs Hart blickte auf die gefalteten Hände in ihrem Schoß und errötete leicht. »Nun, sie deutete an, dass einige Gäste unsittliche Neigungen hätten, die ihr den weiteren Aufenthalt hier unmöglich machen würden.«

»Aber sie nannte keine Namen.«

»Sie wollte, aber sie kam nicht dazu, Sir«, erklärte Annie mit leuchtenden Augen. »Mrs Hart verbat ihr den Mund.«

»Annie!«

»Aber so war es doch«, nahm Mrs Bates ihr Küchenmädchen in Schutz. »Du hast ihr ziemlich deutlich klargemacht, dass du derlei loses Gerede in diesem Haus nicht duldest.«

»Und wie reagierte Miss Beaumont darauf?«

»Sie drehte sich um und ging ohne ein weiteres Wort die Treppe hinauf.« Mrs Hart war die Erinnerung an diese Szene sichtlich unangenehm.

»Ich verstehe und möchte Sie nicht länger aufhalten. Sicherlich müssen Sie bald mit den Vorbereitungen für das Dinner beginnen.«

Die rundliche Köchin strahlte. »Das ist richtig, Sir, und Sie dürfen sich darauf freuen. Es gibt ein Rinderstew à la jardinière mit verschiedenen Gemüsen und zweierlei Sorten Senf, gefolgt von einer Truthahnbrust in Weißweinsauce, Wachteleiern in Aspik und einem Fruchtsalat in Baisernestern, zu dem ein selbst gemachtes Maraschinogelee gereicht wird.«

»Das klingt fantastisch, Mrs Bates!«, rief Holmes, der gerade mit Weller aus der angrenzenden Pantry gekommen war. »Das Maraschinogelee mag bei meinem Freund dunkle Erinnerungen an unser gemeinsames Abenteuer in Yorkshire wecken, aber ich kann das Ertönen der Dinner Bell schon jetzt kaum erwarten.«

»Ach, Sie!« Mrs Bates erhob sich etwas mühsam von ihrem Stuhl.

»Hat Ihre Untersuchung etwas Neues erbracht, Holmes?«, fragte Stableford.

»Das kommt darauf an, was Sie erwartet haben. Die Tür wurde aufgebrochen, und es fehlt nichts außer dem großen Schlüsselbund, von dem uns Weller erzählt hat.«

»Dann können wir also davon ausgehen, dass der Einbruch nur verübt wurde, um an den Zweitschlüssel für Laura Beaumonts Zimmer zu kommen?«

»So sieht es zumindest aus.«

»Mrs Hart?«

»Ja, Sir?«

»Wie kommt es, dass Sie den Einbruch erst heute Vormittag entdeckt haben?«

»Es war ein Zufall, Sir. Ich erzählte Ihnen ja schon, dass wir das Dinner planten. Betty fiel sofort auf, dass die Tür nur angelehnt war. Sie versuchte, sie zu schließen, und bemerkte dabei das kaputte Schloss.«

»Dann befindet sich in diesem Raum nichts, was für die Vorbereitung des Frühstücks benötigt wird?«

»Doch, Sir, aber diese Utensilien befanden sich bereits im Morning Room. Wir decken die Plätze dort immer schon am Abend vorher ein.«

»Das erklärt es. Vielen Dank!«

»Und was machen wir jetzt?«, fragte Holmes.

»Wir warten auf Miss Fenton und Mr Sharp. Der Lunch sollte ja bald vorüber sein.«

»Wie Sie meinen. Mrs Bates?«

»Ja, Sir?«

»Wäre es möglich, dass Sie uns die Wartezeit mit einigen Ihrer legendären Deviled Ham Sandwiches und einem Glas Bier versüßen?«

»Es wäre mir ein Vergnügen, Sir!«

Holmes setzte sich zu Stableford an den Tisch, und bald genossen sie ihren improvisierten Lunch. Betty und Sharp ließen nicht lange auf sich warten. Sie kamen plaudernd die Treppe herab und blieben etwas verunsichert am Eingang zur Küche stehen, als sie die beiden Männer entdeckten.

»Was gibt es?«, fragte Sharp fast feindselig.

»Wir würden Ihnen und Miss Fenton gerne ein paar Fragen stellen«, sagte Stableford freundlich und bat sie, Platz zu nehmen.

»Dürfte ich mich vorher kurz umziehen?« Betty zeigte auf ihre schmutzige Schürze. »Ich hatte ein kleines Missgeschick mit der Bratensoße.«

Mrs Hart lächelte ihr aufmunternd zu. »Dann geh rasch hinauf, Betty! Aber beeil dich!«

»Wollen wir in der Zwischenzeit schon einmal beginnen, Mr Sharp?«

»Natürlich, Sir! Wie kann ich Ihnen behilflich sein?«

»Sie könnten uns erzählen, wann Sie Miss Beaumont das letzte Mal gesehen haben.«

Sharp schaute Stableford überrascht an. »Miss Beaumont? Nun, ich denke, am Samstagnachmittag beim Tee im Garten, Sir.«

»Richtig! Sie kamen mit Mr Weller und brachten die drei zusätzlichen Stühle, nicht wahr?«

»Ja, Sir.«

»Und danach haben Sie sie nicht noch einmal gesehen?«

»Nein, Sir. Ich war in der Garage und kümmerte mich um Miss Holmes' Morris Minor.«

»Natürlich. Ich hatte vergessen, dass Sie hier auch als Chauffeur tätig sind.«

»Nicht ›auch‹, Sir! Ich hatte mich als Chauffeur beworben und wurde als solcher eingestellt.«

»Dann hatten Sie wohl davon gehört, dass mein Bruder luxuriöse Automobile sammelt?«, wollte Holmes wissen.

»Nun ja, Sir, das hatte ich tatsächlich, und ich muss gestehen, dass meine Erwartungen enttäuscht wurden. Ich kam, um endlich einmal einen Lagonda oder einen Hispano-Suiza fahren zu können, und endete mit der Verantwortung für einen Morris und einen in die Jahre gekommenen Daimler.« Sharp zögerte einen Moment. »Und als Aushilfs-Footman in Kniebundhosen«, setzte er dann bitter hinzu.

»Aber Ihre Hauptaufgabe besteht in der Pflege der verbliebenen Automobile?«, fragte Stableford.

»Ja, Sir. Den Footman spiele ich nur, wenn das Dinner in einem festlicheren Rahmen stattfindet.«

»So wie am Samstagabend?«

Sharp nickte.

»Und Sie tragen auch nur zu diesen Anlässen ihre Livree mit den Kniebundhosen.«

Sharp lachte. »Ja, Sir. Und ich hatte wegen dieser Verkleidung auch schon einige Auseinandersetzungen mit Mr Weller. Aber Lady Holmes besteht darauf, und ich sollte mich wohl auch nicht beklagen, denn Betty hat, was diesen Punkt betrifft, mit ihrer steifen viktorianischen Latzschürze das deutlich schwerere Los gezogen.«

»Da hat Peter ausnahmsweise einmal recht«, sagte Betty und setzte sich neben ihn.

Stableford hatte sie nicht kommen hören.

»Sie ist wirklich lästig! Und ich muss sie jeden Abend beim Servieren tragen.« Betty goss sich eine Tasse Tee ein und blickte Holmes und Stableford erwartungsvoll an. »Nun, meine Herren: Was möchten Sie von mir wissen?«

Stableford, der von ihrem selbstbewussten Auftritt leicht irritiert war, überlegte einen Moment. »Fangen wir doch damit an, wann Sie Miss Beaumont zuletzt gesehen haben.«

»Am Samstag um kurz vor sieben, Sir.«

»Und wo, wenn ich fragen darf?«

»In ihrem Zimmer. Sie klingelte nach mir und bat mich, ihren Handkoffer für sie zu packen.«

»Wie lange waren Sie dort?«

»Vielleicht zehn Minuten, Sir. Sie hatte die Sachen bereits auf ihrem Bett zurechtgelegt.«

»Unterhielten Sie sich?«

»Nicht direkt, Sir. Sie sagte nur, dass sie Slane House verlassen müsse, und gab mir eine kleine Aufmerksamkeit für meine Dienste.«

»Wirkte sie irgendwie nervös oder aufgebracht?«

»Nein, Sir.«

»Und einen Grund für ihre Abreise nannte sie Ihnen auch nicht?«

Betty schüttelte den Kopf.

»Und was taten Sie anschließend?«

»Ich ging über die Hintertreppe in den ersten Stock und klopfte an Mrs Holmes' Tür, um sie zu fragen, ob ich ihr später beim Ankleiden behilflich sein solle.«

»Und was antwortete sie Ihnen?«

»Nichts, Sir. Ich klopfte mehrmals vergeblich und ging dann weiter den Korridor entlang zur Haupttreppe. Als ich an Mr Wainwrights Zimmer vorbeikam, öffnete er die Tür und bat mich herein. Er hatte sich bereits für das Dinner umgezogen und kämpfte mit seinem Krawattenknoten. Ich half ihm, diesen zu binden, und …« Betty stockte und sah zu Mrs Hart hinüber.

»Und?«, fragte Stableford.

»Wir tranken ein Glas Likör zusammen.«

»Betty!«, rief Mrs Hart schockiert. »Wie kannst du …«

»Er bestand darauf, Mrs Hart, und ich wusste nicht, was ich tun sollte.«

»Nannte er Ihnen einen Grund für seinen Wunsch?«

»Nein, Sir. Er erzählte mir von seiner Jugend und seiner Freundschaft mit Lady Holmes. Vielleicht wirkte er ein wenig durcheinander, aber das könnte ich mir auch nur eingebildet haben.«

»Wie lange waren Sie denn in seinem Zimmer?«

»Bis etwa zwanzig nach sieben, Sir. Dann entschuldigte ich mich, denn ich wollte noch einmal nach Mrs Holmes schauen. Er wirkte enttäuscht, und ich versprach, etwas später noch einmal bei ihm anzuklopfen.«

»Und taten Sie das auch?«

»Nein, Sir. Ich hatte es einfach vergessen. Am Sonntag entschuldigte ich mich bei ihm dafür.«

Stableford schwieg. Er hatte keine Ahnung, was Wainwright dazu bewegt hatte, mit der Parlour Maid über seine Jugend zu sprechen. Aber er war sich fast sicher, dass diese Geschichte die leicht geöffnete Tür zu Wainwrights Zimmer erklärte, die Sampford bemerkt hatte, als er zum Dinner hinuntergegangen war, und die vor seiner Nase zugeschlagen worden war. Wainwright hatte wohl seine Schritte auf dem Korridor gehört und Bettys Rückkehr erwartet. Konnte es sein, dass ihm kurz darauf auf ganz ähnliche Weise Miss Beaumont begegnet war und sie ihn mit in die Kammer genommen hatte?

»Sind wir fertig, Stableford?«, fragte Holmes in das Schweigen hinein.

»Beinahe. Eine Frage hätte ich noch an Sie beide. Ist Ihnen schon einmal Ethel begegnet?«

Sharp lachte, aber Betty sah Stableford mit großen Augen an.

»Ich bin mir nicht sicher, Sir«, sagte sie leise. »Einmal sah ich einen Schatten auf dem Korridor.«

»Ist das dein Ernst, Betty?«

»Ja, Peter.«

»Auf dem Korridor im ersten Stock?«, fragte Stableford.

Betty nickte. »Vor etwa drei Wochen. Ich sammelte die Gläser ein, die auf dem kleinen Tischchen neben der Schwingtür zur Hintertreppe standen, und hörte plötzlich ein Geräusch hinter mir. Als ich mich umdrehte, bewegte sich ein Schatten über den Korridor. Es war unheimlich.«

»Und was taten Sie dann?«

»Ich rannte die Treppe hinunter und blieb bei Mrs Bates, bis sie in der Küche fertig war. Wir gingen zusammen auf unsere Zimmer.«

»Es war bestimmt dein eigener Schatten«, sagte Sharp. »Auf dem Tischchen steht doch dieses elektrische Nachtlicht. Du hast wahrscheinlich davor gestanden und beim Umdrehen deinen eigenen Schatten gesehen.«

»Das ist möglich«, gab Betty zu. »Doch in dem Moment hatte ich das Gefühl, beobachtet zu werden.«

»Aber die Braut, von der man sich erzählt, haben Sie nicht gesehen?«

»Nein, Sir.«

»Dann wären wir fertig. Das heißt, mich interessiert noch etwas anderes. Es ist allerdings privater Natur. Gibt es in diesem Haus jemanden, der Haare schneidet?«

»Ihnen, Sir?«, fragte Mrs Hart.

»Ja.«

»Leider nein. Eine gewisse Miss Troy besucht uns zu

diesem Zweck alle zwei bis drei Wochen. Sie lebt in Stoke und hat ein Telefon. Soll ich sie herbestellen?«

»Das ist wohl nicht nötig. Ich dachte nur, dass sich vielleicht jemand von Ihnen auf diese Kunst verstehen würde.«

»Nun, wenn das alles war, würde ich jetzt gern gehen.« Sharp erhob sich. »Ich habe noch zu tun.«

»Natürlich«, sagte Stableford freundlich.

Kurz nacheinander verließen Sharp, Weller, Mrs Hart und Betty die Küche.

»Das Bier ist übrigens ganz köstlich, Mrs Bates«, bemerkte Stableford.

»Darf ich Ihnen noch ein Glas anbieten?«

»Sehr gerne! Und wie steht es mit Ihnen, Holmes?«

»Ich bin dabei. Allerdings wundere ich mich über Ihre gute Laune und Ihre Ruhe obendrein. Haben wir nichts Wichtigeres zu tun, als Mrs Bates' zugegebenermaßen hervorragendes Bier zu trinken?«

»Sicher. Aber wir können auf einen Teilerfolg anstoßen. Ein Rätsel haben wir nämlich so gut wie gelöst. Als Nächstes sollten wir mit Mr Wainwright sprechen.«

»Sie finden ihn bestimmt in der Bibliothek, Sir«, sagte Mrs Bates, als sie ihnen die frisch gefüllten Gläser reichte. »Gladys erzählte mir, dass er oft die Nachmittage da verbringt.«

»Dann werden wir in der Bibliothek unsere Suche nach ihm beginnen. Der Safe befindet sich ja auch dort. Ich nehme an, dass Ihnen Mr Weller das Schloss und den Schlüssel für die Kammer zurückgegeben hat, Holmes.«

»Ja. Sie befinden sich in meiner Jackentasche. Er ist sich übrigens sicher, dass die Tür verschlossen war. Verraten Sie mir auch, von welchem Rätsel Sie gerade gesprochen haben?«, fragte Holmes etwas beleidigt.

»Von dem des törichten Streichespielers. Aber jetzt lassen Sie uns austrinken! Ich habe nämlich das Gefühl, dass wir gerade eine Glückssträhne haben, was unsere Ermittlungen angeht. Ist Ihnen übrigens aufgefallen, dass Miss Fenton bei ihrem unheimlichen Erlebnis etwa an der gleichen Stelle gestanden haben muss, an der Mr Weller Sonntagnacht höchstwahrscheinlich das erste Mal zu Boden ging?«

KAPITEL 19
In der Bibliothek

»Was machen Sie mit dem Messer?«, rief John. Percy und er waren ohne anzuklopfen in die Bibliothek getreten.

»Es handelt sich um einen indonesischen Kris, Sir«, antwortete Mr Wainwright ruhig, »und ich zeige den beiden Damen lediglich, wie man ihn traditionell in einem Gürteltuch trägt.«

Harriet lächelte John beruhigend zu, und er entschuldigte sich sofort. Penelope und sie waren nach dem Lunch auf der Suche nach Briefpapier in die Bibliothek gekommen und hatten Mr Wainwright mit dem Kris in der Hand vorgefunden, wie er in einer Enzyklopädie der Hieb- und Stichwaffen blätterte.

»Hättest du jetzt Zeit für unsere Fragen, Charles?« Percy wirkte etwas verlegen.

»Natürlich, mein Junge. Ich hatte schon gedacht, dass ihr mich vergessen habt.«

»Nicht doch! Du und Dicky fehlen uns noch, nicht wahr, Stableford?«

»So ist es. Hätten Sie etwas dagegen, wenn uns die Damen Gesellschaft leisten?«

»Im Gegenteil! Aber wollen wir uns nicht setzen?«

Percy und John schoben die im Raum verteilten ledernen Ohrensessel und Stühle zusammen, und kurz darauf hatten alle vor dem Kamin Platz genommen. Mr Wainwright schlug die Beine übereinander und blickte gelassen in die Runde.

»Ich nehme an, Sie kannten Miss Beaumont schon länger«, begann John das Gespräch.

»Wir wurden auf der Hochzeit von Henry und Françoise miteinander bekannt gemacht, und ich habe sie in den ersten Jahren danach noch einige Male hier getroffen, aber wirklich gekannt habe ich sie eigentlich nicht.«

»Doch Sie kamen in der letzten Woche gut miteinander aus?«

»Das kann man so sagen, ja. Wir pflegten einen höflichen Umgang miteinander. Banbury hatte wohl einen besseren Draht zu ihr.«

»Das habe ich auch schon gehört. Stimmt es denn, dass sie und Sir Richard hier einige Zeit miteinander verbrachten?«

»Ja.«

»Und haben Sie eine Ahnung, was die beiden verband?«

»Das müssen Sie Banbury selbst fragen, Mr Stableford. Er und ich sind nicht die besten Freunde, und ich muss gestehen, dass ich weder ihm noch Miss Beaumont viel Aufmerksamkeit schenkte.«

»Beruht Ihre reservierte Einstellung gegenüber Sir Richard auf Gegenseitigkeit?«

»Sie beruht auf einer alten Geschichte, Mr Stableford. Er und ich waren vor langer Zeit in dieselbe Frau verliebt. Wir wuchsen alle drei im selben Ort auf. Während Banbury und ich in Oxford studierten, wurde aus unserer ehemaligen Spielkameradin eine junge Dame, in die wir uns beide Hals über Kopf verliebten. Die Rivalität zwischen uns nahm über die Jahre zu und zerstörte schließlich unsere Freundschaft.«

»Und wer hatte am Ende das Glück, die Dame für sich zu gewinnen?«

»Percevals Vater«, erklärte Mr Wainwright. »Es geschah auf einem Silvesterempfang in Dartmouth. Während Banbury und ich im Foyer darüber stritten, wem der erste Tanz mit Elizabeth gebührt, hielt der zweite Baronet of Durbar im Saal spontan um ihre Hand an. Sie gab ihm noch am selben Abend das Jawort. Wahrscheinlich waren wir ihr einfach zu unreif. Die Ironie der Geschichte ist allerdings, dass Banbury die beiden an diesem Abend miteinander bekannt gemacht hatte.«

Percy sah Mr Wainwright eindringlich an. »Ich habe von dieser Geschichte gehört, aber ich wusste nicht, dass ihr …«

»Dass wir in deine Mutter verliebt waren? Nun, sie bestand darauf, dass es unser Geheimnis bleiben sollte. Aber ich denke, du bist nun alt genug, um es zu erfahren, Perceval.« Mr Wainwright zwinkerte ihm zu und lächelte.

»Hat es mein Vater gewusst?«

»Dass Banbury und ich einmal tiefe Gefühle für seine Frau gehegt haben? Er war ein aufgeschlossener Mann, aber ich glaube kaum, dass er unsere ausgedehnten Besuche hier geduldet und unsere Freundschaft so generös akzeptiert hätte, wenn er davon Kenntnis gehabt hätte. Die Wahrheit ist, dass sich meine Gefühle für deine Mutter nie grundlegend geändert haben. Aus meiner Liebe wurde über die Jahre eine tiefe Zuneigung und eine Vertrautheit, die ich um nichts in der Welt missen möchte. Und ich habe es immer als ein Privileg verstanden, dass Elizabeth mir erlaubt hat, dir und Henry als väterlicher Freund zur Seite zu stehen.«

Percy war sichtlich gerührt. »Du bist und bleibst ein guter Freund, Charles!«

»Und Sir Richard geht es nach all den Jahren ebenso?«, fragte John.

»Ich denke schon. Im Gegensatz zu mir hatte er zwar bald selbst geheiratet, aber seine Ehe verlief unglücklich, und seine Frau starb bereits nach wenigen Jahren am Kindbettfieber.«

»Und das Kind?«

Mr Wainwright schüttelte den Kopf. Harriet schloss die Augen und versuchte, ruhig ein- und auszuatmen. Sie musste an ihre erste Begegnung mit Dicky denken. Eine große Traurigkeit überkam sie.

»Banbury ging für einige Zeit nach Afrika«, fuhr Mr Wainwright endlich fort, und Harriet versuchte, die schweren Gedanken hinter sich zu lassen. »Kenia, wenn ich mich richtig erinnere. Aber als er zurück war, besuchte er Slane House ebenso oft wie ich, und auch wenn wir keine Freunde mehr sind, darf ich wohl behaupten, dass er stets für euch da war.«

»Das stimmt«, sagte Percy nachdenklich.

»Er trinkt nur zu viel«, setzte Mr Wainwright hinzu. »Das war schon immer sein Problem. Auf der Hochzeit deiner Eltern kam es deshalb fast zu einem Eklat. Aber ich vermute, dass Sie diese alten Geschichten nicht wirklich interessieren, Mr Stableford. Wollen wir zu den Geschehnissen der jüngeren Vergangenheit zurückkehren?«

»Gerne, Mr Wainwright. Können Sie sich erinnern, wann Sie Miss Beaumont zum letzten Mal gesehen haben?«

»Am Samstag beim Tee im Garten, denke ich.«

»Nicht vielleicht noch einmal später?«

»Ich glaube kaum, denn ich verbrachte den Nachmittag mit Henry und Dr Saunders. Wir inspizierten die Blasrohre und sprachen lange über die Jagd- und Kriegswaffen der Naturvölker. Wenn ich mich richtig erinnere, dauerte unsere Unterhaltung fast bis zum Erklingen der Dressing Bell.«

John wirkte verwundert. »Also über drei Stunden?«

»Nun, ja. Spricht denn etwas dagegen?«

»Nur das Zeitempfinden anderer Personen, die wir bereits befragt haben. Aber wir wissen ja alle, wie subjektiv es zuweilen sein kann. Allerdings behauptet Francis, dass er Sie gegen Viertel vor sieben im zweiten Stock im Gespräch mit Miss Beaumont gesehen hat.«

»Natürlich! Das hatte ich völlig vergessen. Ich sprach tatsächlich einige Worte mit ihr.«

»Und worüber, wenn ich fragen darf?«

»Sie wollte wissen, warum ich das Bad im zweiten Stock benutze, obwohl mein Zimmer doch über ein eigenes verfügt. Ich erklärte ihr, dass es Probleme mit der Wasserzufuhr gab. Am nächsten Tag wurde dann ja auch ein Wasserschaden in meinem Zimmer entdeckt.«

»Richtig. Mr Sharp kümmerte sich am Sonntag darum, nicht wahr?«

»Genau.«

»Dann bleiben wir doch gleich bei Sonntag, besser gesagt: bei Sonntagnacht. Wie erklären Sie sich, dass Sie nichts von den Ereignissen mitbekommen haben, die sich fast direkt vor Ihrer Tür abspielten? Die Geräusche beim Aufbrechen der Kammertür waren vielleicht zu dumpf, um Sie zu wecken, aber Mr Wellers Sturz über die Ritterrüstung oder seinen Schrei hätten Sie doch hören müssen.«

»Sie meinen die spanische Kriegsrüstung aus dem 16. Jahrhundert?«

»Wenn Sie es sagen.«

»Nun, ganz ehrlich, ich kann es mir selbst nicht erklären. Ich habe einen sehr tiefen Schlaf, aber das Scheppern der Rüstung hätte ich in der Tat hören müssen. Vielleicht hatte ich an diesem Abend einfach zu viel Claret getrunken. Ich mache mir sonst nichts aus Alkohol und vertrage ihn nur in geringen Dosen.«

»Das könnte der Grund sein«, sagte John freundlich. »Ich bedanke mich für Ihre Hilfe, Mr Wainwright.«

»Es war mir ein Vergnügen.«

Harriet bewunderte die Eleganz und Leichtigkeit, mit der der ältere Herr aus seinem Sessel aufstand. Er verneigte sich vor ihr und Penelope, nahm den Kris vom Schreibtisch und verließ die Bibliothek.

»Mein Gott«, sagte Percy, »als ob ein Mord nicht genug wäre! Jetzt muss ich auch noch erfahren, dass meine Nennonkel seit Jahrzehnten hinter meiner Mutter her sind. Kann man es glauben?«

»Tu doch nicht prüder, als du bist!« Penelope gab ihm einen Kuss. »Sei lieber froh, dass deine Mutter von alten Freunden umgeben ist, die ihr ehrlich zugetan sind!«

»Vielleicht hast du recht. Konnten Sie denn etwas Hilfreiches aus Charles' Erzählungen ziehen, Stableford?«

»Oh ja«, antwortete John. Er war als Einziger sitzen geblieben und wirkte abwesend. »Für einen Moment hatte ich die Vision eines möglichen Tathergangs. Allerdings konnte ich meine Eingebung nicht festhalten.«

»Dann machen wir uns jetzt auf die Suche nach Dicky?«

»Ja, aber zuvor sollten Sie das Schloss und den Kammerschlüssel zurück in den Safe legen, Holmes!«

»Natürlich.« Percy ging auf ein Board zu, über dem zwei gerahmte Jagdszenen hingen. Als er das linke Bild abgenommen hatte, kam eine kleine Metalltür zum Vorschein. »Stableford?«

»Ja?«

»Ich denke, es ist Zeit für eine minimale Planänderung.«

»Was gibt es denn?«

»Irgendjemand hat das Schlüsselloch des Safes mit nassem Papier verstopft. Es sieht so aus, als ob auch ein Pfeifenreiniger hineingedrückt wurde.«

»Aber weshalb?«, fragte Penelope.

»Um eine Chance zu bekommen, die beiden Gegenstände zu stehlen«, stellte John nüchtern fest. »Ich schlage vor, dass ich von nun an auf sie aufpasse. Es wissen zu viele Personen, dass sie in Ihrem Besitz sind, Holmes.«

»Wie Sie meinen.« Percy übergab John den Schlüssel und das Schloss und horchte plötzlich auf. »Habt ihr das gehört?«, fragte er flüsternd.

John ging mit schnellen Schritten auf die Tür zu und öffnete sie mit einem Ruck. Harriet war ihm gefolgt und stand nun neben ihm im Flur. Aus der Halle kam Dicky auf sie zu.

»Hallo?«, rief er verwundert. »Sie sehen aus, als ob Sie einem Geist begegnet wären.«

John lachte. »Wir dachten nur, wir hätten etwas vor der Tür gehört. Kam Ihnen jemand entgegen?«

»Wainwright. Ich traf ihn auf der Treppe. Er schien es eilig zu haben und nahm zwei Stufen mit jedem Schritt. Vielleicht hat er ja ein Gespenst gesehen.«

»Apropos Gespenster«, sagte John, »hatten Sie jemals das Vergnügen, Ethel kennenzulernen?«

»Wollen Sie mich veralbern, mein Junge? Ich mag nicht mehr der Jüngste sein, aber als Ethel starb, war ich noch nicht einmal geboren.«

»Dann glauben Sie nicht an den Hausgeist der Holmes?«

»Oh, ich verstehe. Natürlich nicht!«

»Hätten Sie denn jetzt Zeit, uns einige Fragen zu beantworten?«

»Sicher.«

John und Harriet gingen zurück in die Bibliothek. Dicky folgte ihnen und schloss die Tür hinter sich.

»Hallo, Perceval! Es ist nun wohl an mir, euch Rede und Antwort zu stehen.«

»Nicht doch, Dicky! Wir versuchen lediglich den für die Tat kritischen Zeitraum durch unsere Befragungen besser zu strukturieren.«

»Aber ist es nicht klar, dass einer von uns Laura umgebracht haben muss?«

»Es ist zumindest wahrscheinlich.« John begann seine Pfeife zu stopfen. Nachdem alle Platz genommen hatten, entzündete er sie und wollte wohl gerade die erste Frage stellen, als es klopfte.

Die Tür wurde geöffnet, und Mr Weller kam herein. »Sie hatten nach mir geläutet, Sir?«

»Ich?«, fragte Percy überrascht.

»Sir Richard, Sir! Zumindest hat jemand vor etwa fünf Minuten die Klingel in seinem Zimmer betätigt. Ich ging hinauf, klopfte an und öffnete die Tür. Sie war nicht verschlossen, Sir. Als ich Sie nicht antraf, lief ich die Dienstbotentreppe hinunter und wollte gerade die Gläser aus dem Games Room abräumen, als ich Sie in die Bibliothek gehen sah.«

»Das muss ein Irrtum sein, Mr Weller«, sagte Dicky bestimmt.

»Nein, Sir. Die Zimmernummer wird deutlich am Tableau in der Küche angezeigt.«

»Ich verstehe. Nun, es tut mir leid, dass Sie sich umsonst auf den Weg gemacht haben. Aber vielleicht können Sie etwas später noch einmal bei mir vorbeischauen. An einem meiner Schuhe hat sich der Absatz gelockert, und ich habe von Franny gehört, dass Sie Reparaturen dieser Art selber ausführen können.«

»Sicher, Sir. Und entschuldigen Sie bitte die Störung!« Mr Weller verließ die Bibliothek und schloss die Tür hinter sich.

»Wollen wir dann beginnen, Sir Richard?«, fragte John.

»Eh, wie bitte? Ah, ja. Sicher. Schießen Sie los, mein Junge! Ich nehme an, dass Mr Weller noch an den Folgen seines Sturzes leidet.«

»Das mag sein. Aber kommen wir doch zu Ihnen. Würden Sie uns bitte erzählen, wann Sie Miss Beaumont kennengelernt haben?«

»Nun, mein Gedächtnis ist ehrlich gesagt nicht mehr das beste, aber ich nehme an, dass ich sie das erste Mal auf der Hochzeit von Henry traf.«

»Und danach wahrscheinlich auf diversen Familienfeiern hier im Haus?«

»Ja. Zumindest in den ersten Jahren nach der Hochzeit. Später wurde sie wohl nicht mehr eingeladen.«

»Dann hatten Sie sonst keinen Kontakt zu ihr? Sahen Sie sich vielleicht gelegentlich in London?«

»Nein. Wie kommen Sie darauf?«

»Nun, einigen Anwesenden fiel auf, dass Sie hier recht viel Zeit miteinander verbracht haben.«

»Das stimmt, aber dieser Umstand ergab sich eher zufällig. Laura wurde von manchen Familienmitgliedern recht deutlich geschnitten und …« Dicky zögerte.

»Sie kümmerten sich um sie?«

»Nun, wir kümmerten uns wohl umeinander. Ich würde nicht so weit gehen wollen zu behaupten, dass ich bei einigen Holmes in Ungnade gefallen wäre, aber Tatsache ist, dass meine Anwesenheit hier schon einmal deutlich mehr wertgeschätzt wurde.«

»Onkel Dicky!«, begann Percy.

Doch Dicky hob nur die Hand und fuhr fort: »Es ist, wie es ist, mein Junge. Ich bin alt und sicher nicht die Art von inspirierender Gesellschaft, die man sich für solch eine vorhochzeitliche House-Party wünscht. Einem Lord Sampford kann ich gewiss nicht das Wasser reichen.«

»Aber du bist ein alter Freund der Familie, so wie Onkel Charles. Ihr gehört einfach dazu und müsst euch mit niemandem hier messen.«

»Charles«, wiederholte Dicky.

Harriet war überrascht, wie viel Verachtung man in ein einziges Wort legen konnte.

»Mr Wainwright erzählte uns übrigens von Ihrer gemeinsamen Vergangenheit«, sagte John.

Dicky hob die Augenbrauen. »Tat er das wirklich? Elizabeth wird nicht begeistert sein. Was hat er Ihnen denn erzählt?«

»Dass Sie und er um ihre Gunst buhlten und der zweite Baronet in diesem Fall der lachende Dritte war.«

»Das stimmt. Der gute Charles hat das nie verwunden, und ich frage mich bis heute, warum Elizabeth ihn überhaupt in ihrer Nähe duldet.«

»Was meinen Sie?«

»Dann hat er wohl einige Geschichten ausgelassen. Erwähnte er zum Beispiel, dass er sturzbetrunken während des Hochzeitsfrühstücks randalierte und von Percevals Vater höchstpersönlich hinausgeworfen wurde?«

»Nein.«

»Später entschuldigte er sich, und sie wurden gute Freunde, aber Elizabeths damalige Zofe, Dotti, berichtete mir, dass er Elizabeth noch Wochen nach der Hochzeit zu überreden versuchte, mit ihm zu kommen, um irgendwo ein neues Leben anzufangen. Sie erzählte mir auch …« Dicky verstummte und tupfte seine Stirn mit einem Taschentuch ab. »Es tut mir leid«, sagte er schließlich. »Ich wollte Sie nicht mit diesen alten Geschichten langweilen, und es war falsch von mir, Charles in ein schlechtes Licht zu rücken. Es fiel uns damals beiden schwer, mit Elizabeths Entscheidung zurechtzukommen. Aber das ist schon so lange her, und wenn sie ihm verziehen hat, dann muss ich das wohl auch tun.«

»Mich würde dennoch interessieren, was Ihnen Lady Holmes' ehemalige Zofe noch erzählt hat«, hakte John nach.

Dicky räusperte sich, und Harriet hatte das Gefühl, dass ihm die Situation unangenehm war.

»Nun, Dotti sagte, dass Charles sie kurz vor der Hochzeit aufgesucht habe und ihr einen schmalen dunkelblauen Stoffstreifen übergab. Er bestand darauf, dass sie ihn unauffällig in das Strumpfband einnähte, das Elizabeth bei der Hochzeit tragen würde.«

»Aber weshalb?«, fragte Percy.

»Das ist ein alter Brauch. Es bringt Glück, wenn die Braut auf ihrer Hochzeit etwas Altes, etwas Neues, etwas Geborgtes und etwas Blaues trägt.«

»Ja, ja, und eine Sixpence-Münze in ihrem Schuh. Ich kenne diesen Spruch. Aber was wollte Charles damit bezwecken?«

»Das wollte Dotti auch wissen. Er erzählte ihr, dass das Stückchen Stoff Elizabeth Glück bringen solle, denn es stammte von einem Blazer, den er in Oxford für seine außerordentlichen Leistungen im Cricketspiel erhalten hatte. Und er hätte dies nur geschafft, weil Elizabeth damals an ihn geglaubt hätte.«

»Ich kann mich daran erinnern, dass er mir diesen Blazer einmal gezeigt hat. Er war mächtig stolz darauf. Dennoch finde ich die Idee etwas – abwegig.«

»Dotti dachte wohl ebenso. Sie weigerte sich, und Charles wurde so wütend, dass er drohte, ihr den Diebstahl einer Brosche anzuhängen, die Elizabeth seit einiger Zeit vermisst hatte.«

»Wie bitte?«, fragte Penelope. »Hast du das gehört, John?

Ist es nicht merkwürdig, dass ich nicht die einzige Braut bin, der in diesem Haus eine Brosche verloren gegangen ist? John?«

»Bitte entschuldige! Ich habe gerade über etwas nachgedacht. Was hast du gesagt?«

»Lady Holmes wurde kurz vor ihrer Hochzeit eine Brosche entwendet und ...«

»Ah, ja. Es handelt sich sicher nur um einen Zufall.«

Harriet war von Johns Reaktion ebenso überrascht wie Penelope und Percy. Die drei sahen sich an, aber keiner von ihnen nahm das Thema noch einmal auf.

»Hat Dotti denn am Ende den Stoff in das Strumpfband eingenäht?«, fragte Percy schließlich.

»Nein. Aber sie ließ Charles in dem Glauben, dass sie es getan hätte.«

»Eine weise Entscheidung«, bemerkte John. »Lassen Sie uns doch noch kurz auf den letzten Samstag kommen! Darf ich Sie fragen, wie Sie den Nachmittag verbrachten, Sir Richard?«

»Ich war mit Franny angeln und machte dann ein Nickerchen auf meinem Zimmer.« Dicky lächelte. »Als ich die Glocke vernahm, stand ich auf, kleidete mich an und ging hinunter. Ich ließ mir Zeit und war einer der Letzten im Drawing Room. Vermutlich hatte ich die Dressing Bell gar nicht gehört und wurde erst durch die Dinner Bell geweckt.«

»Und haben Sie jemanden auf Ihrem Weg nach unten gesehen?«

»Ja, Charles. Er lief vor mir.«

»Dann wären wir fertig, Sir Richard. Ich bedanke mich für Ihre Hilfe und weiß Ihre Offenheit zu schätzen.«

»Konnte ich Ihnen denn weiterhelfen?«

»Das konnten Sie tatsächlich.«

»Ausgezeichnet! Dann werde ich Sie jetzt verlassen. Sie finden mich im Games Room, falls Sie noch Fragen oder Lust auf eine Revanche vor dem Dinner haben.« Dicky erhob sich und ging zur Tür.

»Haben Sie eine Erklärung für diese merkwürdige Anekdote mit dem Strumpfband?«, fragte Percy, als sie wieder unter sich waren.

»Keine schöne«, antwortete John düster. »Viele dieser Bräuche sollen die Braut vor Unheil schützen. Ich nehme an, dass Mr Wainwright diesen Schutz in gewisser Weise entweihen und im übertragenen Sinne schon zu Beginn der Ehe Unruhe in die Beziehung bringen wollte.«

»Es sollte also so etwas wie ein symbolischer Akt sein, der meine Mutter über die Hochzeit hinaus an ihn binden würde?«

»Vielleicht.«

»Und womit konnte dir Dicky weiterhelfen?«, wollte Harriet wissen.

»Mit der Erwähnung des alten Spruchs. Er hat mich auf eine völlig neue Idee gebracht. Aber ich brauche etwas Zeit, um dieser Spur zu folgen. Und Schuhputzzeug brauche ich auch.«

»Schuhputzzeug?« Percy sah ihn entgeistert an. »Ich erkenne Sie kaum wieder, Stableford. Sind Sie von Sinnen, oder werden Sie auf Ihre alten Tage noch eitel? Erst die Frage nach einem Friseur, und jetzt das Bedürfnis, Ihr Schuhwerk zu reinigen – was hat es mit all dem auf sich?«

»Haben Ihre Schuhe unseren Ausflug im Regen denn schadlos überstanden?«

»Nein.«

»Meine auch nicht. Und da man in der Regel keine

zweite Chance bekommt, um einen ersten Eindruck zu hinterlassen, will ich sie schnell putzen.«

»Aber wen erwarten Sie denn?«

»Den Mörder, Holmes, den Mörder! Ich habe das Gefühl, dass er sich uns bald zeigen wird.«

KAPITEL 20
Die Falle

Die Dressing Bell hatte Stableford geweckt. Er richtete sich auf und blickte sich im Zimmer um. Harriet saß am Fenster und sah von ihrem Buch auf.

»Hallo, John!«, sagte sie freundlich.

»Hallo. Was ist passiert?«

»Du hattest dich aufs Bett gelegt, um etwas in deinem Notizbuch zu notieren, und bist praktisch sofort eingenickt.«

»Aber warum hast du mich so lange schlafen lassen?«

»Weil du es nötig hattest.«

»Wahrscheinlich hast du recht. Ich würde dich übrigens bitten, heute bei Penelope zu übernachten.«

»Wieso?«

»Weil ich Miss Beaumonts Mörder eine Falle stellen will.«

»Aber …«

»Du musst dir keine Sorgen machen, Harriet. Ich habe nicht vor, ihn zu überwältigen. Wenn mein Plan aufgeht, wird er sich morgen früh die Schlinge selbst um den Hals gelegt haben.«

»Was?«

»Bildlich gesprochen natürlich.«

»Aber warum willst du mich dann ausquartieren?«

»Weil er im Idealfall hier vorbeischauen wird.«

»Und wo wirst du dann sein?«

»Nebenan bei Holmes. Er weiß noch nichts davon, aber wie ich ihn kenne, wird er begeistert sein, sich mit mir auf die Lauer legen zu dürfen.«

Harriet stand auf und setzte sich zu Stableford aufs Bett. »Einverstanden, Sherlock. Aber ich nehme dich beim Wort. Du musst mir versprechen, dass ihr euch von dem Mörder fernhalten werdet.«

»Ich verspreche es.« Stableford küsste sie.

Sie zogen sich um und verließen ihr Zimmer um kurz vor acht Uhr. Der Drawing Room war bereits gut gefüllt. Henry half Weller beim Mixen der Cocktails, und Miss Garden verteilte die Gläser an die in kleinen Gruppen zusammenstehenden Gäste und Familienmitglieder.

»Darf ich Ihnen auch einen Pink Gin anbieten?«, fragte sie Lady Holmes, die als Einzige in einem Sessel Platz genommen hatte. »Es ist mein Lieblingscocktail, und Sie sollten ihn unbedingt einmal probieren.«

»Gin?« Die alte Dame rümpfte die Nase. »Zu meiner Zeit wurde Gin nur von den unteren Klassen getrunken, Miss Garden. ›Betrunken für 'nen Penny, sturzbetrunken für zwei‹ hieß es damals. Aber Sie dürfen mir einen Sherry bringen.«

Stableford wunderte sich über ihre unverblümte Boshaftigkeit und musste schließlich doch schmunzeln. Sie mochte alt sein, aber der von ihr zitierte Spruch stammte aus der Mitte des 18. Jahrhunderts und damit sicher nicht aus »ihrer Zeit«. Gab es einen tieferen Grund für ihr rüdes Benehmen, oder hatte sie Miss Gardens joviale Ansprache einfach als unpassend empfunden?

Um Punkt halb neun wurden die Türen zum Dining Room geöffnet, und Sharp, wie am Vorabend in seine Livree gekleidet, bat die Gesellschaft zu Tisch. Schon nach dem ersten Gang war Stableford klar, dass Mrs Bates nicht übertrieben hatte. Das Dinner versprach ein kulinarisches Ereignis zu werden, doch die Stimmung der Anwesenden trug dem keine Rechnung. Der Mord am Laura Beaumont lag wie ein dunkler Schatten über der festlich gedeckten Tafel, und Lady Holmes' Versuche als Gastgeberin, ein Tischgespräch in Gang zu bringen, scheiterten ein ums andere Mal kläglich.

Stableford nahm das nur am Rande zur Kenntnis, denn er war damit beschäftigt, auf die bedeutungsschwangeren Blicke zu achten, die eifrig im Dining Room ausgetauscht wurden. Wainwright etwa versuchte immer wieder, Bettys Aufmerksamkeit zu erhaschen, was sich als fast unmöglich herausstellte, da sie in einem regen Augenkontakt mit Lady Holmes – oder war es Henry? – stand. Sir Richard schaute ebenfalls unruhig im Zimmer umher, doch Stableford war es aus seiner Sitzposition unmöglich, seinen Blicken zu folgen. Vielleicht war Weller sein Ziel oder Sharp, vielleicht aber auch immer derjenige von den beiden, der den Claret nachschenkte.

Es war schließlich Henry, der Leben in die Runde brachte. »Ich hätte nie geglaubt, dass es so etwas wie einen Mord in einem hermetisch verschlossenen Raum außerhalb von Detektivromanen gibt«, bemerkte er in eine längere Gesprächspause hinein. »Franny liebt diese Rätsel, aber ich hatte sie bisher als wirklichkeitsferne Fiktionen abgetan.«

»Eine Ansicht, die du mit Stableford teilst«, sagte Holmes mürrisch. »Er hält die verschlossene Kammertür in unserem Fall für ein irrelevantes Detail und meinen Versuch, den Trick des Täters mithilfe eines Detektivromans zu entdecken, für Zeitverschwendung.«

»Dann glauben Sie nicht, dass man das in diesen Büchern vorgeführte logische Denken auf wirkliche Verbrechen anwenden kann, Mr Stableford?«, wollte Francis wissen.

»Oh doch! Ich würde lediglich darauf insistieren, dass man Fiktion und Wirklichkeit stets auseinanderhält.«

»Es besteht also noch Hoffnung für den Ansatz meines Onkels?«

»Zumindest, wenn wir Figuren in einem Detektivroman wären. Denn im Prinzip treiben die von Ihnen so geliebten Rätsel dessen geschlossene Struktur auf die Spitze. Es mag widersprüchlich klingen, aber der Detektivroman braucht eine hermetisch abgeschlossene Welt, um sich frei entfalten zu können, da in seinem Anfang das Ende und in seinem Ende der Anfang liegt.«

»Weil das Rätsel um den Mord zu Beginn des Buches am Schluss desselben aufgelöst wird?«, fragte Francis fasziniert.

»Ganz genau. Das Rätsel um den Mord in einem hermetisch abgeschlossenen Raum stellt in gewisser Weise die Essenz des Genres dar.«

»Dann ist es so etwas wie eine moderne Abstraktion?«

»Im Gegenteil, Miss Holmes! Diese Rätsel finden sich bereits in der Bibel. Denken Sie nur an die Geschichte von Bel und dem Drachen!«

»Oder an die Auferstehung!«, rief Francis. »Ich habe noch nie darüber nachgedacht, aber das mit einem Stein hermetisch verschlossene Grab, aus dem Christus entkommt …«

»Francis Henry Horatio Holmes!«, unterbrach ihn seine Großmutter ernst. »Ich dulde keine Blasphemie in diesem Haus.«

»Ihren Enkel trifft keine Schuld, Lady Holmes«, sagte Stableford. »Ich hatte mich wohl nicht deutlich genug ausgedrückt.«

»Aber bitte fahren Sie fort!«, mischte sich Sampford ein, der sich bisher zurückgehalten hatte. »Wenn es sich bei diesen Rätseln nicht um moderne Abstraktionen handelt, wo haben sie dann ihren Ursprung? Ich bin nicht wirklich bibelfest, aber in der Geschichte von Bel geht es nicht um einen Mord, oder etwa doch?«

»Nein«, entgegnete Stableford. »Und mein Bezug zur Bibel war wie schon gesagt irreführend. Der Ursprung dieser speziellen Rätselform fällt mit dem Ursprung des Genres selbst zusammen, denn die erste klassische Detektivgeschichte handelt von einem Doppelmord in einem abgeschlossenen Raum.«

»Sie meinen ›Die Morde in der Rue Morgue‹ von Edgar Allan Poe?«

»Ja. Mit dieser fast einhundert Jahre alten Geschichte legte Poe völlig unbewusst den Grundstein des modernen Detektivromans. Das Prinzip ist bis heute das gleiche geblieben, die Idee des abgeschlossenen Raumes wurde mit der Zeit nur immer freier interpretiert.«

»Wie meinen Sie das?«

»Nun, Miss Holmes, die verschlossenen Kammern gerieten in Bewegung und wurden zu verschlossenen Zugabteilen oder Flugzeugkabinen. Oder sie dehnten sich aus, etwa zu ganzen Ozeandampfern, deren Abgeschlossenheit zwar faktisch unbestreitbar, aber dennoch wesentlich abstrakter ist.«

»Das gilt dann wohl auch für abgeschiedene Landhäuser wie Slane House, nicht wahr?«, fragte Sampford.

»So könnte man es sehen«, antwortete Stableford. »Zumindest gibt es auch hier einen geschlossenen Kreis von Verdächtigen.«

»Dann gleicht unsere Lage also auf unheimliche Weise der Ausgangssituation in einem Detektivroman«, bemerkte Saunders nachdenklich. »Ich erwähne das nur, weil Holmes' Ansatz in diesem Fall vielleicht doch gar nicht so abwegig wäre.«

»Das ist mir alles zu theoretisch«, warf Latimer ein. »Ich hoffe nur, dass sich unsere Situation nicht zuspitzt und es bei einem Mord bleibt.«

»Allen!«, rief Penelope schockiert.

»Du hast recht, Penny. Und bitte entschuldigen Sie meine gedankenlose Bemerkung, Mrs Holmes! Ich wollte den Tod Ihrer Schwester nicht banalisieren.«

»Sie haben nur ausgesprochen, was wir wohl alle denken, Mr Latimer«, sagte Lady Holmes bestimmt. »Zumal wir nach allem, was ich über den Tathergang weiß, von einer übernatürlichen Bedrohung ausgehen müssen. Ich bin überrascht, dass niemand von Ihnen Ethel als mögliche Täterin in Betracht zieht.«

»Mutter!«

»Was denn, Perceval? Wagst du es etwa, an meinem Verstand zu zweifeln?«

»Nein, aber …«

»Dann erkläre mir doch, wie ein Mensch durch die verschlossene Kammertür entkommen konnte! Du kannst es nicht, denn dieser Sachverhalt spricht nicht nur gegen die Vernunft, er stellt auch unsere Naturgesetze auf den Kopf.«

»Ich glaube nicht an Gespenster, Lady Holmes«, sagte Stableford ruhig, »auch wenn Mr Weller, immerhin im Delirium, von einem Geist sprach, den er, allerdings lange nach dem Mord, durch die Kammertür schreiten sah. Aber nehmen wir einmal an, Sie haben recht: Warum sollte Ethel Miss Beaumont getötet haben?«

»Aus Neid?«

»Sie meinen, weil sie aufgrund ihrer eigenen Geschichte

die Anwesenheit einer anderen Braut nicht ertragen konnte?«

»Ja, Professor Stableford.«

»Aber hätte sie dann nicht Penelope attackieren müssen?«, fragte Francine.

»Nun, wir wissen nicht, auf welche Reize die Geisterwelt reagiert, mein Kind«, antwortete Lady Holmes. »Vielleicht reichte Ethel der Anblick einer Frau in einem Brautkleid.«

»Möglicherweise. Aber vielleicht liegt der Fall auch ganz anders«, sagte Holmes nachdenklich. »Vielleicht wollte Ethel Penelope vor Lauras Intrigen beschützen. Immerhin war sie hier, um die Hochzeit zu stören oder sogar zu verhindern …« Er brach ab und lächelte verlegen in die Runde. »Habe ich gerade wirklich laut über das Motiv eines Geistes nachgedacht?«

Saunders schmunzelte. »Das haben Sie in der Tat, Holmes. Aber ignoriert man einmal diese absurde Gesprächswendung, scheint mir Ihr Motiv für Ethels Eingreifen, das ich als Solidarität unter Bräuten bezeichnen würde, einen Hauch weniger bizarr zu sein. Zumal uns Miss Holmes' Annahme vor die fast metaphysisch anmutende Frage stellt, ob Gespenster aufgrund ihres transzendierten Wahrnehmungsapparates in der realen Welt Fehler machen und sich irren können.«

»Zum Glück müssen wir uns mit dieser Frage nicht beschäftigen«, sagte Stableford amüsiert, »denn ich kann Ihnen allen versichern, dass die Lösung des Mordfalls vollständig im Diesseits liegt.«

»Dann sind Sie dem Täter auf der Spur?« Wainwright wirkte überrascht.

»Ja.«

»Und es handelt sich trotz der mysteriösen Umstände

um ein menschliches Wesen?«, fragte Lady Holmes verblüfft.

»Ja, sofern man einen Mörder als menschlich bezeichnen will. Er hat uns heute übrigens indirekt ein Lebenszeichen gesendet.«

»Was hat er denn getan?«, wollte Latimer wissen.

»Er hat das Schloss des Safes in der Bibliothek unbrauchbar gemacht.«

»Und was befindet sich in diesem Safe?«

»Testamente, Urkunden, Schmuck und etwas Bargeld«, antwortete Holmes, »aber darum ging es dem Täter nicht. Er wollte nicht an den Inhalt, sondern wohl einfach nur verhindern, dass wir das gesprengte Schloss und den Kammerschlüssel dort wieder sicher verwahren, nachdem wir die beiden Gegenstände Weller gezeigt hatten.«

»Und warum?«

»Weil er sie in seinem Besitz bringen will, Mrs Holmes«, erklärte Stableford ruhig.

»Dann sind sie also doch nicht so unwichtig für die Klärung des Falls.« Francis' Augen leuchteten. »Denken Sie an Fingerabdrücke, Mr Stableford?«

»Das bleibt abzuwarten. Zumindest stellen sie wichtige Beweismittel für die Polizei dar.«

»Und wo befinden sie sich jetzt, wo doch der Safe keinen Schutz mehr bietet?«

»Gut versteckt in meinem Zimmer, Mr Wainwright«, log Stableford, während er mit der rechten Hand vorsichtig nach dem Schlüssel in seiner Jackentasche fühlte. »Und ich möchte diese Gelegenheit nutzen, Ihnen allen zu raten, heute Nacht Ihre Türen verschlossen zu halten. Immerhin befindet sich ein Mörder im Haus, und es ist nicht unwahrscheinlich, dass er den einen oder anderen von Ihnen als potenzielle Gefahr betrachtet.«

»Weshalb sollte er das tun?«, fragte Miss Garden beunruhigt.

»Nun, ich habe heute im Laufe des Tages in meinen Gesprächen mit Ihnen wie Sokrates Ihr unbewusstes Wissen um den Mord zutage gefördert und bin aufgrund Ihrer Aussagen in der Lage, den Kreis der Verdächtigen drastisch zu reduzieren.«

»Das heißt, einige von uns haben Dinge beobachtet, die direkt auf Lauras Mörder hinweisen?«

»Sagen wir ›indirekt‹, Mrs Holmes. Aber im Grunde stimmt Ihre Vermutung. Der Täter kann sich nicht sicher sein, wer von Ihnen ihn belasten könnte, und wir wissen alle, wozu jemand fähig ist, der in die Enge getrieben wurde.« Stableford sah sich um, jetzt hatte er die volle Aufmerksamkeit aller Anwesenden. »Bitte lassen Sie Ihren Schlüssel heute Nacht leicht verdreht im Schloss stecken!«, fuhr er dann fort.

»Warum?«

»Weil irgendjemand in diesem Haus das Schlüsselbund mit den Duplikaten gestohlen hat, Miss Holmes. Vielleicht ist dieser Jemand der Mörder Ihrer Tante, und ein Schlüssel im Schloss verhindert zumindest, dass er Ihre Tür vollkommen lautlos mit dem Duplikat öffnet und Sie wie ein Gespenst in der Nacht überrascht.«

Françoise wirkte nachdenklich, so als ob sie eine Antwort erwägen würde, doch sie schwieg. Auch die anderen sagten nichts mehr zu dem Thema, und es entstand eine etwas unangenehme Stille. Stableford war froh, als das Dinner beendet war.

»Sie haben ihnen ganz schön Angst eingejagt, mein lieber Stableford«, bemerkte Holmes leise, während sie in den Drawing Room hinübergingen.

»Es schien mir nötig zu sein. Immerhin ist Miss Beaumonts Mörder unter uns, und einige der Anwesenden haben die Gefahr, in der sie sich allein durch diesen Umstand befinden, schlichtweg noch nicht zur Kenntnis genommen.«

Tatsächlich schien an diesem Abend keiner das Bedürfnis zu haben, den sicheren Hafen des Beisammenseins frühzeitig zu verlassen. Selbst Lady Holmes ließ sich von Francine, Wainwright und ihrer Schwiegertochter zu einer Partie Bridge überreden. Francis und Henry unterhielten sich über die besten Fischgründe des Dart, Miss Fields und Miss Garden saßen über einem Puzzle, Saunders diskutierte mit Latimer und Sir Richard über die politische Lage auf dem Kontinent, und Stableford lauschte mit Harriet, Penelope und Holmes den kurzweiligen Anekdoten, die Sampford über seinen Aufenthalt in Amerika zum Besten gab. Weller sorgte weiterhin für das Wohl der Gäste und wurde dabei bald von Sharp und Betty unterstützt, die zunächst im Dining Room für Ordnung gesorgt hatten.

Das Stimmengewirr, das gelegentliche Auflachen und das Klirren von Gläsern untermalten die gesellige Stimmung, in die sich die Anwesenden – so nahm Stableford an – geflüchtet hatten, um den Gedanken an die Nacht auf ihren Zimmern zu entgehen. Die Fragilität dieser zur Schau gestellten Leichtigkeit zeigte sich, als Annie den Drawing Room betrat. Die Gespräche erstarben praktisch augenblicklich. Annies Augen waren noch etwas größer und ihr Teint noch etwas blasser als sonst. Mit unsicheren Schritten näherte sie sich Holmes.

»Sir?«

»Ja, Annie?«

»Ich weiß nicht, ob es wichtig ist, Sir, aber mir ist etwas aufgefallen, als ich gerade half, die Betten zur Nacht aufzuschlagen.«

»Und was wäre das, Annie?«

»Die Zimmerschlüssel, Sir!«

»Ja?«

»Sie sind verschwunden, Sir!«

»Wie bitte?«

»Die Zimmerschlüssel fehlen, Sir. Es kann natürlich sein, dass die Herrschaften sie mit nach unten genommen haben, aber die Türen waren nicht verschlossen, und sonst stecken die Schlüssel immer innen in den Schlössern.«

»Und jetzt tun sie das nicht mehr?«

»Nein, Sir.«

»Danke, Annie! Du kannst zu Bett gehen.«

Stableford blickte sich im Zimmer um. Alle Augenpaare waren auf das junge Mädchen gerichtet, und er war sich sicher, dass keinem der Anwesenden ihre Entdeckung entgangen war. Die Anspannung im Raum war fast greifbar. Er überlegte. Fast jeder hatte den Drawing Room im Laufe des Abends einmal kurz verlassen. Aber wer hatte seinen Köder geschluckt und die Schlüssel entwendet? Die starren Gesichter der anderen verrieten nichts.

Nun, wer es auch gewesen war, er war clever! Der Diebstahl aller Zimmerschlüssel war eine Sache von wenigen Minuten, sodass seine Abwesenheit nicht besonders aufgefallen wäre. Zudem zeigte er Voraussicht, denn Stableford konnte seine Beweismittel nun keinem anderen Bewohner mehr zur sicheren Verwahrung anvertrauen. Der Mörder war ihm einen Schritt voraus, aber er ahnte wohl nicht, dass er ihm mit diesem Schritt in die Falle gegangen war.

KAPITEL 21
Ein zweiter Mord

Gegen halb zwölf Uhr hatten die meisten Bewohner von Slane House den Drawing Room verlassen. Sie waren kurz nacheinander in kleinen Gruppen hinaufgegangen, denn offenbar wollte keiner von ihnen an diesem Abend allein im Haus unterwegs sein. Die Stablefords, Holmes und Penelope waren zurückgeblieben, und nachdem sich schließlich auch Weller verabschiedet hatte, begann Stableford, die anderen in seinen Plan einzuweihen.

Als er mit seinen Ausführungen fertig war, fragte Holmes: »Aber woher wissen Sie, dass sich der Kammerschlüssel und das Schloss noch in Ihrem Zimmer befinden? Könnte der Mörder sie nicht gerade in diesem Moment entwenden?«

»Das Schloss ist uninteressant, Holmes, und den Schlüssel trage ich bei mir.«

»Ah! Dann ist der eigentliche Köder also noch gar nicht ausgelegt worden?«

»Ganz richtig. Aber jetzt kommen Sie! Es ist Zeit, genau dies zu tun.«

Nachdem sich die beiden Männer an Penelopes Tür von ihren Frauen verabschiedet hatten, verschwand Stableford für einige Minuten in seinem Zimmer und klopfte dann bei Holmes an.

Der ließ ihn ein. »Haben Sie die Falle aufgestellt?«

»Ja. Das Versteck des Schlüssels ist kinderleicht zu finden. Ich schlage vor, dass wir Ihre Tür einen Spalt geöffnet lassen und uns dahinter auf die Lauer legen. Stört es Sie, wenn ich rauche?«

»Nein, wenn Sie mir gelegentlich einen Schluck erlauben. Ich muss gestehen, dass ich ziemlich nervös bin.«

»Das ist verständlich. Immerhin sind Sie mit Miss Beaumonts Mörder gut bekannt.«

»Dann wissen Sie, auf wen wir warten?«

»Nein, nicht genau. Aber wenn der Mörder mit dem Dieb der Schlüssel identisch ist, können wir Ihre Mutter, Miss Fields und Miss Garden schon einmal definitiv ausschließen.«

»Weshalb?«

»Weil nur sie den Dining und den Drawing Room heute Abend nicht verlassen haben.«

»Sie können die Schlüssel also nicht entwendet haben. Und alle anderen sind für Sie gleich verdächtig?«

»Gott bewahre, nein! Mein Verdacht fokussiert sich auf zwei Personen in diesem Haushalt.«

»Die Sie mir sicher nicht nennen wollen.«

»Es gibt zwei Regeln für die Detektivarbeit, Holmes. Erstens: Gib niemals alle Informationen preis!«

»Und zweitens?«

Stableford lächelte.

»Oh, ich verstehe. Wirklich witzig! Haben Sie sich das gerade ausgedacht, oder warten Sie schon eine Weile auf den richtigen Zeitpunkt, um mich damit zu veralbern?«

»Ich wollte lediglich Ihre Stimmung heben, mein Freund.«

Stableford entzündete seine Pfeife, und Holmes füllte zwei Gläser großzügig mit Whisky. Dann löschten sie das Licht im Zimmer und setzten sich neben die leicht geöffnete Tür auf den Boden. Nach einer Weile tauchte das Nachtlicht den Flur in einen schwachen bläulichen Schein. Stableford blickte auf die phosphoreszierenden Zeiger seiner Armbanduhr. Es war kurz nach zwölf.

»Geisterstunde«, flüsterte er Holmes zu.

Fast im gleichen Moment waren Schritte auf der Treppe zur Halle zu hören. Stableford öffnete die Tür etwas weiter und blickte den Gang hinunter. Dann zog er den Kopf schnell zurück und wartete. Die leichten Schritte wurden deutlicher. Jemand ging langsam und wie auf Zehenspitzen an den Männern vorbei und blieb dann stehen. Sie warteten eine Zeit lang, aber auf dem Gang rührte sich nichts.

»Hat er die Türen verwechselt?«, flüsterte Holmes verwundert.

»Wer?«

»Der Mörder, Dieb oder wie Sie ihn auch immer nennen wollen. Er ist einfach an Ihrem Zimmer vorbeigeschlichen.«

»Es war nicht der Täter«, sagte Stableford ruhig.

»Aber wer war es dann?«

»Ethel.«

»Was?«

»Ich erkläre Ihnen das später. Hören Sie! Es geht weiter.«

Tatsächlich waren erneut Schritte auf dem Korridor vernehmbar. Diesmal kamen sie aus Richtung der Hintertreppe. Jemand ging an Holmes' Zimmer vorbei und blieb dann stehen. Die Tür der Stablefords wurde geöffnet, und das Knarren der Dielen und Quietschen der Schubläden verriet den Männern, dass der Unbekannte das Zimmer durchsuchte.

»Sollten wir ihn nicht auf frischer Tat stellen?«, fragte Holmes aufgeregt.

»Nein, das ist nicht nötig. Und ich habe Harriet versprochen, dass wir nicht eingreifen.«

Ein Klirren kam von nebenan.

Stableford lächelte. »Er hat den Schlüssel gefunden.«

Kurz darauf waren die Schritte auf dem Gang erneut zu hören. Diesmal konnte Stableford nicht widerstehen. Er öffnete die Tür etwas weiter, um wenigstens einen kurzen Blick auf den Dieb zu werfen und seine Theorie zu bestätigen. Doch zu seiner Überraschung lag der Korridor in vollkommener Dunkelheit. Frustriert zog er den Kopf zurück.

»Wer war es?«, flüsterte Holmes.

Stableford schloss leise die Tür. »Ich konnte ihn nicht sehen. Ich weiß nicht einmal, ob er den Gang verlassen hat. Das Nachtlicht ist aus. Er ist vorsichtiger, als ich gedacht hatte.«

»Dann ist der Spuk jetzt wohl vorbei?«

»Ja, Sie können das Licht anmachen und mir noch einen Schlummertrunk kredenzen. Vorausgesetzt, Sie zählen mich trotz meiner Verschlossenheit, was diesen Fall betrifft, noch zu Ihren Freunden.«

»Da machen Sie sich mal keine Sorgen, mein lieber Stableford! Sie sind schließlich mein Trauzeuge. Ich brauche Sie also noch, denn die Hochzeit ist ja nur aufgeschoben.« Holmes schaltete das Licht ein. »Habe ich vorhin richtig verstanden, dass sich Lauras Mörder morgen früh selbst entlarven wird?«

»Ja.«

»Erklären Sie mir auch, wie er dies tun wird?«

»Sicher. Ich habe den Schlüssel sehr großzügig mit schwarzer Schuhcreme eingerieben, bevor ich ihn unter ein paar alten Decken in der Kommode versteckt habe.«

»Dafür benötigten Sie also das Schuhputzzeug!«

»So ist es. Selbst wenn er die Falle bemerkt – und wir können davon ausgehen, dass er dies tun wird –, wird es ihm unmöglich sein, bis morgen früh alle Spuren an seinen Händen und seiner Kleidung zu beseitigen.

Mit etwas Glück hat er den Schlüssel in seine Tasche gesteckt, und ein wenig schwarze Farbe wird sicher auch noch nach einer gründlichen Reinigung nachweisbar sein.«

Holmes hatte ihnen gerade Whisky nachgeschenkt, als sie zum dritten Mal in dieser Nacht Schritte hörten. Diesmal rannte jemand den Gang entlang, aber nicht auf ihrer Etage. Die Geräusche kamen aus dem zweiten Stockwerk. Stableford löschte das Zimmerlicht, öffnete die Tür und trat auf den Korridor hinaus. Die schnellen Schritte kamen jetzt von der Haupttreppe.

»Hallo?«, rief Stableford in die Dunkelheit.

»Mörder!«, antwortete eine Männerstimme warnend.

Der Laufende hatte nun ihr Stockwerk erreicht und schien auf Stableford zuzueilen. Er war wohl genau auf Höhe des Zimmers, als Stableford zuerst ein Zischen, dann einen lauten Seufzer und schließlich das Geräusch eines zu Boden stürzenden Körpers vernahm. Er traute sich kaum zu atmen. Im Gang war es auf einmal totenstill.

»Stableford?«, flüsterte Holmes angespannt hinter ihm. »Sind Sie in Ordnung? Was war das?«

»Machen Sie das Licht in Ihrem Zimmer an, schnell!«

Hinter Stableford wurde es hell, und er erschrak vor seinem eigenen Schatten auf der gegenüberliegenden Wand. Er riss sich zusammen und blickte den Gang zu beiden Seiten entlang. Die Stufen der Treppe verloren sich im Dunkel. Dennoch war er sich sicher, dass dort niemand – oder zumindest niemand mehr – lauerte.

»Grundgütiger!« Holmes war neben ihn getreten. »In was für einen Albtraum sind wir da hineingeraten?«

Stableford folgte seinem Blick und hatte für einen Moment das Gefühl, seine Beine würden nachgeben. Zu ihren Füßen lag Weller. In seinem Rücken steckte eine

Axt, und seine linke Hand öffnete und schloss sich wie ein mechanisches Werkzeug.

»Er lebt!«, rief Stableford und kniete sich zu dem Mann nieder. »Mr Weller? Mr Weller! Wer hat Sie verfolgt? Was ist passiert? Reden Sie, Mann!«

»Fran«, hauchte Weller fast unhörbar. »Fran … fa… falsch… Bart.« Seine Augenlider flatterten, und Blut floss aus seinem Mund. Das Zucken seiner Hand erstarb.

»Er ist tot«, stellte Holmes nüchtern fest.

Stableford richtete sich auf.

»Was hat er gesagt?«

Stableford schwieg. Er blickte auf die Hand des Toten, die sich noch eben rhythmisch bewegt hatte. Die Handfläche war schwarz, aber sie durfte nicht schwarz sein! Warum hatte Weller den Schlüssel gestohlen? Er gehörte nicht zum Kreis der Verdächtigen, und seine letzten Worte ergaben keinen Sinn.

»Stableford? Geht es Ihnen nicht gut?«

»Oh, doch. Es ist nur …«

»Jetzt sagen Sie schon, Stableford!«

»Die Parameter haben sich gerade geändert.«

»Wegen des zweiten Mordes?«

»Nein, denn es gibt nur einen Mörder. Das Problem ist, dass wir ihn jetzt nur noch indirekt überführen können.«

»Weil Lauras Mörder tot vor uns liegt?«

Stableford schüttelte den Kopf.

»Aber was meinen Sie dann mit ›indirekt‹?«

»Dass wir unser Augenmerk auf etwas Abwesendes, genauer gesagt auf das Nichtvorhandensein eines Gegenstandes richten müssen, da uns der Gegenstand selbst verloren gegangen ist.«

»Sie meinen den Kammerschlüssel?«

»Nein, Holmes. Ich weiß, wie sehr Sie an Ihrem Rätsel

des verschlossenen Raumes hängen, aber der Kammerschlüssel war nie das Problem. Es würde jedoch zu lange dauern, Ihnen das jetzt zu erklären. Erzählen Sie mir lieber, was Sie über Mr Weller wissen!«

»Nicht viel. Er wurde in Österreich geboren, wuchs aber, soweit ich weiß, in England auf.«

»Sprach er gut Deutsch?«

»Ich habe ihn nie Deutsch sprechen hören, aber ich nehme es an, denn er las deutsche Bücher, die ihm regelmäßig eine Tante aus Wien schickte. Aber weshalb interessiert Sie das? Was ...«

»Mein Gott!«, unterbrach ihn Sampford, der plötzlich neben ihnen stand. »Wer hat ihm das angetan?«

»Wir wissen es nicht«, antwortete Holmes, »aber wir sollten ihn zudecken. Der Anblick ist grauenvoll.« Er holte eine Decke aus seinem Zimmer, und Sampford half ihm, sie über der Leiche auszubreiten.

Auf dem Korridor wurde es indes lebendig. Wainwright erschien, und kurz darauf traten Henry und Françoise aus ihren gegenüberliegenden Zimmern. Alle drei trugen Morgenmäntel.

»Was machen wir jetzt?«, fragte Holmes ein wenig hilflos. Seine Stimme zitterte, und Stableford war klar, dass er handeln musste.

»Wir schreiten zur Aufklärung«, sagte er ruhig. »Ein weiterer Aufschub wäre unverantwortlich, und ich glaube kaum, dass einer von uns heute Nacht Schlaf finden wird. Deshalb schlage ich vor, dass Sie Saunders zur Feststellung des Todes holen und dann alle anderen Bewohner wecken. Sie sollen sich in einer halben Stunde im Morning Room einfinden. Und bringen Sie Ihren Revolver mit! Ich denke nicht, dass wir ihn brauchen, aber ich habe mich, was diesen Fall angeht, schon mehr als einmal getäuscht.«

Als Saunders endlich erschien, hatten sich die meisten Bewohner bereits auf den Weg zum Morning Room gemacht. Holmes selbst hatte Penelope und Harriet hinuntergebracht, während Stableford bei Weller ausgeharrt und über sein weiteres Vorgehen nachgedacht hatte. Als Holmes zurückkam, schlug Saunders gerade die Decke zurück und betrachtete kopfschüttelnd den Leichnam.

»Sie sorgen wirklich dafür, dass ich nicht aus der Übung komme, Holmes! Man könnte fast glauben, dass Sie mich nur eingeladen haben, weil ich Gerichtsmediziner bin. Ich nehme an, wir können uns diesmal Spekulationen über die Todesursache schenken.«

»Sie sind der Fachmann. Ist es denn schwer, eine Axt auf diese Art und Weise zu verwenden?«, fragte Holmes.

»Sie meinen, ob es eine Frau getan haben kann? Sicher. Das Ausholen erfordert etwas Kraft, aber das Gewicht des Axtkopfes und die Schärfe der Klinge tun ihr übriges. Der Eintrittswinkel der Klinge lässt allerdings keinen Schluss auf die Größe des Angreifers zu, da wir nicht wissen, wie weit er von Mr Weller entfernt stand, als er zum Schlag ausholte. An den Wänden des Korridors im zweiten Stockwerk hängen übrigens mehrere solcher Waffen. Ich nehme an, der Täter hat sich dort bedient.«

»Das ist mehr als wahrscheinlich. Wellers Flucht begann dort oben. Kann er mit der Axt im Rücken noch ein Stück gerannt sein?«

»Nein, Holmes. Nicht einen Schritt. Aber warum fragen Sie das?«

»Weil Mr Weller nicht einfach hinterrücks erschlagen wurde«, sagte Stableford ernst. »Die Axt wurde aus einer beträchtlichen Entfernung geworfen. Ich habe das Zischen ihres Fluges gehört, und als Holmes das Licht einschaltete, war der Korridor leer, und der Butler lag ausgestreckt vor uns.«

Saunders stand auf und pfiff durch die Zähne. »Geworfen, sagen Sie? Nun, wenn wir unter uns Männern der Wissenschaft das Wirken eines bewaffneten Gespenstes ausschließen, dann sollte dieser Tathergang den Kreis der Verdächtigen deutlich einschränken. Es erfordert eine ausgefeilte Technik, um eine Axt so zu werfen, dass sie ihr Ziel mit der Klinge zuerst erreicht. Und wenn dieser Wurf im Dunkeln stattfand, müssen wir es mit einem wahren Meister dieser Kunst zu tun haben. Ist Ihnen übrigens die geschwärzte Handfläche des Toten aufgefallen?«

»Ja. Etwa zwanzig Minuten vor seinem Ende stahl er den von mir präparierten Schlüssel aus meinem Zimmer nebenan.«

»Dann ist er …«

»Nein, Saunders. Er hatte nur etwas entdeckt, was uns allen entgangen war, und Miss Beaumonts Mörder hat ihn genau deshalb umgebracht.«

KAPITEL 22
Ethels Abschied

Bis auf John, Percy, Dr Saunders und Betty hatten sich alle Bewohner von Slane House im Morning Room eingefunden. Die Familienmitglieder und Gäste saßen am großen Tisch, während die Bediensteten in einer Reihe neben der Tür zur Halle standen. Kaum jemand sprach ein Wort. Die Anwesenden beäugten sich misstrauisch, und diese latent feindselige Stimmung machte scheinbar auch vor alten Freundschaften und Familienbanden nicht halt. Das Eintreffen der drei Männer wurde deshalb offenbar nicht nur von Harriet als Erleichterung empfunden. Mr Latimer, der neben ihr saß, atmete hörbar auf, und Lady Holmes ließ sich sogar zu einem Lächeln in Richtung Percy hinreißen, der zuletzt in der Tür erschienen war.

John trat an das Kopfende der Tafel und blickte in die Runde. »Hat jemand von Ihnen Miss Fenton gesehen?«, fragte er fast beiläufig.

Ein verneinendes Murmeln am Tisch war die Antwort.

»Nun gut, sie wird sich vielleicht noch einfinden. Ich möchte mich zunächst für Ihr Erscheinen zu dieser unmöglichen Uhrzeit bedanken und mich darüber hinaus für unsere verspätete Ankunft entschuldigen. Ich nehme an, es hat sich mittlerweile herumgesprochen, dass es einen zweiten Mord gab. Mr Weller war das Opfer, und wir haben seinen Leichnam auf sein Zimmer gebracht.«

»Ich will nicht herzlos erscheinen.« Françoise richtete sich in ihrem Stuhl auf. »Wellers Tod ist ein großer Verlust für uns alle. Aber warum genau sind wir hier, Mr Stableford?«

»Weil es an der Zeit ist, den Mörder zu entlarven, Mrs Holmes.«

»Den Mörder? Dann ist der Täter in Wellers Fall also derselbe, der auch Laura auf dem Gewissen hat?«, fragte Henry.

John nickte.

»Wie ist Weller gestorben?«

»Durch eine Axt, Miss Holmes. Sie wurde auf dem Korridor des ersten Stocks nach ihm geworfen und traf ihn im Rücken. Ich stand praktisch neben ihm, als es geschah, aber es war dunkel, und als Ihr Onkel das Licht einschaltete, war der Gang zu beiden Seiten menschenleer.«

»Ethel?«

»Wie bitte?«

»Ethel!«, wiederholte Lady Holmes mit Nachdruck. Sie war blass und atmete schwer. »Ich weiß, was Sie denken, Professor. Aber wie viele Beweise brauchen Sie noch für die Existenz unseres Hausgespenstes? Ein Mord in einem – wie nannten Sie es beim Dinner? –, in einem hermetisch abgeschlossenen Raum, und jetzt eine wie von Geisterhand bewegte Axt in der Dunkelheit! Laura und Weller hatten offenbar Ethels Frieden gestört und mussten deshalb sterben. Weller hat uns doch selbst geschildert, wie er sie durch die Kammertür schreiten sah. Vielleicht hat er sie auf ihren nächtlichen Streifzügen durch das Haus irgendwie verärgert und damit sein Schicksal besiegelt. Und die schrecklichen Streiche, die Penelope gespielt wurden! Ist es nicht möglich, dass Ethel auch dafür verantwortlich ist?« Sie sah John mit großen Augen an, und Harriet glaubte, in ihrem Blick etwas Flehentliches zu erkennen.

»Bitte beruhigen Sie sich!«, sagte John freundlich. »Ich bin durchaus bereit, die Aura des Übernatürlichen anzuerkennen, die über all diesen Geschehnissen liegt. Aber wie so oft kommt es auch hier auf die Perspektive an. Vielleicht ist Ihnen schon einmal aufgefallen, dass Gespenster- und Detektivgeschichten häufig die gleichen Begebenheiten schildern. Das Motiv der verschlossenen Kammer haben Sie ja gerade selbst angesprochen. Es findet in vielen Erzählungen Verwendung. Meist hat dieser Raum eine unheimliche Vergangenheit. Manchmal war es der Ort eines rätselhaften Todes. Der Unterschied liegt allein darin, dass manche Autoren die geschilderten Fakten übernatürlich, also irrational, und andere sie rational erklären. Ich bin kein Geisterjäger, Lady Holmes, und tendiere daher zu einem immanenten Erklärungsmodell, wobei mir durchaus bewusst ist, wie verlockend die übernatürliche Lösung in unserem Fall vielen von Ihnen erscheinen mag.«

»Was meinen Sie damit?«, fragte Henry.

»Nun, der Streiche spielende und mordende Geist schützt Sie vor der betrüblichen Erkenntnis, dass der Mörder in diesem Moment unter uns weilt.«

»Das ist unerhört!«

»Und dennoch wahr, Mrs Holmes.«

»Aber …«

»Bitte!« John hob abwehrend die Hände. »Ich hatte gehofft, dass wir uns auf die Aufklärung der Morde beschränken können. Aber wie es scheint, muss ich etwas weiter ausholen und auch über die törichten Streiche und Geistererscheinungen der letzten Wochen sprechen, damit Ethel endlich aufhört, Ihnen im Kopf herumzuspuken, und Sie sich mit mir auf die Fakten konzentrieren können. Mrs Bates?«

»Ja, Sir?«

»Würden Sie und Annie uns allen einen starken Kaffee kochen?«

»Natürlich, Sir!«

»Und vielleicht könnten Sie, Mr Sharp, in der Zwischenzeit Stühle für die Dienerschaft holen?«

»Sicher, Sir!«

»Sehr gut! Dann können wir damit beginnen, uns dem Auftritt des Streichespielers zu widmen. Ich nehme an, dass Sie alle von seinem makabren Wirken gehört haben.«

Einige am Tisch nickten.

»Eine Brosche verschwand, ein Feuer wurde in einem absichtlich verstopften Kamin entzündet, ein Porträt entstellt, eine mit ›Ethel‹ unterschriebene Warnung tauchte auf einem Spiegel auf, und ein Brautkleid wurde zerschnitten.«

»Mit ›Ethel‹?«, fragte Lady Holmes.

»Ja. Allerdings denke ich nicht, dass sie dafür verantwortlich war. Man wollte der Adressatin all dieser im Geheimen ausgeführten ›Angriffe‹ einfach nur zu verstehen geben, dass sie hier nicht erwünscht ist.«

»Dann waren es also keine Streiche im eigentlichen Sinne«, stellte Henry nachdenklich fest.

»Ganz recht! Ein typischer Streichespieler sucht immer nach Anerkennung für seine Taten. Er wird häufig von einem Minderwertigkeitskomplex angetrieben und braucht die Öffentlichkeit, deren Reaktionen er anonym genießen kann. Die Angriffe gegen Penelope folgten nicht diesem Muster. Sie hatten eine andere Motivation.«

»Pure Bosheit?«, schlug Lord Sampford vor.

»Oh nein. Es war wohl eher eine Mischung aus Ohnmacht und einer perfiden Zielgerichtetheit. Ihre Schwester sollte aus Slane House vertrieben und die Hochzeit mit allen Mitteln verhindert werden.«

»Also war der Mord an Laura tatsächlich eine Verwechslung?«, fragte Henry. »Kam es zu dieser direkten Attacke, weil der Täter spürte, dass er mit seinen indirekten Versuchen scheitern würde – nur dass er die Falsche erwischte?«

»Das hatte ich in der Tat zunächst vermutet. Ich hielt den Mord an Miss Beaumont für den schrecklichen Höhepunkt der immer aggressiver werdenden Angriffe auf Penelope. Die Ähnlichkeit zwischen ihr und Miss Beaumont war ja wirklich frappierend, und es schien mir durchaus möglich zu sein, dass der Täter die beiden Frauen verwechselt hatte – zumal Miss Beaumont einen Schleier trug.«

»Aber das glauben Sie nun nicht mehr?«

»Nein, Saunders, denn es steht wohl außer Frage, dass es sich bei dem Streichespieler und Miss Beaumont um ein und dieselbe Person handelte.«

Françoise wurde blass. »Haben Sie dafür Beweise?«

»Nun, Holmes erzählte mir auf der Fahrt hierher, dass Ihre Schwester in einem Schönheitssalon arbeitete, und tatsächlich fand ich eine Friseurschere in ihrem Handkoffer, der sich übrigens die ganze Zeit unter ihrem Bett befand.«

Das war es also, dachte Harriet.

»Wie Sie vielleicht wissen«, fuhr John fort, »verfügen diese Scheren über einen gebogenen Fingerhaken an einem der Griffaugen.«

»Und was hat das mit den ›Streichen‹ zu tun?«, wollte Françoise wissen.

»Penelopes Porträt wurde mit dieser Schere zerschnitten. Wir hielten die merkwürdigen Abschürfungen auf der Leinwand, die wir entlang der Schnitte entdeckt hatten, zunächst für Spuren eines Rings oder Manschettenknopfs. Doch es war dieser Fingerhaken, der die Spuren beim Zerstören des Bildes hinterlassen hatte.«

»Könnte sich nicht eine zweite Schere dieser Art im Haus befinden?«

»Sicher, Mrs Holmes, aber als ich Mrs Hart fragte, ob jemand hier im Haus Haare schneiden würde, verneinte sie dies recht deutlich. Und Sie müssen zugeben, dass Ihre Schwester nicht die unwahrscheinlichste Kandidatin für die Urheberschaft der Streiche war. Sie hatte sich selbst hierher eingeladen und war wohl nur gekommen, um die Hochzeit zwischen Holmes und Penelope zu verhindern.«

»Dann hat sie das Feuer in meinem Zimmer gemacht, als sie an jenem Morgen noch einmal nach oben ging, um angeblich ihren Geldbeutel zu holen?«, fragte Penelope.

John nickte.

»Aber die Brosche kann sie nicht gestohlen haben. Sie kam erst am Abend des Tages hier an, an dem ich ihr Fehlen entdeckt hatte.«

»Vielleicht hast du sie wirklich zu Hause vergessen.«

»Professor Stableford?«

»Ja, Lady Holmes?«

»Ich bin mit Ihrer rationalen Erklärung für diese fehlgeleiteten Streiche durchaus einverstanden. Aber es bleiben zwei praktisch unmögliche Morde übrig, für die aus meiner Sicht nur das Wirken übernatürlicher Kräfte infrage kommt. Meinen Sie nicht, es wäre an der Zeit, sich nun endlich diesen zu widmen?«

»Nicht bevor Ethel ihren Frieden gefunden hat.«

»Dann glauben Sie doch an die Existenz unseres Geistes?«

»Nein, Lady Holmes. Ethel starb vor langer Zeit in der Nacht vor ihrer Hochzeit.«

»Aber …«

»Sie haben sie gesehen, sicher. Ihr Enkel übrigens auch. Wir können also davon ausgehen, dass irgendjemand oder irgendetwas seit einigen Wochen nachts auf dem Korridor im ersten Stock unterwegs ist.«

»Das ist doch lächerlich!«, rief Henry empört. »Wollen Sie bei all den drängenden Fragen wirklich weiter auf diesen Hokuspokus eingehen?«

»Henry!«, zischte Lady Holmes.

»Es tut mir leid, Mr Holmes«, sagte John ruhig. »Aber Ihre Mutter lässt mir keine andere Wahl.«

Während Harriet noch darüber nachdachte, ob diese Worte tatsächlich einen Anflug von Mitleid enthalten hatten, öffnete sich die Tür zur Halle. Mrs Bates und Annie erschienen mit zwei großen Tabletts, auf denen sie Kaffeekannen und Tassen balancierten. Nach ihnen trat Mr Sharp ein. Er war mit fünf einfachen Küchenstühlen beladen, die er in einer Reihe neben der Tür aufstellte.

»Diese Unterbrechung kommt wie gerufen«, sagte John. »Bitte entschuldigen Sie mich einen Augenblick! Ich bin gleich zurück.« Er verließ das Zimmer.

Während Annie die Tassen verteilte und den Kaffee ausschenkte, blickte sich Harriet um. Die meisten der Anwesenden hatten die Enthüllungen um Lauras irregeleitete Versuche, Penelope zu vertreiben, mit einer milden Form von Neugier verfolgt. Erst als das Gespräch zuletzt erneut zu Ethel geführt hatte, war es am Tisch wieder lebendiger geworden. Franny saß aufrechter, Mr Latimer und Lord Sampford steckten die Köpfe zusammen, und Dr Saunders tippte nervös mit den Fingern gegen seine Schläfe. Henry schien das Thema besonders gegen den Strich zu gehen. Der Ärger war ihm anzusehen, doch vor seiner Mutter hatte er wohl kapituliert.

Als John nach wenigen Minuten zurückkehrte, hatte er die kleine Nachtlampe aus dem ersten Stock im Arm und Betty im Schlepptau. Sie trug noch immer ihre gestärkte viktorianische Dienstmädchenuniform und wirkte etwas verschüchtert – vermutlich weil sie durch ihr spätes Erscheinen ins Zentrum des Interesses gerückt war.

»Sind alle mit Kaffee versorgt?«, fragte John aufgeräumt. »Ja? Dann können wir fortfahren. Mr Sharp, würden Sie die Lampe dort auf den Boden stellen und den Stecker in die Steckdose stecken? Ausgezeichnet!

»Was haben Sie vor, Mann?«, fragte Henry gereizt.

»Das werden Sie gleich sehen. Ich bitte um Ruhe! Miss Fenton?«

»Ja, Sir?«

»Würden Sie bitte noch für einen Moment an der Tür stehen bleiben?«

»Natürlich.«

»Vielen Dank! Mrs Bates? Wären Sie nun so gut, den Schalter hinter Ihnen zu betätigen?«

Der Kronleuchter über dem Tisch erlosch, und der schwache bläuliche Schein der Nachtlampe erfüllte den Raum.

»Meine Damen und Herren«, sagte John feierlich, »bitte richten Sie nun Ihre Aufmerksamkeit auf Miss Fenton alias Ethel, das Hausgespenst!«

Harriet traute ihren Augen kaum. Bettys schwarzes Kleid war in der Dunkelheit praktisch unsichtbar, während ihre spitzenverzierte weiße Latzschürze mit den angedeuteten Flügelärmeln und ihr gestärktes Häubchen deutlich hervortraten. Da der Rand der Schürze ein ganzes Stück über dem Rocksaum endete, schien die bläulich-weiße Figur an der Tür zu schweben. Der Anblick war durchaus unheimlich. Kein Wunder, dass Lady Holmes sie für Ethel gehalten hatte.

»Genug!«, rief Henry aufgebracht. »Schalten Sie das Licht wieder an, Mrs Bates! Die Vorstellung ist beendet. Wir wissen jetzt sicherlich alle, worauf Mr Stableford hinauswollte. Vermutlich wurde Betty beim letzten Einsammeln des Geschirrs auf dem Korridor beobachtet. Bist du mit dieser weltlichen Erklärung deiner Geistersichtungen nun auch endlich zufrieden, Mutter?«

»Das bin ich.« Lady Holmes' Stimme klang leise und gebrochen.

Jemand, vermutlich Henry, atmete tief aus, und im selben Moment erstrahlte der Kronleuchter und tauchte den Morning Room in ein warmes Licht.

»Ausgezeichnet«, sagte John. »Dann können wir uns endlich den wahren Problemen zuwenden, und zwar ohne die störende Zuhilfenahme paranormaler Erklärungsversuche. Bitte setzen Sie sich doch, Miss Fenton! Sie haben mir sehr geholfen.«

»Und mit welchem der beiden Morde werden Sie beginnen?«, fragte Francine.

»Mit dem an einem Erpresser«, antwortete John nüchtern.

Harriet schloss die Augen. Percy hatte sie und Penelope vor nicht einmal einer Stunde an Mr Wellers zugedeckter Leiche vorbeigeführt, und selbst der Anblick des verhüllten Toten hatte sie mit Schrecken erfüllt. Aber in diesem Moment zählte für sie nur die junge Frau, deren trauriges Schicksal durch die fehlgeleitete Interpretation einer Latzschürze nach so vielen Jahren noch einmal lebendig geworden war.

Ruhe sanft, Ethel, dachte sie. Und träum von deiner bevorstehenden Hochzeit!

KAPITEL 23
Der Kammermord

Stableford sah in die erwartungsvollen Gesichter seiner Zuhörer. »Mr Weller starb, weil er Miss Beaumonts Mörder auf die Schliche gekommen war. Ich bedaure sehr, dass er mit seiner Entdeckung nicht zu mir kam, aber er glaubte wohl, einen finanziellen Nutzen aus ihr schlagen zu können, und hat dies mit seinem Leben bezahlt.« Er stockte, denn er musste daran denken, wie er den Butler im Scherz als das nächste Opfer bezeichnet hatte.

»Dann wurde er schon an dem Abend, als wir Lauras Leiche entdeckten, von ihrem Mörder verfolgt und überlebte nur, weil wir ihm in die Quere gekommen waren?«, fragte Holmes.

»Nein. Der Mord geschah ja tags zuvor, und Mr Weller machte seine folgenschwere Entdeckung erst deutlich später. Die Geschehnisse in jener Nacht waren eine Verkettung unglücklicher Umstände.«

»Sie wissen also, wer ihn verfolgte und vor der Kammertür niederschlug?«

»Ja. Und die für Sie sicherlich verwirrende Antwort lautet: niemand!«

»Was?«

»Sie haben mich richtig verstanden, mein Freund. Die Spuren, die ich am nächsten Morgen auf dem Korridor fand, erzählten eine recht eigentümliche Geschichte. Ich kann den Tathergang zwar nicht beweisen, bin aber dennoch von der Richtigkeit meiner Rekonstruktion überzeugt. ›Ethel‹ spielt übrigens eine nicht unwesentliche Rolle in dieser Geschichte.«

»Also wirklich, Stableford! Haben Sie uns unseren Hausgeist nicht gerade genüsslich demontiert? Und jetzt wollen Sie ihn einfach wieder aus Ihrem imaginären Hut hervorzaubern?«

»Warten Sie doch einen Moment, Holmes, und hören Sie sich an, was ich zu erzählen habe! Die Blutlache auf dem Läufer vor der Tür zur Dienstbotentreppe legte nahe, dass Mr Weller an diesem Ende des Korridors stand, als er Miss Fenton, die er aufgrund der Gespenstergerüchte für Ethel halten musste, auf sich zukommen sah. Wahrscheinlich verharrte er angsterfüllt in seiner Position, bis sie etwas tat, was ihm die Besinnung raubte.«

»Sagte sie: ›Buh!‹?« Sampford lächelte.

»Oh nein. Ich nehme an, dass ihn Miss Fenton gar nicht bemerkt hatte. Der Korridor war fast dunkel, und er wird sich nicht bewegt haben. Mr Weller hingegen sah, wie sie durch die Tür zu seiner Rechten einfach hindurchging. Das war zu viel für ihn. Er wurde ohnmächtig und verletzte sich am Kopf, als er im Fallen gegen die Ecke des Tischchens neben der Tür schlug. Als er aus seiner Ohnmacht erwachte, konnte er nur halb bei Sinnen gewesen sein. Er sah vielleicht das schwache Licht auf der Haupttreppe, das von unten heraufschien, und taumelte ihm Hilfe suchend entgegen.«

»Und dabei stieß er gegen die Rüstung vor Mr Wainwrights Zimmer und stürzte zu Boden.«

»Das nehme ich an, Saunders. Seine Wunde begann erneut zu bluten, und in diesem Zustand fanden wir ihn bewusstlos vor der Kammertür.«

»Also meinen Sie, dass ihm gar nicht klar war, dass er sich mittlerweile woanders befand, als er für kurze Zeit abermals das Bewusstsein erlangte?«, fragte Saunders.

»Ja. Der Korridor hat an beiden Enden eine Treppe, und die Zimmertüren liegen genau gegenüber. Dieser symmetrische Aufbau hatte zwischen Miss Holmes und mir zu einem Missverständnis geführt und mag auch Mr Weller in seinem Zustand verwirrt haben. Er versuchte uns zu erzählen, was er gesehen hatte, aber er deutete auf die falsche Tür, denn seine Schilderungen bezogen sich auf Beobachtungen, die er auf der anderen Seite des Korridors gemacht hatte.«

»Oh, Henry!«, sagte Mrs Holmes leise.

»Fran!«

»Halt den Mund! Ich weiß, dass du mir nicht treu bist, aber dass du mich in unserem eigenen Zuhause mit einem Dienstmädchen betrügst, hätte ich nicht für möglich gehalten.«

»Was meinst du, Fran?«, fragte Holmes.

»Verstehst du es denn nicht, Perceval? Betty war auch an diesem Abend auf dem Weg zu Henry, als Weller sie sah. Und sie ging einfach ›durch die Tür‹, weil Henry diese in freudiger Erwartung schon geöffnet hatte, was Weller in dem fast dunklen Korridor nicht sehen konnte.«

Stableford schwieg. Françoise hatte recht. Betty, die er zuvor einer Ahnung folgend völlig verängstigt in Henrys Zimmer gefunden hatte, hatte ihm nach anfänglichem Zögern bestätigt, dass sie sich auch Sonntagnacht dort mit ihm getroffen hatte. Er sah zu ihrem Platz hinüber. Der Stuhl war leer.

»Dann entstand die ganze unheimliche Situation also nur, weil der Butler kurz nacheinander an beiden Enden des Korridors in Ohnmacht gefallen war?«, fragte Latimer in die unangenehme Gesprächspause hinein.

»So sieht es aus. Aber immerhin konnten wir dadurch Miss Beaumonts Leiche finden, bevor der Mörder die Gelegenheit hatte, sie oder zumindest ein ihn kompromittierendes Indiz verschwinden zu lassen.«

»Und worum handelt es sich bei diesem Indiz?«, wollte Penelope wissen.

»Um den Schlüssel, den Miss Beaumont in ihrer Hand hielt.«

»Das verstehe ich nicht«, sagte Lady Holmes. »Wie könnte der Kammerschlüssel auf den Täter hinweisen? So ist das Rätsel um den Mord in dem verschlossenen Raum doch erst entstanden.«

»Das ist richtig und doch nicht die ganze Wahrheit. Als wir Mr Weller den Schlüssel und das kaputte Schloss zeigten, erkannte er sofort, dass es sich gar nicht um den Kammerschlüssel handelte.«

»Mein Gott!«, rief Sir Richard. »Dann hielt Laura den Zimmerschlüssel ihres Mörders in der Hand? War es eine Art Botschaft an uns von der Schwelle ihres Todes?«

»Nein. Solche dramatischen Nachrichten gehören wohl eher in das Reich der Kriminalliteratur. Miss Beaumont war bereits tot, als der Schlüssel in ihre Hand geriet.«

Holmes wirkte irritiert. »Dann versuchte der Mörder also, mit einem gestohlenen Schlüssel eine falsche Fährte zu legen?«

Stableford schüttelte den Kopf. »Es handelte sich tatsächlich um den Zimmerschlüssel des Täters. Der Mord an Mr Weller lässt keinen anderen Schluss zu.«

»Aber wie gelangte er in Lauras Hand?«, fragte Holmes. »Sie sagten doch eben, dass sie bereits tot war, als dies geschah.«

»Nun, es steht wohl außer Frage, dass Miss Beaumont in der Kammer starb. Allerdings nehme ich an, dass der Mord nicht exakt an dem Ort geschah, an dem wir ihre Leiche fanden.«

»Weil zwischen dem Bett und dem Schrank zu wenig Platz ist?«

»Richtig. Vermutlich stand sie vor dem Spiegel, als sie erdrosselt wurde, und wurde erst nachträglich dorthin gelegt.«

»Aber warum?«

»Aus dem gleichen Grund, aus dem die Tür abgeschlossen wurde: um Zeit zu gewinnen. Der Mörder versteckte sie zwischen Bett und Schrank, damit man sie nicht sehen konnte, wenn man durch das Schlüsselloch schaute, denn die Tat war meines Erachtens nicht geplant gewesen. Wahrscheinlich spekulierte er darauf, die Leiche in der Nacht verschwinden lassen zu können. Und wenn er dies geschafft hätte, wäre Miss Beaumont wohl für lange Zeit nicht vermisst worden.«

»Weil sie ihre Abreise selbst angekündigt hatte?«

Stableford nickte.

»Denken Sie, dass der Mörder seinen Schlüssel im Kampf mit Laura verlor?«, fragte Francine.

»Nein. Ich vermute, dass er schon auf dem Boden lag, als Ihre Tante starb. Wahrscheinlich fiel sie darauf, und so bemerkte der Mörder sein Fehlen erst, als er an dem Abend zu Bett gehen wollte.«

»Doch wie geriet der Schlüssel in ihre Hand?«

»Es war reiner Zufall. Der Täter zog sie an den Beinen über die Dielen, und während sie über den Boden glitt, nahm der Zeigefinger ihrer ausgestreckten rechten Hand die Reite des Schlüssels auf.«

»Aber sie hielt den Schlüssel in ihrer Faust!«, rief Latimer. »Ich habe sie gefunden und kann es beschwören.«

»Genial!«, sagte Saunders wie in Gedanken.

»Wie bitte?«

»Ich meine Stablefords Deduktion des Tathergangs,

Holmes. Der sogenannte Faustschluss durch die Verkürzung der Muskelfasern ist eine typische Erscheinung während der Leichenstarre und kann nach Eintritt des Todes zur Fixierung von Gegenständen führen, die in der Hand gehalten werden.«

»Das heißt, Lauras Faust um den Schlüssel bildete sich erst später?«

»Genau! Er könnte tatsächlich – wie von Stableford beschrieben – erst nach ihrem Tod in ihre Hand gelangt sein.«

»Und der Mörder schloss die Tür nach seiner Tat ganz einfach mit dem Kammerschlüssel ab? Damit ist dann wohl auch unser Rätsel um den Mord in einem hermetisch abgeschlossenen Raum gelöst, nicht wahr?«

»Ja, Holmes. Ich hatte versucht, Sie zu warnen. Es ist leider oft so, dass die Lösungen in diesen Fällen erschreckend profan erscheinen. In der Detektivliteratur wimmelt es von Beispielen, bei denen das Rätsel mit Absicht herbeigeführt wurde, um die Polizei zu täuschen. Doch in der realen Welt entstehen solche unerklärlichen Sachverhalte oft durch bloßen Zufall und sind für die Lösung des Verbrechens vollkommen irrelevant.«

»Irrelevant? Aber der Schlüssel führt uns doch direkt zum Täter, Mr Stableford! Wir müssen nur noch von Tür zu Tür gehen und ihn ausprobieren, um den Mörder zu überführen.«

»Unglücklicherweise ist es nicht so einfach, Miss Holmes. Der Schlüssel ist verschwunden. Mr Weller hatte ihn kurz vor seinem Tod aus meinem Zimmer entwendet, um Miss Beaumonts Mörder mit diesem Beweisstück zu erpressen.«

»Und der schlug ein zweites Mal zu?«

»Ja.«

»Stableford?«

»Holmes?«

»Was sagte Ihnen Weller, als er im Sterben lag? Gab er Ihnen vielleicht einen Hinweis auf seinen Mörder?«

Im Zimmer war es plötzlich totenstill.

»Nun, er hauchte mir ›Fran‹ zu und dann zwei merkwürdig betonte Worte, die wie ›falscher Bart‹ klangen.«

»Was?« Francis war aufgesprungen und sah sich ängstlich um. »Ich habe Weller nicht ermordet – und Laura auch nicht! Ich habe sie geliebt.«

»Bitte setzen Sie sich!«, sagte Stableford scharf. »Niemand bezichtigt Sie des Mordes. Mr Weller meinte nicht Ihren Haarwuchs im Gesicht, über den Miss Beaumont wohl mehrmals im Scherz sagte, dass er wie ein falscher Bart aussehen würde. Wie mir Holmes erzählte, stammte Mr Weller aus Österreich. Das Rätsel um den ›falschen Bart‹ ist daher leicht zu lösen. Er sprach in seinen letzten Sekunden Deutsch, und im Deutschen handelt es sich bei dem Begriff ›Bart‹ um ein klassisches Homonym. Es bezeichnet sowohl die Gesichtsbehaarung als auch den Teil eines Schlüssels, der individuell geformt in das Schlüsselloch eingeführt wird, um den Schlossriegel zu erfassen.«

»Er gab Ihnen also seine Entdeckung preis?«

»Ja, Holmes.«

»Aber er sagte auch ›Fran‹, nicht wahr? Haben Sie dafür ebenfalls eine ›deutsche‹ Erklärung?«

»Nein. Und ich bin mir nicht einmal sicher, ob er ihn komplett ausgesprochen hatte.«

»Stableford!«, rief Henry empört. »Wollen Sie tatsächlich andeuten, dass es sich bei dem Doppelmörder um meine Frau oder eines meiner Kinder handeln könnte?«

»Sie meinen, weil Sie und Holmes Ihre Frau ›Fran‹ nennen und auch die Namen Ihrer Kinder mit derselben Silbe beginnen?«

»Natürlich meine ich das!«

»Warte, Henry!«, mischte sich Wainwright mit ruhiger Stimme ein. »Ich glaube nicht, dass Mr Weller Francine, Franny oder auch dich, Françoise, belasten wollte. Vielmehr denke ich, dass er Mr Stableford gewarnt hat und ihm die Kraft fehlte, das Wort zu vollenden. Er wollte ihm klarmachen, dass er sich in großer Gefahr befand, weil ihn jemand mit einem Wurfbeil verfolgte.«

»Würden Sie uns das erklären?«, fragte Stableford.

»Mit dem größten Vergnügen! Mr Weller kannte die Exponate hier im Haus sehr genau und sprach über sie stets in Fachbegriffen – zumindest mit mir. Bei der Waffe, die Sie als ›Axt‹ bezeichnen, handelt es sich um eine Franziska.«

»Franziska?«

»Ja. An den Wänden des Korridors im zweiten Stockwerk befindet sich eine beachtliche Franziska-Sammlung. Es sind fränkische Wurfbeile aus der Merowingerzeit, und ich vermute, dass es sich bei einem von ihnen um die Mordwaffe handelt. Mr Weller wollte Sie wohl davor warnen, brachte aber nur noch die erste Silbe des Wortes heraus.«

Stableford dachte nach. Wainwrights Erklärung war vollkommen schlüssig und hatte ihn doch aus dem Konzept gebracht.

»Ich verstehe«, sagte er schließlich, »und ich danke Ihnen für Ihre Ausführungen!«

»Womit wir wieder am Anfang wären, nicht wahr?«, bemerkte Sampford nüchtern. »Wollen Sie uns nicht endlich sagen, wer Miss Beaumont und den Butler ermordet hat?«

»Nun«, begann Stableford, »es gibt aus meiner Sicht zwei Hauptverdächtige, und einer von ihnen hat ein Beweisstück in seinem Besitz, das den anderen überführen wird.«

KAPITEL 24
Zwei Verdächtige

»Zwei Verdächtige?«, fragte Percy überrascht.

»So ist es, Holmes! Auch wenn nur einer von beiden ein Motiv für den Mord an Miss Beaumont zu haben scheint. Bleiben wir jedoch zunächst bei den Fakten, so wie ich sie sehe: Der Mörder trifft in der Kammer auf sein Opfer. Sie trägt wahrscheinlich schon das Brautkleid, und ich nehme an, dass er ihr beim Schließen der Knöpfe am Rücken hilft. Dabei verliert er seinen Schlüssel. Dann geschieht der Mord, und ich bitte Sie zu beachten, dass sich das Opfer nicht besonders heftig gewehrt zu haben scheint.«

»Weil der Angriff überraschend geschah?«

»Oder weil sich die beiden mehr oder weniger gut kannten, Saunders. Nach der Tat verschließt der Mörder die Kammer und hat vermutlich die Absicht, die Tote in der Nacht verschwinden zu lassen. Auf jeden Fall muss er die Kammertür bis dahin, so gut es geht, im Auge behalten, denn er hat nur eine Sorge: die vorzeitige Entdeckung der Leiche.«

»Er muss für sein nächtliches Vorhaben also lange im Drawing Room ausgeharrt haben«, bemerkte Henry nachdenklich.

»Oder ihn am Samstag nach dem Dinner früh verlassen haben, um in der Nähe der Kammer zu sein. Es kommt darauf an, in welchem Stockwerk sich sein Zimmer befindet und wann er das Fehlen seines Schlüssels bemerkte.«

»Natürlich!«, rief Percy. »Und da er keine Gelegenheit fand, in der Kammer danach zu suchen, brach er in die

Pantry ein, um das Duplikat zu entwenden. Der Einbruch geschah also Samstagnacht?«

»Das nehme ich an. Aber wie dem auch sei: Die Nacht verstreicht, und er schafft es nicht, die Leiche verschwinden zu lassen.«

»Die Bewachung der Kammer geht am nächsten Tag also weiter?«

»Ganz richtig, Mrs Holmes, doch unter anderen Vorzeichen. Es geht ihm tagsüber vor allem darum, einen Moment abzupassen, um in der Kammer nach seinem Schlüssel zu suchen. Dieser ist das einzige Indiz, das ihn mit Sicherheit an den Galgen bringen könnte. Doch die Umstände erlauben es ihm auch diesmal nicht, die Kammer zu betreten. Annie reinigt die Waffen auf dem Korridor des ersten Stockwerks, Mr Sharp versucht, die Abflussprobleme in Mr Wainwrights Bad in den Griff zu bekommen, und Sir Richard verbringt die meiste Zeit des Tages am Snookertisch im Games Room, der genau am Treppenaufgang liegt.«

»Dann bist du wohl unser Mann, Charles.« Dicky lächelte grimmig. »Ich habe dich am Sonntag mehrmals die Treppe hinaufgehen sehen, und dein Gesicht verriet Besorgnis.«

»Was soll das, Banbury? Findest du diese Art von Scherz wirklich angebracht? Ich überwachte die Arbeiten in meinem Zimmer. Und einen Grund, Laura umzubringen, hatte ich ganz bestimmt nicht!«

»Womit wir endlich bei der Frage nach dem Motiv für die Tat angekommen wären«, stellte John sachlich fest. »Wer hatte die Mittel, also die Fähigkeit, sie auszuführen?«

»Jeder von uns«, antwortete Francine leise.

»Das denke ich auch. Aber hatte jeder einen Grund?«

Niemand am Tisch antwortete.

»Natürlich nicht! Wir können festhalten, dass Miss Beaumont nicht besonders beliebt war. Penelope und meine Frau verbrachten einige Zeit mit ihr, und Sir Richard war wohl der Einzige, der sich wirklich gut mit ihr verstand. Doch allein Mrs Holmes gab mir gegenüber einen Streit mit ihrer Schwester zu, den man durchaus als ein Tatmotiv deuten könnte.«

»Aber hatte sie auch die Möglichkeit, die Tat zu begehen?«, fragte Lord Sampford in die allgemeine Empörung am Tisch hinein.

»Durchaus. Bitte beruhigen Sie sich! Ich gebe zu, dass meine Befragungen keine eindeutigen Ergebnisse lieferten. Dennoch kristallisierten sich zwei Dinge heraus, die in diesem Zusammenhang erwähnenswert sind: Sir Richard kam am Samstag vor dem Dinner als Letzter in den Drawing Room, und …«

»Seien Sie nicht albern!«, unterbrach ihn Lady Holmes barsch. »Dicky könnte keiner Fliege etwas zuleide tun! Außerdem haben Sie ja eben selbst erwähnt, dass er sich ausgesprochen gut mit Laura verstand. Und er war aktiv am Öffnen der Kammer beteiligt. Wenn ich mich richtig erinnere, bestand er sogar darauf, die Tür aufzubrechen.«

»Und Mrs Holmes«, fuhr John unbeirrt fort, »verließ den Drawing Room nach dem Dinner als Erste. Beide hatten also die oberen Etagen für einige Minuten mehr oder weniger für sich alleine, da die Angestellten kochten, servierten oder abräumten und sich die anderen im Drawing Room befanden.«

»Dann ist Ihnen wohl entgangen, dass ich mich an diesem Abend gemeinsam mit Miss Fields und Miss Garden zurückzog?«, fragte Françoise kalt.

»Um den beiden Damen die Bäder im zweiten Stockwerk zu zeigen? Nein, Mrs Holmes, das ist mir nicht entgangen. Allerdings nehme ich an, dass Sie sich dort von ihnen verabschiedeten und hinunter in Ihr Zimmer gingen.«

Françoise schwieg.

»Könnte Miss Beaumont denn auch nach dem Dinner ermordet worden sein, Dr Saunders?«, wollte Mr Latimer wissen. »Ich frage, weil Sie ursprünglich den Nachmittag oder den frühen Abend als wahrscheinlichen Todeszeitpunkt nannten.«

»Es ist möglich«, antwortete Dr Saunders. »Die Bestimmung des Todeszeitpunkts ist keine exakte Wissenschaft und von vielen Faktoren abhängig.«

»Haben Sie nicht eine Person vergessen, Professor Stableford?«

»Sie meinen sich selbst, Lady Holmes?«

»Ja.«

»Mutter!«

»Halt den Mund, Henry! Es wäre eigentlich an dir, deine Frau zu verteidigen. Ich will Professor Stableford nur darauf hinweisen, dass seine Rekonstruktionsversuche mehr als löchrig sind.«

»Und ich pflichte Ihnen bei«, sagte John freundlich. »Aber wo sollen wir ansetzen?«

»Beim Schlüssel!«, rief Francine aufgeregt.

»Beim Schlüssel?«

»Ja, wir durchsuchen alle Zimmer, denn der Mörder muss nun zwei Schlüssel für seine Tür besitzen – das Duplikat und das Original, das er Weller abgenommen hat.«

»Das ist korrekt, Miss Holmes, aber Schlüssel sind in der Regel leicht zu verstecken und schwer zu finden. Doch ich gebe Ihnen in gewisser Weise recht: Die Schlüsselfrage führt in diesem Fall tatsächlich zur Lösung des Rätsels. Kommen wir also zum Schlüsselbund, das Sonntagnacht aus der Pantry gestohlen wurde!«

»Sonntag?« Percy schüttelte den Kopf. »Sagten Sie nicht, dass der Mörder die Duplikate höchstwahrscheinlich schon Samstagnacht entwendet hat?«

»Nein. Samstagnacht wurde die Tür zur Pantry aufgebrochen, weil der Täter dort einen Zweitschlüssel für seine Zimmertür vermutete. Er fand den Ring mit den Duplikaten, nahm ihn mit, probierte die Schlüssel, behielt den passenden und legte das Bund dorthin zurück, wo er es gefunden hatte.«

»Weshalb?«

»Weil in der Regel niemand Schlüssel an einem Bund nachzählt, das sich an seinem angestammten Platz befindet. Der Täter musste davon ausgehen, dass man den Einbruch bald entdecken würde, spekulierte aber darauf, dass das Fehlen eines einzelnen Schlüssels nicht bemerkt werden würde.«

»Und warum wurden die Schlüssel dann noch einmal entwendet?«

»Der zweite Diebstahl geschah, um in Laura Beaumonts Zimmer zu gelangen.«

»Ich verstehe«, sagte Percy. »Der Mörder stahl das Bund erneut, weil er hoffte, dass sich sein Schlüssel immer noch in der Hand der Toten befinden würde.«

»Das ist eine mögliche Erklärung. Aber bedenken Sie, was wir entdeckt haben! Miss Beaumonts Zimmer wurde nicht einfach durchsucht. Jemand hatte sie zurechtgemacht. Auf ihrem Kopf prangte ein Wildblumenkranz, man hatte ihr Lippenstift aufgetragen und ihre Wangen mit Rouge bepinselt. Und auch wenn uns das Resultat erschreckte, war die Absicht wohl, sie wie ein junges Mädchen erscheinen zu lassen – ein Eindruck, der durch das unschuldige Weiß des Kleides noch verstärkt wurde.«

Wie eine junge Braut, dachte Harriet und musste wieder an Ethel denken. Sie glaubte nicht an Geister, aber sie fragte sich, ob es ein dunkles Geheimnis in Percys Familie gab, dem Laura zum Opfer gefallen war. Immerhin hatte niemand erwähnt, woran Ethel eigentlich gestorben war.

»Auf dem Boden neben dem Bett fanden wir noch mehr Blumen«, fuhr John nach einer kurzen Pause fort. »Manche von ihnen waren verflochten, einige zerrissen. Vielleicht musste der nächtliche Besucher das Flechten erst wieder üben, aber möglicherweise handelte es sich auch um die Reste eines zweiten Kranzes für Sie selbst, Mrs Holmes?«

Françoise regte sich nicht, eine Träne lief über ihre linke Wange. Dann begann sie laut zu schluchzen. Es war ein unangenehmes Geräusch, das vor allem ihre Ungeübtheit im Weinen verriet. Henry stand auf und setzte sich wieder. Vielleicht hatte er für einen kurzen Moment vergessen, dass Betty nun zwischen ihnen stand. Nur Francine ging zu ihrer Mutter und kniete sich neben sie.

»Er war tatsächlich für mich«, antwortete Françoise, nachdem sie sich beruhigt hatte. »Es mag Ihnen albern erscheinen, Mr Stableford, aber die Kränze waren eine Erinnerung an glückliche Kindertage, als wir uns noch gut verstanden. Henry hatte mich bereits in der Nacht über Lauras Tod unterrichtet. Als es zu dämmern begann, pflückte ich Blumen im Garten, holte das Schlüsselbund aus der Pantry und verschaffte mir so Zutritt zu ihrem Zimmer. Ich band die Kränze, machte Laura mit zittrigen Händen zurecht, legte mich zu ihr und nahm so Abschied von meiner Schwester. Ja, ich hasste sie, aber ich liebte sie auch. Die Kränze gaben mir die Kraft, Frieden mit ihr zu schließen.«

»Dann hast du …«

»Nein, Henry, ich habe sie nicht getötet! Ich habe sie einfach nur dafür gehasst, dass sie Franny in sich verliebt gemacht hat. Aber ich kann verstehen, wieso mich Mr Stableford verdächtigt. Wahrscheinlich denkt er, dass ich sie nach dem Dinner auf dem Weg in mein Zimmer zufällig in der Kammer entdeckte, zu ihr ging und ihr half, die Knöpfe des Brautkleids zu schließen.«

»Und als sie so vor Ihnen steht, macht sie vielleicht eine unpassende Bemerkung über ihre Beziehung zu Ihrem Sohn«, ergänzte John ruhig. »So etwas wie: ›Gut, dass ich die gleiche Figur wie Penelope habe. Vielleicht leiht mir deine Schwiegermutter das Kleid ja auch für meine Hochzeit mit Franny.‹«

Françoise sah ihn fassungslos an. »Es muss furchtbar sein, wenn man in jedem Menschen das Schlechte sucht oder einen potenziellen Täter sieht.«

»Das bringt meine Profession mit sich, Mrs Holmes. Allerdings folgte ich in diesem Fall nur Ihrer eigenen Schilderung eines möglichen Tathergangs. In Wahrheit bin ich froh, dass Sie den Besuch im Zimmer Ihrer Schwester zugegeben haben, denn damit geben Sie mir die Chance, das letzte Kapitel dieser Geschichte aufzuschlagen. Dürfte ich Sie jetzt also um die Herausgabe des Schlüsselbunds bitten?«

»Sicher«, sagte Françoise müde. Sie stand auf und verließ den Morning Room.

»Dann hat sie ihre Schwester gar nicht umgebracht?«, fragte Lord Sampford irritiert.

»Nein. Die Duplikate wurden zwei Mal entwendet, aber nicht von derselben Person. Mrs Holmes besitzt, wenn Sie so wollen, den symbolischen Schlüssel, mit dem wir den Mörder entlarven werden.«

KAPITEL 25
Mörder!

Stableford stopfte seine Pfeife und wartete mit den anderen auf Françoises Rückkehr. Es wurde kaum gesprochen. Obwohl der Sturm wieder an Stärke zugenommen hatte, war Wainwright aufgestanden, um eine Flügeltür der French Windows zu öffnen, denn die Luft im Zimmer war mittlerweile stickig geworden. Als Stableford seine Pfeife entzündet hatte, trat Françoise ein und überreichte ihm wortlos das große Schlüsselbund. Er legte es vor sich auf den Tisch und wartete, bis sie sich gesetzt hatte.

»Kommen wir also zum Finale«, sagte er ernst und nahm das Bund vom Tisch. »Ich gebe zu, dass ich im Laufe meiner Untersuchungen vielen Irrwegen gefolgt bin. Mr Latimers scheinbar unmotivierte Ausflüge im Haus zur angenommenen Tatzeit gehören ebenso dazu wie Mr Wainwrights irrige Zeiteinschätzungen bezüglich seiner Besichtigung der Exponate mit Mr Holmes und Dr Saunders. Die Identität des Mörders wird sich nun jedoch ganz einfach durch die Abwesenheit eines bestimmten Gegenstandes offenbaren. An diesem Ring sollten sich sechzehn Zweitschlüssel befinden, einer für jedes Zimmer im ersten und zweiten Stock dieses Hauses. Ausgenommen sind, wie wir wissen, die Bäder, Miss Holmes' Büro, dessen Ersatzschlüssel sich im Safe in der Bibliothek befindet, und die Kammer, für die kein Duplikat angefertigt wurde. Wären Sie so gut, Mr Wainwright, die Schlüssel einmal nachzuzählen?«

»Natürlich.« Er nahm das Bund entgegen. »Es sind fünfzehn.«

»Ganz recht, fünfzehn! Denn Miss Beaumonts Mörder

stahl das Duplikat für seine Zimmertür, nachdem er das Fehlen des Originalschlüssels bemerkt hatte.«

»Dann müssen wir also wirklich nur noch von Tür zu Tür gehen, um den Mörder in einem einfachen Ausschlussverfahren zu entlarven?«

»Das könnten wir tun, Holmes. Alternativ könnten Sie, Sir Richard, die Taten aber auch einfach gestehen.«

»Was? Ich soll …« Der Angesprochene blickte sich hilfesuchend um.

In den Gesichtern der anderen spiegelte sich Entsetzen, gepaart mit einem Anflug von Erleichterung.

»Oh, ja. Sie haben Miss Beaumont und Mr Weller getötet.«

»Weil ich zuletzt zum Dinner erschienen war? Das ist eine unerhörte Beschuldigung! Sie haben keine Beweise!«

»Nun, den Beweis hält Mr Wainwright in den Händen. Das Fehlen Ihres Schlüssels sollte mehr als ausreichen, um Ihnen zumindest den Mord an Miss Beaumont nachzuweisen. Und da Sie Mr Weller den Originalschlüssel abgenommen haben, bevor Sie ihn durch die Korridore jagten und mit einem Wurfbeil zur Strecke brachten, wird man an Ihnen oder in Ihrem Zimmer auch Spuren der schwarzen Schuhcreme finden, mit der ich den Schlüssel präpariert hatte.«

»Das ist doch lächerlich! Wer sagt Ihnen denn, dass sich ursprünglich tatsächlich sechzehn Schlüssel an dem Bund befanden? Vielleicht war es nie vollständig? Oder Mr Weller nahm den Schlüssel ab, weil er mich als leichtes Opfer für seine Erpressungen auserkoren hatte, bevor ihn Lauras Mörder tötete? Und da ich meine Schuhe stets selbst putze, wird man natürlich Spuren von Schuhcreme in meinem Zimmer finden. Wollen Sie mich wirklich aufgrund solcher albernen und zum Teil abwesenden Indizien beschuldigen?«

»Über die Albernheit der Indizien wird eine Jury befinden, Sir Richard.«

»Und welches Motiv sollte ich gehabt haben? Laura und ich kamen prächtig miteinander aus, das kann Ihnen jeder hier bestätigen.«

»Und ich will es nicht bezweifeln. Ich bin sogar davon überzeugt, dass Sie Ihre Tat ernsthaft bereuen, gerade weil Sie kein Motiv für den Mord an Miss Beaumont hatten.«

»Ein Mord ohne Motiv? Ist das Ihr Ernst, Stableford?«

»Nein, Holmes. Es gab natürlich ein Motiv für die Tat, aber es hatte nichts mit Miss Beaumont zu tun.«

»Dann wären wir also wieder bei Ihrer ursprünglichen Verwechslungstheorie?«

Stableford schüttelte den Kopf. »Das Motiv ist nahezu unvorstellbar und wurde durch die Intrigen und Drohungen, mit denen Miss Beaumont dieses Haus heimsuchte, vollkommen überdeckt. Sie legten nahe, dass ihr Tod eine direkte Folge ihrer Handlungen war. Doch das Mordmotiv lauerte sozusagen im Schatten der Vergangenheit, und die Tat kam, wie ich annehme, für Sir Richard ebenso unvorbereitet wie für sein Opfer. Tatsächlich war es wohl der unpersönlichste Mord, den es je gegeben hat. Es hätte jeden treffen können, der sich zu diesem Zeitpunkt an Miss Beaumonts Stelle in der Kammer befunden hätte.«

»Jeden?«, fragte Lady Holmes. »Dann liegt so etwas wie ein Fluch auf der Kammer?«

»Ein Fluch? Nein. Ich meinte, dass jede Frau in Gefahr gewesen wäre, die zum Tatzeitpunkt in der Kammer Ihr Brautkleid und den Schleier getragen hätte. Miss Beaumont war im Moment ihres Todes nicht viel mehr als eine

Kleiderpuppe. Deshalb traf sie der Angriff auch völlig unvorbereitet. Die hochemotionale Brisanz der Situation war für sie nicht vorhersehbar.«

»Dann richtete sich Banburys Mordlust also einzig gegen das Kleid?«, fragte Wainwright verblüfft.

»In gewissem Sinne, ja. Ich nehme an, dass das von Miss Beaumont getragene Kleid bei Sir Richard Erinnerungen weckte, die so stark waren, dass für ihn die Vergangenheit lebendig wurde. Er befand sich zum Zeitpunkt der Tat in einer Parallelwelt, vielleicht sogar in einem tranceähnlichen Zustand …«

»Das erinnert mich an das Phänomen der Rückführung«, unterbrach ihn Holmes nachdenklich. »Meinen Sie, dass er die Zeit wiedererlebte, in der er um meine Mutter buhlte und sie ihm einen Korb gab?«

»Perceval! Wie kannst du …«

»Komm mir jetzt nicht mit deinen ›guten Manieren‹, Mutter! Ich frage das, Stableford, weil eine zufällig entstehende Rückführung einen Auslöser braucht, der die Person ganz unbewusst in solch eine Verfassung bringen kann. Unter medizinischer Kontrolle werden diese Zustände durch Hypnose erreicht, aber hier muss …«

»Mein Gott!«, rief Lady Holmes entsetzt.

»Mutter!«

»Eine Reihe von Knöpfen«, sagte sie leise.

»Was meinen Sie, Lady Holmes?«

»Die Knöpfe des Brautkleids, Professor! Am Tag meiner Hochzeit besuchte mich Dicky ganz überraschend in meinem Brautgemach. Ich war gerade dabei, mich anzukleiden. Mir war die Situation damals sehr peinlich, denn ich kannte seine Gefühle für mich. Trotzdem schickte ich meine Zofe hinaus. Er war gekommen, um mir zu versichern, dass unsere Freundschaft auch nach meiner Heirat

Bestand haben würde, und ich dankte ihm ehrlich dafür. Er küsste mich auf die Wange und …«

»Ich wollte gerade gehen, als ich die vielen kleinen Knöpfe am Rücken des Kleides bemerkte. ›Darf ich dir helfen, sie zu schließen?‹, fragte ich, und obwohl ich spürte, dass es ihr unangenehm war, nickte sie und drehte mir den Rücken zu.« Sir Richard stockte und sah auf. Er weinte. »Es war der schrecklichste Moment meines Lebens«, fuhr er mühsam fort. »Ich half der Frau, die ich mehr als alles liebte, dabei, sich für die Hochzeit mit einem anderen Mann anzukleiden. Ich liebte und hasste dich zugleich, Elizabeth. Deshalb ging ich nach Afrika. Ich brauchte Zeit, um darüber hinwegzukommen. Und als ich in Dorothy endlich eine Frau gefunden hatte, die mich hätte glücklich machen können, wurde sie mir mitsamt unserem Kind bald wieder genommen.«

»Und diese Gefühle der nicht erwiderten Liebe und der Verlassenheit kamen zurück, als Sie Miss Beaumont dabei halfen, die Knöpfe an Lady Holmes' Brautkleid zu schließen, nicht wahr?«

»Ja. Mit jedem Knopf, den ich schloss, tauchten neue Erinnerungen auf. Es war wie eine Reise in die Vergangenheit und irgendwie auch ein freier Fall in eine erschreckende Gefühlswelt, die ich so viele Jahre lang erfolgreich verdrängt hatte. Ich war tatsächlich wie in Trance. Beim Schließen des letzten Knopfes spürte ich nur noch einen diffusen Wunsch nach Rache für mein verpfuschtes Leben. Elizabeth spielte mit dem Schleier, und ich griff nach den Enden und …«

»Und Sie erdrosselten Miss Beaumont«, sagte Stableford ruhig.

Sir Richard schloss die Augen. »Ja.«

Stableford blickte sich um. Niemand am Tisch schien

das Bedürfnis zu haben zu sprechen. Während Francis Sir Richard fassungslos anstarrte und mit den Tränen kämpfte, verrieten die Gesichter der anderen eine Mischung aus Betroffenheit und Erleichterung in Anbetracht des Geständnisses. Allein Lady Holmes, die wie immer starr und aufrecht auf ihrem Stuhl saß, zeigte keine erkennbare Gefühlsregung.

»Sir Richard«, sagte Stableford in das Schweigen hinein, »würden Sie uns nun bitte schildern, was danach geschah?«

»Danach? Als ich wieder zu mir kam, verfiel ich in Panik. Ich hatte meine Jacke ausgezogen, um Laura beim Ankleiden zu helfen. Sie war vom Bett gerutscht, und dabei muss mein Zimmerschlüssel aus der Tasche gefallen sein.«

»Und nachdem Sie Miss Beaumonts Leiche hinter das Bett gezogen hatten, schlossen Sie die Kammer ab und kamen in den Drawing Room?«

»So war es. Ich stand völlig neben mir, und obwohl ich tatsächlich den Plan hatte, Laura noch in dieser Nacht wegzuschaffen, war ich schon während des Dinners völlig betrunken. Ich erwachte erst im Morgengrauen auf dem Sofa im Drawing Room.«

»Und dort bemerkten Sie auch das Fehlen Ihres Schlüssels?«

»Nein, erst vor meiner Zimmertür. Ich war hier zu Gast, als Mr Weller die Duplikate anfertigen ließ, und wusste, wo das Bund lag. Also brach ich die Tür zur Pantry auf und entwendete es. Nachdem ich den richtigen Schlüssel gefunden hatte, brachte ich es zurück und hoffte, dass niemand die Duplikate nachzählen würde.«

»Und später bezogen Sie Stellung im Games Room, um die Treppe im Auge behalten und einen passenden Zeitpunkt für die Schlüsselsuche in der Kammer abpassen zu können?«

»Ja, Mr Stableford. Ich war mir ziemlich sicher, dass ich den Zimmerschlüssel dort verloren hatte, und hoffte auf eine Gelegenheit, nachschauen zu können.«

»Aber diese ergab sich nicht.«

»Nein. Wie Sie ja selbst festgestellt haben, war der Korridor recht belebt an diesem Sonntag. Die Stunden vergingen, und ich musste auf eine zweite Chance in der Nacht vertrauen. Doch ich hatte die Rechnung ohne Mr Weller gemacht.«

»In mehrfacher Hinsicht«, sagte Stableford nicht unfreundlich. »Sein Missgeschick brachte Sie in Zugzwang, nicht wahr?«

»Ja. Flucht oder Angriff! Ich entschloss mich zu Letzterem, bestand auf der Öffnung der Kammer und hoffte, den Schlüssel in der Aufregung als Erster zu finden und ihn unbemerkt an mich nehmen zu können. Wie sollte ich denn ahnen, dass sich Laura auf diese unheimliche Weise an mir rächen würde?«

»Das hat in der Tat etwas von einer Gespenstergeschichte«, bemerkte Holmes. »Dann hast du auch das Schloss des Safes verstopft, Dicky?«

»Ja. Ich hatte mitbekommen, dass ihr das kaputte Schloss und den Schlüssel Mr Weller zeigen wolltet, und musste irgendwie verhindern, dass der Schlüssel zurück in den Safe kam.«

»Und wie nahm Weller mit dir Kontakt auf, nachdem er bemerkt hatte, dass es sich bei dem Schlüssel, den wir ihm zeigten, nicht um den für das Kammerschloss handelte?«

»Da waren Sie dabei, Holmes«, mischte sich Stableford ein. »Er klopfte an die Tür der Bibliothek, während wir Sir Richard befragten.«

»Sie sprechen von der Sache mit der Klingel?«

»Ja. Mr Weller gab Sir Richard ein recht deutliches

Zeichen, indem er ihn darauf hinwies, dass seine Tür ›nicht verschlossen‹ war.«

»Weil der Schlüssel fehlte! Ich verstehe.«

»Ich verstand es auch«, sagte Sir Richard. »Wir trafen uns später in meinem Zimmer. Er erzählte mir, dass er mit dem Schlüssel, den man ihm ausgehändigt hatte, alle Türschlösser ausprobiert hatte. So war er auf mich gekommen. Dann bot er mir an zu schweigen, wenn ich ihm eine beträchtliche Summe zahlen würde. Ich besitze praktisch kein Bargeld, aber ich war in Panik und bot ihm an, diese Summe noch einmal zu verdoppeln, wenn er den Schlüssel für mich stehlen und ihn mir aushändigen würde.«

»Was er tat.«

»Ja, aber er war zu gierig. Er zeigte mir den Schlüssel und verlangte noch mehr Geld. Ich wusste, dass er mich nie in Frieden lassen würde, und versuchte ihn in meiner Verzweiflung zu packen.«

»Doch er entzog sich Ihrem Griff.«

Sir Richard nickte. »Er war zu stark für mich. Aber immerhin gelang es mir, ihm den Schlüssel abzunehmen. Er muss die Entschlossenheit in meinem Blick bemerkt haben und verließ mein Zimmer mit den Worten ›Sie sind ein Narr! Ich werde Mr Stableford alles erzählen.‹. Ich lief hinter ihm her und nahm, eher zur Verteidigung, eine Franziska von der Wand. Da meine Zimmertür offen stand, fiel Licht in den Korridor, und als er sich umdrehte, sah er wohl das Wurfbeil in meiner Hand, denn er starrte mich angsterfüllt an. Dann rannte er weg. Ich folgte ihm die Treppe hinunter und verlor ihn in der Dunkelheit aus den Augen. Allerdings konnte ich hören, dass er den Flur im ersten Stock entlanglief. Aus Frust warf ich die Franziska hinter ihm her, denn ich wusste, dass ich ihn nicht einholen konnte. Ich wollte ihn nicht töten.«

»Aber Sie hatten Erfahrung in dieser Kampfkunst, nicht wahr?«

»Ja. Percevals Vater probierte alle Waffen seiner Sammlung aus und organisierte regelmäßig Wettkämpfe mit Gästen und Familienmitgliedern. Wir übten uns auch im Werfen der Beile.«

»Dann hat Mr Weller die Schlüssel zu unseren Zimmertüren entwendet?«, fragte Sampford, der wohl seinen eigenen Gedanken nachhing.

»Ja. Er nahm alle, um Verwirrung zu stiften. Tatsächlich ging es ihm aber nur um den für unsere Tür, um in der Nacht Sir Richards Schlüssel stehlen zu können«, erklärte Stableford.

»Und wie kam es, dass wir Dicky auf der Treppe nicht hörten?«, fragte Holmes.

»Ich war auf Strümpfen unterwegs, mein Junge.«

»Oh, Dicky!« Holmes' Stimme klang müde. »Ich habe mich vor diesem Moment gefürchtet, denn es gibt wohl nichts Schlimmeres, als einen guten alten Freund in Gewahrsam nehmen zu müssen. Aber es hilft nichts. Ich muss dich bitten, mir auf dein Zimmer zu folgen. Dort wirst du mir beide Schlüssel aushändigen, und ich werde deine Tür bis zur Ankunft der Polizei verschlossen halten. Seit wann wussten Sie, dass Dicky Laura ermordet hat, Stableford?«

»Es war Sir Richard selbst, der mich letztendlich auf seine Spur führte, als er den alten Hochzeitsbrauch erwähnte. Das half mir zu verstehen, was sich wirklich in der Kammer zugetragen hatte.«

»Sie meinen: etwas Altes, etwas Neues, etwas Geborgtes und etwas Blaues?«

»Genau. Diese vier Elemente machten sich vor meinem geistigen Auge selbstständig, als ich vor dem Dinner eingeschlafen war. Sie würden es aufgrund Ihrer Profession wohl eine unterbewusst ablaufende freie Assoziation nennen, Holmes. In meinem Traum bekam ›das Alte‹ ein Gesicht. Anfänglich schwankte es zwischen dem von Sir Richard und dem von Mr Wainwright. ›Das Neue‹ nahm die Gestalt von Miss Beaumont an, und ›das Geborgte‹ war das Brautkleid, das Lady Holmes Penelope angeboten hatte.«

»Und ›das Blaue‹?«, fragte Penelope.

»War die melancholisch-traurige Stimmung, die in amerikanischen Schlagern so häufig als ›blue‹ beschrieben wird und in die der Täter in der Kammer verfiel. Als ich erwachte, begann ich mit diesen Assoziationen zu spielen und fragte mich, wie diese Stimmung entstehen konnte, denn Miss Beaumont war mit beiden Herren ja nur wenig bekannt. Was also hätte den Mörder in diese Stimmung versetzen können? So kam ich auf ›das Geborgte‹, das Kleid, das der Auslöser für die Tat gewesen sein musste.«

»Und mit welchem Ausschlussverfahren kamen Sie zur Entscheidung zwischen Banbury und mir?«, fragte Wainwright.

»Es war wohl Sir Richards Ungeschicklichkeit«, antwortete Stableford. »Sie, Holmes, fragten mich bei unserem Ausflug nach Slane Point, ob ich glauben würde, dass das Rätsel des verschlossenen Raumes durch ein Missgeschick entstanden sein könnte. Ich war ehrlich gesagt von Anfang an davon überzeugt, und Harriet hatte dem ›Missgeschick‹ schon sehr früh ein Gesicht gegeben, indem sie Sir Richards ›Talent‹ für kleine Malheure mit dem ihrer Tante verglichen und mir erzählt hatte, dass er seine Jacke nicht selten so ablegte, dass sie bald darauf zu Boden fiel. Genau das geschah auch in der Kammer. Sir Richards ›Talent‹ passte zu meiner Rekonstruktion des Tathergangs …«

»Und der Brauch half Ihnen zu verstehen, wie es dazu kommen konnte.« Sir Richard stand auf. »Es ist wohl kaum an Ironie zu überbieten, dass ich Sie durch seine Erwähnung vollends auf meine Spur geführt habe. Aber es geschieht mir recht, denn ich erzählte Ihnen das nur, um einen einstmals guten Freund mit einer erfundenen Anekdote verdächtig erscheinen zu lassen.« Er wandte sich an Wainwright. »Bitte verzeih mir, Charles!«

»Es ist gut, Richard.«

»Das ist es nicht! Der Mord an Laura geschah aus einem Impuls heraus, den ich nicht in der Lage war zu unterdrücken. Aber was ich danach getan habe, ist an Feigheit und Schlechtigkeit kaum zu überbieten.« Sir Richard blickte hinter sich, drehte sich um und lief durch die immer noch offen stehende Flügeltür in die Dunkelheit hinaus.

Als Holmes und Stableford die Terrasse erreichten, war er längst verschwunden. Die im Morning Room versammelten Männer starteten sogleich eine Suche, doch der Mörder von Laura Beaumont und Weller war entkommen.

Sir Richard Banbury-Blake hatte die Nacht nicht überlebt. Seine Leiche wurde am nächsten Morgen von zwei Anglern in der Nähe von Dittisham aus den dunklen Wassern des Dart gefischt. Es blieb ungeklärt, ob er den Freitod gewählt hatte oder bei dem Versuch, den Fluss zu überqueren, ertrunken war.

EPILOG

Lady Penelope Hatton und Sir Perceval Holmes heirateten am 25. August 1938 in London. Es war ein regnerischer Donnerstag, doch die Stimmung der Hochzeitsgesellschaft war heiter. Lady Penelope hatte ihr Kleid nachschneidern lassen und trug die verloren geglaubte Brosche, die ihr ihr Bruder geschenkt hatte und die tatsächlich beim Packen des Koffers vom Bett gefallen war. Ihr Bruder selbst war nicht anwesend. Ein neues Brückenbauprojekt in Amerika hielt ihn von der Zeremonie fern, doch Mr Latimer führte auf seinen Wunsch hin die Braut zum Altar. Später bekräftigte er noch einmal die Einladung zum Weihnachtsfest auf Hatton Hall, die auch für die Stablefords galt.

Bis auf Lord Sampford und die beiden Damen, die er nach Devon mitgebracht hatte, waren an diesem Tag der Freude alle anwesend, die die schrecklichen Ereignisse auf Slane House miterlebt hatten. Harriets Vater, der Vikar von Upper Biggins, nahm die Trauung vor, und Professor John Stableford hielt als Trauzeuge beim Mittagsmahl eine Rede, die selbst der Dowager Lady Holmes Tränen der Freude und Rührung entlockte.

Allein Harriet wurde zum Ende der Feier immer ruhiger. Als sie ihr Mann am späten Abend auf dem Weg nach Hause darauf ansprach, erzählte sie ihm von ihren Bedenken hinsichtlich Lord Sampfords Einladung, denn fast alle ihre gemeinsamen Reiseziele hatten sich in den letzten Jahren als Tatorte entpuppt. Stableford musste zugeben, dass ihre Skepsis nicht ganz unbegründet war.

Doch er zeigte sich davon überzeugt, dass eine Reise zur friedvollsten Zeit des Jahres ungefährlich sei. Er sollte sich irren.

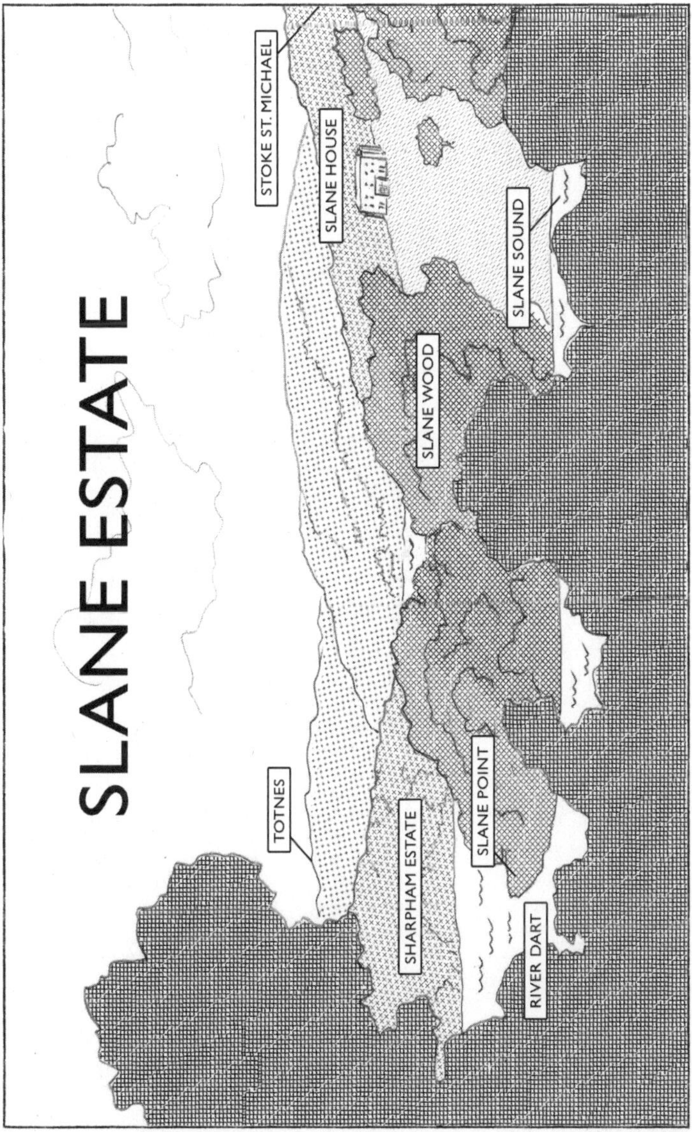
SLANE ESTATE
STOKE ST. MICHAEL
SLANE HOUSE
SLANE SOUND
SLANE WOOD
TOTNES
SHARPHAM ESTATE
SLANE POINT
RIVER DART

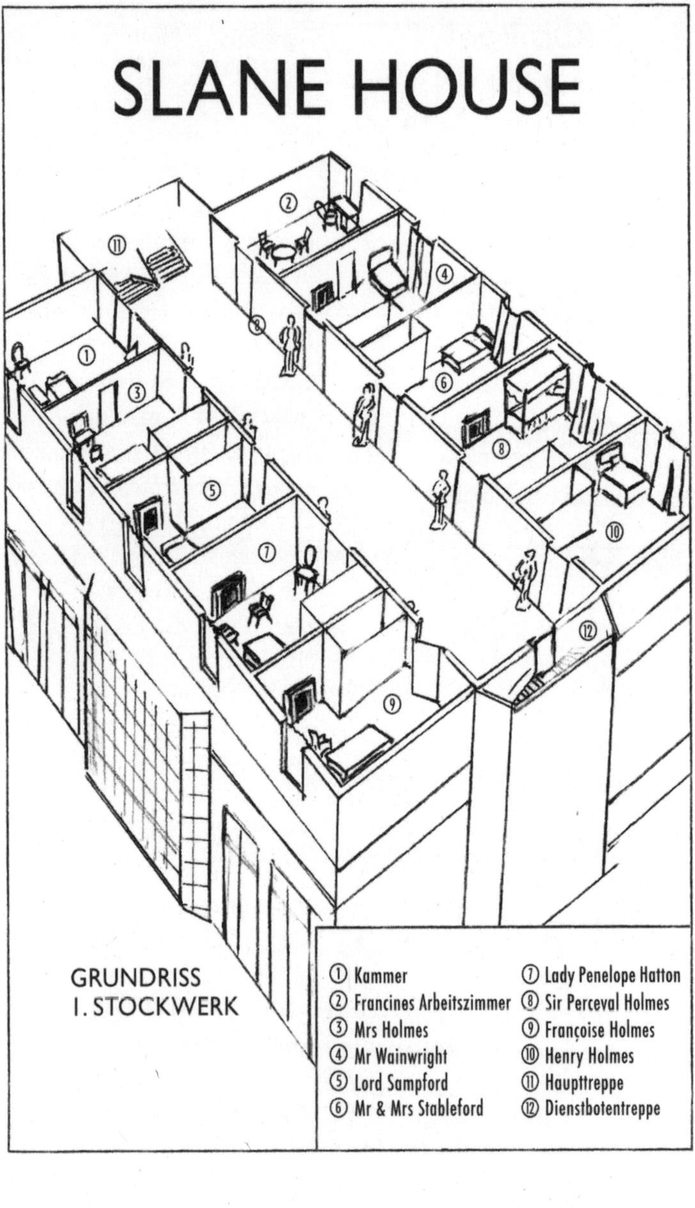
SLANE HOUSE
GRUNDRISS
I. STOCKWERK
① Kammer
② Francines Arbeitszimmer
③ Mrs Holmes
④ Mr Wainwright
⑤ Lord Sampford
⑥ Mr & Mrs Stableford
⑦ Lady Penelope Hatton
⑧ Sir Perceval Holmes
⑨ Françoise Holmes
⑩ Henry Holmes
⑪ Haupttreppe
⑫ Dienstbotentreppe

Rob Reef

STABLEFORD

Ein Krimi aus Cornwall

Dryas Verlag,
Taschenbuch,
256 Seiten,
ISBN 978-3-940258-49-6

England, 1936.
Acht Golfer folgen der Einladung des Bankhauses Milford & Barnes zu einem Golf-Wochenende in Cornwall. Obwohl von ihrem Gastgeber jede Spur fehlt, beschließen sie, das Turnier auszutragen. Doch es endet vorzeitig – mit einem Mord. Durch ein Unwetter von der Außenwelt abgeschnitten, beginnen sie, den Mörder auf eigene Faust zu suchen.
Der Literaturprofessor Stableford, ein eifriger Leser von Kriminalromanen, übernimmt die Rolle des Detektivs nur allzu gern. Doch es gibt ein Problem: Er hat sich Hals über Kopf in die Hauptverdächtige verliebt. Für ihn steht fest, dass sie es nicht gewesen sein kann, aber sollte er sich wirklich auf sein Gefühl verlassen? Da geschieht ein zweiter Mord …

Ein klassischer Detektivroman im Stil der 1920er und 1930er Jahre!

DRYAS

Rob Reef

EIN UNMÖGLICHER MORD

Ein Stableford-Krimi aus Yorkshire

Dryas Verlag, Taschenbuch,
288 Seiten,
ISBN 978-3-940258-69-4

England, 1938.
Der Literaturprofessor und Gelegenheitsdetektiv John Stableford freut sich auf ein paar unbeschwerte Tage in der Bibliothek seines Schwiegervaters, dem Vikar von Upper Biggins. Doch als seine Schwägerin im Garten des Pfarrhauses einen mit einem Hakenkreuz markierten Golfball findet, ist es mit der Idylle schlagartig vorbei.

Der skandalöse Fund führt John in das benachbarte Herrenhaus, wo ihn sein Freund Dr Holmes erwartet. Noch am selben Abend bricht der Hausherr Sir Edmund Rogie unter rätselhaften Umständen während eines Banketts zusammen. Doch damit nicht genug. Am folgenden Tag geschieht ein Mord, der so unmöglich zu sein scheint, dass Stableford an seinem Verstand zu zweifeln beginnt.

Ein klassischer Whodunit-Kriminalroman –
Stablefords dritter Fall!

DRYAS

Rob Reef

DAS RÄTSEL VON KER ISLAND

Ein Stableford-Krimi aus Cornwall

Dryas Verlag, Taschenbuch, 272 Seiten, ISBN 978-3-940258-92-2

England, 1938.
Der Multimillionär Charles Tremayne ist verschwunden. Seine Spur verliert sich auf Ker, einer kleinen Insel am Rande des Scilly Archipels. Besorgt bittet die mit Dr Holmes liierte Psychoanalytikerin Lady Penelope Hatton den Literaturprofessor John Stableford um Hilfe, denn Tremayne ist ihr Patient. Stableford willigt ein, doch die Ermittlungen vor Ort erweisen sich als schwierig, da die Spukgeschichten, die sich um die Insel ranken, einen klaren Blick auf die Fakten verhindern.

Für den Gelegenheitsdetektiv steht dennoch bald fest, dass Tremayne Ker nie lebendig verlassen hat. Doch war es ein Unfall, Selbstmord oder gar Mord? Stableford ist ratlos, bis ihm ein eher unscheinbares Indiz hilft, das Rätsel von Ker Island zu lösen.

Ein Krimi im klassischen Agatha-Christie-Setup – Stablefords vierter Fall!

DRYAS

Lieber barfuß als ohne Buch!
• Roman • Fachbuch • E-Book • Taschenbuch • Hörbuch •
• Bei uns finden Sie die passende Lektüre •
BUCH hand LUNG
am-Riedberg.de
Varrentrappstraße 53 • 60329 Frankfurt am Main
Telefon: 069 / 348 740 480
E-Mail: kontakt@buchhandlung-am-riedberg.de